CIUDAD MARQUESA

VOLUMEN I

Ismael Zúñiga

Título: *Ciudad Marquesa –Volumen I*

Ismael Zuñiga, 2019, Barinas – Venezuela

sjcidles@gmail.com

Diseño de portada: Ismael Zuñiga.

Dedicado a J.I.V. El último Espinel,

con la esperanza de que algún día se apasione por la lectura.

Índice

Prólogo

Tienes frente a ti un libro exquisito, suelto, y entretenido, de una honda calidad narrativa donde ocurren cosas extraordinarias; aquí la imaginación no pasa desapercibida, dice presente en toda su extensión; el autor desgrana una historia que resalta la grandeza de una ciudad pujante, controvertida e inusual, que pese a estar muy lejos de la costa y la metrópolis principal, la capital de la Capitanía General de Venezuela, se daba el lujo de tener una preponderancia insólita, convirtiéndose en la segunda ciudad en importancia de la Capitanía, y tal vez la primera en alcurnia, riqueza y pujanza, tanto así, que por su crecimiento inusitado no cupo en las explanadas donde fue fundada y se hizo necesario mudarla tres veces, ostentando el lujo de albergar en sus recintos a marqueses que tenían la predilección del rey. Pero no sólo eso, fue una ciudad trepidante donde podías encontrar princesas negras, arenes de odaliscas, esclavos que sudan polvo de diamante, hombres que alcanzan a ser políglotas imitando los sonidos múltiples de la sabana, esposas que seguían viviendo después de la muerte para dar venganza al marido por sus maltratos, es decir que Ciudad Marquesa es un libro que si bien se enmarca en un contexto histórico real, el autor deja volar su imaginario para tejer un entramado colosal de historias ficticias y fascinantes donde lo insólito es un asunto normal y cotidiano.

Isamel Zúñiga, es un escritor atrevido, pues en el momento en que terminó su segundo libro de narrativa, con apenas 22 años, se lanzó en una aventura literaria gruesa: un día caminando por la plaza Bolívar de su ciudad natal Barinas, se quedó perplejo como tantas otras veces frente al edificio llamado Palacio del Marqués, que para el momento era un edificio público de carácter cultural. Ese día decidió entrar y recorrerlo con cautela, solo que a diferencia de otras veces, al entrar se transfiguró, lo poseyó la musa y viajó dos siglos atrás, y en vez de ver a las secretarias frente a sus computadoras, las bibliotecarias con sus libros, y los músicos con cuatros y bandolas, vio esclavas haciendo sus rudas tareas, hombres de levita redactando misivas al rey, jóvenes practicando esgrima, y en el acto decidió: "Escribiré una saga sobre mi ciudad". Cualquiera hubiese puesto en duda su decisión, él mismo lo hizo varias veces, pues carecía de información y experiencia, de trillo y artilugios, pero dudar es normal, detenerse es lo malo. Pues bien, nuestro juvenil escritor no se detuvo y tres años después da la sorpresa con un formidable escrito, dividido en tres partes que ahora decide poner a la orden de los lectores.

He aquí el primero de la saga Ciudad Marquesa, una historia ficticia de la ciudad de Barinas, que respeta los acontecimientos históricos reales y su esencia, y que hace vibrar al lector con su perspicaz virtud para mezclar realidad y fantasía, llevándolo con elegancia, pulcritud y desconcierto por los inverosímiles vericuetos de la incertidumbre, gracias a su hábil creatividad, su narrativa deliciosa y su poderosa facilidad para recrear con palabras la magia de una historia que se adentra en temas cotidianos, filosóficos y hasta existenciales como lo son: la guerra, la libertad, la religión, la familia, la ambición, el racismo y toda la gama de pasiones humanas que se desparrama especialmente en tiempos revoltosos y convulsivos como lo fue la guerra de la independencia; con dos hermanos como protagonistas, venidos de una misma clase social pero divididos por sus ideas y apetencias, que se verán forzadamente obligados a enfrentarse.

Yuden Molina

*Si el Señor no edifica la casa, en vano se esfuerzan
los albañiles.*

*Si el Señor no cuida la ciudad, en vano hacen
guardia los vigilantes.*

Salmos 127:1

I
Monarquía,
Muy Noble y Muy Leal

Los cimientos de la casa del Marqués revelaron la ambiciosa edificación que se había concebido en su mente, todos comentaban que sería una construcción de gran envergadura, y no tardaron mucho tiempo en poderla ver materializada. Apenas se echaron las bases el resto fue surgiendo con la misma rapidez que se extendían los sembradíos de café, y el majestuoso palacio del Marqués surgió con supremacía frente a los demás edificios de la plaza mayor, ninguna de las posteriores mansiones levantadas en Ciudad Marquesa logró superar su ostentoso diseño ni su fina elegancia. Fue en la capilla de este palacio que nacieron los hermanos Espinel, al igual que otros niños de la época, puesto que el Marqués, por tener tanta riqueza y no saber en qué gastarla, apadrinaba a cuanto niño español nacía sin importar apellidos. El primero de los hermanos en nacer fue Valencio Ignacio Espinel, quien llegó al mundo causando estupor y la angustia de sus padres, porque en vez de llorar lanzaba unos terribles graznidos de gallo herido.

—Culpa del clima y las pestes de estas tierras —
se quejó la madre.

—No se angustie, eso es que va a ser buen padrote —le respondió la partera, una mulata centena-
ria que en otros tiempos solía recorrer selva, llano
y montañas ayudando a ver la luz de la vida a
una cuantiosa población de niños que vivirían
para perseguir la luz del fin de los días en aquellas soledades inhóspitas, hasta el día que fue seducida por los rumores provenientes de Ciudad
Marquesa, a donde viajó en busca de la prometida
fortuna que brotaba del suelo como si fuera el sudor de la tierra que a diario transpiraba por el
ardiente sol. Al llegar se quedó embelesada frente
al imponente palacio del Marqués, y ese momento
de admiración bastó para hacerla sucumbir ante
su destino de partera sin tregua. No tardó en
asomarse a la puerta del palacio una esclava que
al instante la reconoció como la partera de aquellas tierras, y la hizo pasar a la casona con urgencia para que ayudara a nacer un niño que venía
atravesado, desde entonces la mulata nunca más
volvió a salir del palacio, porque apenas terminaba con un parto le traían otro.

Siete meses después del nacimiento de Valencio Ignacio Espinel, la madre volvió al palacio
con el bebé en brazos, quien aún lanzaba sus
exasperantes graznidos, y la barriga a punto de

rajarse por los pataleos del segundo niño que se empeñaba en nacer tan pronto.

—¡Santa Cruz Bendita! Así de tanto se apuró usted en quedar encinta de nuevo que el bebé también le salió impaciente —le dijo la partera entusiasmada, dos hermanos nacidos de una misma madre en un mismo año sin haber compartido la barriga al mismo tiempo era un caso que no había tenido la dicha de partear.

El nuevo bebé no lloró, ni lanzó graznidos, simplemente abrió los ojos cuando la partera lo alzó y recorrió con la vista la habitación como buscando algo que se le había perdido, hasta que identificó a su hermano mayor durmiendo sobre una manta al lado de su madre, aún con los restos de la membrana natal de hace siete meses adheridos a su cuello, entonces cerró los ojos y no los volvió a abrir hasta dos años después.

—Éste sí que no será buen padrote, apenas nace y de una vez se asegura de la cercanía protectora del hermano mayor para echarse a dormir —sentenció la partera—. ¿Y cómo lo va a llamar? —Rafael Ignacio.

Los hermanos crecieron al unísono y compartiéndolo todo, los vecinos se hicieron la idea de que eran gemelos, y la misma madre a veces olvidaba que no lo eran y se sorprendía preguntándose por qué sus hijos tenían dos fechas de cum-

17

pleaños. Sin embargo, las notables diferencias siempre estuvieron presentes. Valencio Ignacio, por su parte, no pronunció sus primeras palabras hasta los seis años, no por falta de intelecto como decían los vecinos, sino que sus graznidos no le permitieron articular sonido inteligible alguno en sus primeros años; y cuando al fin logró controlarlos, las primeras palabras salieron como un agonizante lamento carrasposo que intentaba decir "mamá", lo que exasperó a la madre por varios meses tratando de huir de ese llamado sombrío que la perseguía a toda hora del día, y por las noches llegaba hasta su cama a despertarla de súbito cuando creía haber alcanzado la profunda cima del sueño. Mientras Rafael Ignacio pasó los primeros dos años de su existencia en un prolongado sueño que hizo pensar a la madre que tal vez había nacido con los cinco sentidos inservibles: nunca habría los ojos, no reaccionaba ante ningún sonido ni olor ni pellizco, apenas hacía un leve esfuerzo por tragar lo que le ponían en la boca sin mostrar ni el más leve indicio de reconocer los sabores, pues daba lo mismo si le daban a beber leche o agua de sábila o hiel machucada, y hasta el sexto sentido parecía atrofiado en él, porque su instinto jamás le permitió saber cómo debía alimentarse del seno materno como lo hacían el resto de las criaturas.

Fue una tarde, en que ambos niños ya habían cumplido sus dos años, que Valencio Ignacio, divertido con los graznidos de los patos gansos que tan familiares le parecieron, se fue tras ellos en una algarabía visceral que espantó a cuanta mula se toparon en el camino. Entonces el pequeño Rafael Ignacio, al sentir la lejanía del hermano mayor, abrió los ojos y sin ninguna práctica previa gritó ¡Mamá, se va a perder! La madre se sobresaltó ante aquella voz desconocida, tiró el bordado a un lado y fue corriendo al cuarto de los niños imaginando que su hijo mayor se había sanado al fin de sus agonizantes chirridos, pero encontró fue al hijo menor vistiéndose los trapos de su hermano que al fin y al cabo era de su mismo tamaño.

—¡Rápido mamá, se va a perder! —le dijo el pequeño infante como si fuera un adolescente en pleno uso de sus facultades de raciocinio.

Encontraron a Valencio Ignacio entre los extensos sembradíos de un hacendado, rodeado de una bandada de patos gansos que entonaban junto a él un horrible coro. Desde entonces la madre tomó la sabia decisión de unir a ambos niños amarrándolos de la cintura con un cordel que apenas le permitía a cada uno alejarse un metro del otro. Era Rafael Ignacio, el menor, quien garantizaba la seguridad con su lúcida actitud impidiendo que su hermano lo arrastrara a lugares desconocidos por perseguir a los patos gansos. El Marqués se divirtió tanto cuando los vio corretear torpemente en la calle unidos por el cordel, que fue embargado por un afecto especial por ellos, permitiéndoles recibir la adecuada educación que un hombre español debía poseer, junto a sus hijos dentro del palacio. Los niños se maravillaban al encontrarse inmersos en aquella casona de ensueño, con sus altas puertas de firme madera, relieves monárquicos en las paredes, sus cuatro corredores de intenso movimiento, el gran jardín central donde cualquier mortal podía extraviarse entre la variada vegetación ornamental, y los amplios salones intrigantes a los que no tenían acceso pero cuyas puertas jamás se cerraban debido a la afluencia de personas de toda índole que entraban y salían como si aquellos salones fueran una réplica de los principales edificios de Ciudad Marquesa ubicados en torno a la plaza mayor, que en este caso sería el despampanante jardín central. El Marqués se ha construido su propia ciudad aquí dentro, le dijo fascinado Rafael Ignacio a su hermano. Y entre más crecía Ciudad Marquesa, más arreglos se le hacían internamente al palacio.

En sus inicios, la ciudad no era más que una pequeña colonia que descansaba junto a los fragorosos caudales del río Santo Domingo. Sin embargo, la generosidad de sus tierras la hizo merecedora de cierto renombre que no tardó en extenderse por las regiones de la Capitanía General. Al novedoso poblado llegaron ricos hacendados, españoles peninsulares y españoles criollos con sus esclavos, mestizos de toda índole, y funcionarios que se encargaron de ordenar en cuestión de minutos los principales edificios en torno a la plaza mayor. Entre ellos llegó el distinguido Marqués, conocido no sólo por su descomunal fortuna, sino también por haber alcanzado una alta estima ante los ojos del rey de España. Al Marqués solamente le bastó imaginarse su casa frente a la plaza mayor, y enseguida ya iba entrando al poblado un emisario del rey con la aprobación plasmada en un pergamino resguardado con el sello real, como si el distinguido Marqués y el monarca de España fueran poseedores de los insondables principios de la telepatía y la teletransportación que tanto hubiesen ayudado al resto del imperio que dependía de eternales viajes marítimos para pasar de una orilla a la otra a través del Atlántico. Fue el mismo Marqués quien con sólo proponérselo consiguió que el poblado fuera elevado al rango de ciudad, que bien merecido tenía el ascenso por su vertiginoso crecimiento y por haberse convertido en cuestión de meses en una importante colonia comercial en medio de la llanura; desde entonces empezaron a llamarla Ciudad Marquesa, y ante tanta distinción nadie pudo relacionarla con la modesta colonia que había nacido entre las montañas andinas un par de siglos atrás.

La demanda de la época no tardó en pluralizarse y la península española pedía mayores cargamentos, por lo que los terrenos no tardaron en cubrirse de algodón, caña, añil, y el aclamado tabaco americano que por un tiempo había menguado. Ciudad Marquesa quedó rodeada de haciendas repletas de cultivos acaudalados, y pudo sentarse a presenciar con total sosiego cómo de sus terrenos brotaba la abundancia, entonces se dedicó a embellecerse con las casas españolas que se levantaban en cada esquina para abrigar a las más distinguidas familias de la región, pudo permitirse descansar un poco del duro trabajo y asirse un poco de los bordes de la vanidad. Fue tanta la opulencia alcanzada que llegó a ser la segunda ciudad más importante en toda la Capitanía General, pues la primera era la capital, única ciudad que la superaba en importancia, población y riqueza.

Desdichadamente no todos los ciudadanos de la tan prodigiosa Ciudad Marquesa pudieron tener la habilidad necesaria para ser partícipes de tan gran lujo, entre ellos el padre de Rafael Ignacio y Valencio Ignacio, un español de poca influencia que no logró dar con el secreto del suelo y terminó de empleado en el ayuntamiento. Por esto, y por el hecho de ser españoles criollos por nacer en suelo americano, los hermanos Rafael Ignacio y Valencio Ignacio parecían tener un futuro nublado, no más con algunos privilegios y el derecho de ostentar su sangre azul. La noticia de que serían educados junto a los hijos del Marqués entusiasmó tanto a los padres que gastaron hasta el oro que no tenían en ropa adecuada para los niños y directamente traída de la península española. Pero sólo los liberaron del cordel a los seis años, cuando el mayor pudo pronunciar lo que intentaba ser la palabra mamá y el padre consideró que ya se estaba curado de su mal, causando el martirio de la madre que no soportaba ser perseguida a cada rincón por el niño que insistía en seguir repitiendo la carrasposa palabra como si no pudiera aprender otra. Sin embargo, lo que para ella fue un martirio, para los profesores del palacio fue un alivio, que llevaban meses intentado curar al niño con los exorcismos del párroco a quien se lo llevaban calladamente durante las horas de clase. Se impacientaban con aquella criatura a quien todavía no se le podía enseñar a leer ni escribir a una edad en que ya debería estar recibiendo conocimientos políticos, militares, eclesiásticos y geográficos.

Valencio Ignacio siguió repitiendo la palabra mamá durante dos meses, hasta que al fin su lengua logró soltarse y articuló cuanta palabra oía, de lo cual los vecinos se aprovechaban para usarlo de mensajero, porque sólo había que decirle el extenso recado y él lo recitaba sin cambio de comas ni tildes ante el destinatario, lo que indignó a la madre cuando lo supo porque esa era labor de niños mestizos. Los profesores consideraron su talento como una virtud, porque así como repetía largos discursos en castellano sin extraviársele ninguna palabra, lo hacía también en cualquier idioma, y lo vieron como un niño plurilingüe. Descubrieron su talento en misa, cuando el emisario divino pronunció un largo sermón en latín, y al finalizar Valencio Ignacio lo repitió al pie de la letra sin vacilar.

Los esclavos del Marqués empezaron a darse el lujo de tener su propio mensajero personal, diciéndole al oído el mensaje en su lengua africana y él lo entregaba a quien correspondía con la misma fluidez y el mismo acento que el idioma ameritaba. Igual hicieron los indios escondidos entre los matorrales al norte de la ciudad para comunicarse en su lengua nativa con los indios escondidos entre los bosques al sur de la ciudad.

Nadie sospechó que el pequeño no tenía idea de lo que pronunciaba ni en castellano, ni en latín, ni en ninguna otra lengua, y si era tan diestro en el arte de articular cualquier palabra que oyera con su debido acento y entonación dependiendo el idioma y la región procedente, era porque en su boba mentalidad le divertía imitar todo tipo de sonidos y para él no había ninguna diferencia entre imitar los berridos de una marrana y el sofisticado francés. Así mismo nadie sospechó que sus graznidos de recién nacido se debieron a un pato ganso que se encontraba a la entrada de la capilla donde nació, y cuyo horrible canto fue lo primero que él oyó al nacer, y fue ese lúgubre graznido lo único que sus cuerdas bucales supieron imitar durante seis años. Puede que esos mismos seis años de graznidos hayan sido la razón de que mucho tiempo después, al llegar a la adultez, se le desarrollara una carrasposa voz que le entorpeció su estrategia de hacerse pasar por un extranjero europeo.

Rafael Ignacio, por su parte, ávido de conocimiento y dotado de una gran capacidad comprensiva, impresionaba a los maestros haciéndolo merecedor de inimaginables elogios predictivos, serás un buen general, le decían. La admiración obtenida fue tanta que los hijos del Marqués no dudaron en llevarlo a conocer los rincones ocultos del palacio y que incluso a ellos, los herederos, les estaba prohibido el acceso. Nada de divertido encontró entre las cámaras de hospedaje, ni en los amplios salones donde se discutían temas de categoría real, ni en la agobiante capilla donde eternamente perpetuaba el llorido de recién nacidos, ni en el aposento nupcial con sus almohadones de emperador y cortinas traslúcidas, excepto por las cadenas de oro que colgaban del techo sobre la cama matrimonial que llamaron su atención.

—¿Para qué son? —le preguntó a los hijos del Marqués.

—No sabemos, y tampoco podemos preguntarle a nuestro padre, no se supone que entremos aquí.

Esa misma noche asaltó el palacio evadiendo la guardia real junto a su hermano de quien no le gustaba estar lejos, no por tener su cercanía protectora como la partera afirmó en su nacimiento y los vecinos ratificaron dos años después al oír que lo único que activó sus cinco sentidos era la lejanía del hermano que se había extraviado siguiendo a los patos gansos, porque en tal caso era él quien debía estar protegiendo a su hermano mayor y ubicarlo cada vez que se perdía entre los matorrales del sur llevando recados de nativos. Simplemente sentía que Valencio Ignacio era parte de él, y que si nacieron por separado fue porque su madre primero concibió una mitad y luego concibió la otra, y la divinidad por no ver cómo nacían primero las piernas y a los sietes meses el tronco, decidió darle un tronco adicional a las piernas y unas piernas adicionales al tronco. Al cruzar la intrincada vegetación ornamental del jardín, para evitar ser visto por la guardia de los corredores, sólo fue cuestión de cubrirse entre las sombras para llegar hasta la cámara nupcial, pero al estar frente a esta se encontró con el conflicto de la inmensa puerta de madera que hubiera lanzado destellos chirriantes de ruido al intentar abrirla aunque fuera un poco, y casi fue descubierto a causa de su hermano que se encontró con sus viejos camaradas, los patos gansos. No tuvo otra opción que hacer el camino de regreso a la salida del palacio, mas no se marchó sin antes revisar el ventanal de la callejuela trasera que daba a la cámara nupcial, que afortunadamente halló entreabierta dejando apenas un resquicio por donde podría vislumbrar lo que vino a averiguar, tenía que descubrir a cualquier precio el uso de aquellas cadenas doradas.

—Llegó la hora en que tendrás que asumir tu rol en esta vida hermanito —le dijo a Valencio Ignacio que en vez de concentrarse en la misión estaba ansioso de oír algún sonido nuevo por imitar—, esta noche serás mis piernas.

Rafael Ignacio subió sobre los hombros de Valencio Ignacio, y al estar a la altura de la esbelta ventana pudo entrever por las hojas de madera el insospechable uso de aquellas cadenas doradas. Lo que descubrió debió asustarlo, porque se tambaleó sobre los hombros de su hermano y cayó de espaldas sobre la tierra tapiada de la calle, así como cayó su teoría de las dos mitades varios meses después cuando Valencio Ignacio empezó a dar muestras de inteligencia revelando una afición especial por la geografía. El niño que antes sólo sabía repetir lo que oía sin saber lo que decía, comenzó a entender con toda claridad el significado de cada palabra de la lengua castellana, latina, esclava y las tres lenguas aborigen de la región, pudiendo así comprender las fantásticas leyendas que le contaban los esclavos del Marqués y los indios del matorral, y su interés por la geografía se debió a la necesidad de ubicar en el mapa el lugar exacto donde ocurrieron tales leyendas. A oídas del Marqués llegaron los comentarios de los duchos que eran los hermanos Espinel en sus clases, y decidió regalarles un par de esclavos para premiarlos, causando la envidia de sus hijos que aún no contaban con esclavos personales siendo los hijos de tan distinguido señor.

Para los padres del par de niños premiados fue un conmovedor acontecimiento que celebraron con lágrimas en los ojos, al fin habían dejado de ser los únicos españoles de la ciudad que no contaban con esclavos. Eran un par de bestias macizas altamente valorizadas en el mercado por proceder de las tierras del Níger, aptos para los más rudos trabajos que el progreso agrario amerite. Pero, como la familia no tenía sembradíos sino apenas una casa pequeña construida a ladrillos con paredes encaladas y suelo de madera como su mayor lujo, y los niños tampoco le encontraron mejor uso al par de esclavos, los usaron como caballos para jugar en un combate de jinetes espadachines.

Fue para ese siglo que Ciudad Marquesa recibió un escudo propio de manos del rey de España y los hermanos Espinel quedaron huérfanos de padre. El par de hermanos estaban sentados oyendo con alucinada atención las leyendas del par de esclavos, Samba y Alal, como decían llamarse. Ellos les contaban cómo sus ancestros pastores vencieron inmensas serpientes y conquistaron indomables ciudades para convertirse en esposos de bellas princesas, recreando en el patio de la casa todo un ambiente onírico donde se paseaban hermosas doncellas de tez oscura con cuello largo, ataviadas con innumerables abalorios estrambóticos y la mayor parte del cuerpo descubierta bajo el ardiente sol, provocando la fiebre del par de hermanos que empezaban a adentrarse en la alterada etapa de la pubertad. Ante esas bellas doncellas Nigerianas se presentaban bravíos guerreros que salían a las épicas luchas con una admirable fiereza, venciendo cuanto obstáculo se les presentaba sin más ayuda que una lanza y un escudo de madera. La madre estaba por llamarle la atención a los esclavos, horrorizada por aquellos sangrientos combates de negros y monstruos repugnantes que invadieron su patio con el pretexto de entretener a los niños, cuando pasó corriendo por la calle un despavorido emisario gritando a todo pulmón que el virrey del sur había sido derrotado por una sublevación de unos tales comuneros que se oponían a las políticas coloniales del rey de España, y se acercaban a Ciudad Marquesa para luego partir al norte a tomar la capital de la Capitanía General. La guardia real con la que contaba Ciudad Marquesa en ese momento no era sino un puñado de soldaditos instalados en la ciudad por puro ornamento, pues no se esperaban conflictos de ningún tipo para ese entonces en la región. El Marqués, que poseía la mayor autoridad en esos tiempos, no tardó en organizar un cuerpo de quinientos milicianos, entre los que se incorporó el padre de los hermanos Espinel. Llegaron noticias de que las colonias andinas y la colonia del gran lago del sol habían recibido con gran entusiasmo la insurgencia, lo que convertía a Ciudad Marquesa en el principal baluarte de defensa para impedir que los traicioneros del rey, y por ende traicioneros de Dios como lo proclamó el clero en la plaza mayor, llegaran a la capital de la Capitanía General. Los niños acompañaron a la madre a una misa de gran envergadura en la plaza mientras el cuerpo real salía a deshacer la errada sublevación. Pocas horas después regresaron triunfantes, con apenas unas cuantas insignificantes bajas, entre las cuales se hallaba el padre de los hermanos Espinel. Esa noche, a pesar del dolor que les causaba la reciente orfandad, los niños fueron arrastrados por la madre a celebrar con solemne alegría el triunfo por el que su padre derramó la sangre, aunque ella misma se estaba derramando por dentro en dolor e incertidumbre por el incierto futuro que ahora se le presentaba.

Debido a la victoria, los amplios salones del palacio del Marqués fueron abastecidos con un pletórico mobiliario selecto por el mejor gusto de la corte real, desplazando al anterior y costoso mobiliario que fue regalado en la plaza mayor. Aprovechando el triunfo, el cabildo le envió una carta al rey de España presentando el deseo de que Ciudad Marquesa fuera elevada de rango.

Recibiendo una respuesta satisfactoria un año después, Ciudad Marquesa pasó a ser capital de provincia. Lo único que el Marqués les dijo enigmáticamente a los señores del cabildo fue—. Si le hubiesen comunicado su deseo al rey a través de mí, no tendrían que haber esperado tanto tiempo para recibir la respuesta.

Casi dos siglos atrás, ni el mismísimo Sumo Pontífice de la Santa Madre Iglesia hubiese logrado predecir, desde sus aterciopelados almohadones imperiales que le brindaban el reposo divino entre las doradas basílicas del vaticano, la gloria que llegaría a alcanzar Ciudad Marquesa, ni que llegaría a escalar al rango de capital de provincia. Fue dada a luz por un capitán entre las frías y silenciosas montañas andinas, donde apenas quiso vivir sus primeros años de vida como colonia, pues, desde sus inicios tuvo un sentido de productividad definido, y pronto aquellas empinadas soledades dejaron de ser codiciadas por el comercio de la época, así que a sus cincuenta y un años de vida emprendió un peligroso viaje en busca de un terreno más propicio no sólo para vivir, sino también para producir. Para ese tiempo no imaginaba que llegarían a llamarla Marquesa, ni ella tenía aspiraciones de serlo, su única aspiración era convertirse en una colonia próspera donde se cosechara el aromatizado sabor del café americano. Luego de algunos cambios de asentamientos, que le dieran el título de ciudad viajera muchos siglos después, se instaló junto al soberbio y generoso río Santo Domingo con sus escasos habitantes, que no tardaron en abarrotar la llanura de café, marcando en los coloniales mapas un nuevo punto de comercio. Pronto, la desmesurada producción llamó la atención de distinguidos señores cuyas fortunas se la debían al suelo americano, y hasta de la misma España vinieron civiles atraídos por la prodigiosa ciudad que prometía enriquecer a cuanta persona tirara un grano de café en el suelo, como si por segunda vez se hubiese descubierto América. Y de hecho así era, como lo comprobaron pocos años después los hermanos Espinel, a quienes sólo les bastó regar un par de costales de granos de café detrás de la ciudad y al día siguiente ya contaban con un pletórico sembradío que fue el inicio, según tenían planeado, de un próspero futuro para ellos y sus generaciones.

Por ahora, los hermanos Espinel sólo eran un par de jovencitos imberbes que acababan de perder a su padre. Después de ese día, fueron testigos de la interminable semana de quebrantamiento emocional de la madre, de su histeria, su hundimiento en la más densa neblina del desconsuelo, y de su súbita recuperación a fuerza de voluntad con la que reabasteció el arca familiar y los anaqueles de la cocina. Entabló audaces negocios con los comerciantes, encargó lujosas telas europeas, y pronto las casonas de la ciudad estuvieron revestidas con tapices que ella misma disponía como mejor combinaran según el carácter y espíritu de cada familia. Por una vez el par de esclavos tuvo trabajo que hacer con los grandes bultos de telas que entraban y salían de la casa con la misma fluidez que la madre maniobraba ágilmente las riendas del hogar, porque si algo le había hecho prometer su esposo antes de partir, era que, si él moría por voluntad divina, ella jamás permitiría que un ajeno español criollo viniera a decidir sobre la suerte de sus hijos, que por fuerzas mayores no lograron que nacieran en la magnánima península imperial. Antes bien, prefería que siguieran bajo el amparo del Marqués, que a lo mejor les garantizaría la entrada al ejército real como más que simples soldados. La madre hubiera alcanzado la cúspide de su negocio asegurando una pequeña fortuna para sus hijos si la peste no se hubiera atravesado en su destino poco tiempo después. Ya los huesos de su difunto esposo habían sido pulidos minuciosamente por los sosegados gusanos, cuando se instaló en Ciudad Marquesa la infecciosa enfermedad que arrasó con un tercio de la ciudadanía e hizo pregun-

34

tarse al comandante militar y político de la provincia cómo es que una ciudad tan importante aún no contaba con un hospital. Entre los trajines del trabajo la madre no percibió los cambios que se empezaban a gestar en sus hijos, y apenas notó que ya eran unos hombres cuando la sacaban de la casa postrada sobre una camilla para ser puesta en cuarentena.

Entre los inmensos bultos de tela se perdía Rafael Ignacio sofocado por una implacable fiebre, que lo sometió desde aquella noche que entrevió por el resquicio de la ventana el uso de las cadenas doradas. Al principio la fiebre le era apenas algo incómodo que no comprendía, y le parecía más divertido sentarse a oír las épicas leyendas de los esclavos; pero luego de la muerte del padre y la recién descubierta vocación de la madre que la hizo sumergirse entre los trajines de las telas, el recuerdo de aquella noche dejó de palpitarle en la mente y empezó a palpitarle en la entrepierna, hundiéndolo en un inmisericorde estado de confusión que le quemaba la piel y le hacía drenarse en sudor con la misma abundancia que Ciudad Marquesa sudaba la fortuna. Una tarde Valencio Ignacio lo descubrió golpeando uno de los bultos de telas con el mismo cordel con que los amarraban de pequeños, mientras convulsionaba en un desordenado trance de éxtasis. No imitó los sordos gemidos que su hermano emitía porque ya la manía le empezaba a desaparecer en el mismo grado en que se interesaba por la geografía, en cambio se quedó absorto presenciando el espectáculo. Cuando Rafael Ignacio percibió la presencia del hermano se sobresaltó y hasta podría decirse que su rostro palideció de pánico.

—¿Qué haces ahí parado? —alcanzó a preguntarle mientras el susto de ser sorprendido se le volvía una pesada masa en la garganta.

—Me sorprende saber que también eres creyente de la fe nativa —respondió Valencio Ignacio—. Pero que no lo sepa nadie, el clero te acusaría de pagano.

En sus secretas incursiones al campamento nativo como portavoz del clandestino correo, Valencio Ignacio había presenciado algunas ceremonias indígenas cuyas danzas tenían mucha similitud con la agitada convulsión de su hermano y cuyos danzantes tenían la misma expresión de angustia extasiada de su hermano. Para esos días Valencio Ignacio empezaba a comprender el contenido de aquellos discursos que él oía en el sur y repetía en el norte, y supo, sin comprender con total claridad, que los indios apoyaban el frustrado levantamiento de los comuneros que causó la muerte de su padre y ansiaban que el dominio español fuera destruido. Desde entonces dejó de llevar el correo.

Rafael Ignacio quedó intrigado por el comentario del hermano, y llegó a pensar que la fe nativa se manifestaba en exóticos rituales parecidos a los que él presenció por el resquicio de la ventana de la cámara nupcial del Marqués. Pasó días persiguiendo a su hermano con la súplica de que por favor lo llevara a presenciar las ceremonias nativas, pero aquel se negaba explicándole que los indios eran enemigos de Dios porque deseaban el mal para el rey. Entonces Rafael Ignacio le suplicó que al menos le diera detalles de la ceremonia para materializarla en el patio como hacían con las leyendas del par de esclavos y así poderlas presenciar en la ausencia de la madre. Se sintió herido por la desilusión al ver que las ceremonias no eran más que estrafalarias danzas que nada tenían que ver con lo que él terriblemente ansiaba.

Samba y Alal ya casi no se la pasaban en casa a causa de la empresa de la madre, pasaban el día cargando sobre sus lomos toneladas de telas, sin embargo pudieron percibir la angustia de Rafael Ignacio cuando al anochecer se sentaba a oír las leyendas que le contaban y ante los ojos del muchacho empezaban a desfilar los espectros de las imponentes doncellas nigerianas. Lo vieron como signo de la mente enfermiza que en el jovencito empezaba a gestarse, igual a la de todos los hombres blancos, que no veían a las doncellas africanas con los fogosos ojos de la ternura pasional, sino con la vil fiebre de la satisfacción encontrada en la humillación ajena. La verdad es que Rafael Ignacio aún no sabía que someter a doncellas negras era otra forma de diversión y de superioridad, simplemente estaba siendo azotado por una fiebre que aún no comprendía y que mucho menos encontraba cómo curar. Pasaba noches enteras revoloteando sobre su cama y los días oculto entre los telares golpeando bultos incansablemente, y entre más golpeaba más le crecía la fiebre y más tembloroso se sentía, hasta que su cuerpo colapsó y terminó postrado en cama en un agobiante delirio sin reconocer a nadie. El médico del Marqués al presenciar los delirios, donde las doncellas nigerianas de las leyendas se mezclaban con el recuerdo de las cadenas de oro, supo al instante el diagnóstico exacto, pero creyó indecoroso revelárselo a la respetable viuda de Espinel, así que pidió autorización para trasladar al muchacho a los aposentos del palacio del Marqués donde podría atenderlo en un ambiente más propicio según dijo. Una vez allá se lo encargó a las prodigiosas virtudes curativas de Nayanúa, una jovial mestiza de tez clara que accedió a realizar el acto de sanidad por pura necesidad y sin ningún tipo de pasión. Se trataba de una muchacha que escapó de su casa tras la muerte de su madre para no ser sometida por un español que la pretendía como su amante y obrera en sus cafetales, y se topó con el médico del Marqués que le encontró empleo en el palacio a cambio de pequeños favores personales. Cuando la joven se acercó al camastro del enfermo, Rafael Ignacio la vio transfigurada en princesa nigeriana rodeada de serpientes marinas y monstruos desérticos, acercándose a su agónico lecho para rescatarlo de la fiebre letal que amenazaba con consumirlo en las inexploradas llamas de la incipiente pubertad. Nunca supo el nombre de la prodigiosa princesa ni mucho menos que no era africana sino mestiza americana, ni logró distinguir su verdadero rostro en medio del delirio, y el médico tampoco volvió a concederle otra consulta con la onírica princesa, pero a partir de ese día se sintió preparado para buscar por su cuenta entre las callejuelas recónditas de la ciudad el remedio para esa fiebre que nunca se curaba del todo, porque siempre volvía a tener recaídas. Con Valencio Ignacio fue lo contrario, mientras el hermano menor experimentó primero la febril enfermedad y ésta lo llevó a experimentar la medicina, aquél experimentó primero la medicina y ésta le produjo la febril enfermedad; pero eso fue mucho después de la muerte de la madre.

La peste empezó a dar los primeros indicios en las casas mayores, donde los españoles infectados trataron de ocultarla por miedo al aislamiento. Se asomó tímidamente en las blancas pieles como pequeños e insignificantes puntitos rojos, que con una prudente piquiña hostigaban por la noche a hombres respetables y señoras distinguidas. Pronto los puntitos se desarrollaron a pequeñas manchas coronadas dignamente con una costra color caoba, y entonces dejaron a un lado la distinción de personas y empezaron a adornar la piel de mulatos e indios, pero sin liberarse del todo del racismo, porque los esclavos permanecieron inmunes. Cuando las autoridades se dieron cuenta de lo que ocurría ya era hora de tomar medidas drásticas, porque las manchas eructaron dispersándose a lo largo del cuerpo en una metamorfosis ulcerada.

Entre los laberínticos callejones de la sala formados por los bultos de tela encontraron Samba y Alal a la señora madre de los hermanos Espinel, llagada en cuerpo y alma en medio de una supuración maloliente que aterró a sus jóvenes hijos cuando la vieron salir de la casa, llevada en una camilla por los dos esclavos a instrucciones de una enfermera, para ser puesta en una tienda a las afueras de la ciudad del otro lado del río Santo Domingo, donde murió llevándose como último recuerdo la imagen de sus dos asustados hijos de pie junto a los bultos de tela: Valencio Ignacio con una mediana masa muscular, una naciente barba que aseguraba ser abundante y atractiva si se la cuidaba, y unos ojos de un tono oscuro profundo capaces de intimidar a cualquier mortal sino fuera por su inocente expresión de hombre dócil; Rafael Ignacio, casi igual a su hermano, pero con un aire señorial de dominio y dignidad como lo debe tener todo hombre de sangre azul. Partió de este plano tranquila, porque sus hijos ya estaban en capacidad de valerse por su cuenta.

Los hermanos Espinel no tuvieron tiempo de llorar a la madre como tampoco lo habían tenido con el padre, porque, al igual que aquella ocasión, el entierro coincidió con una celebración. Ese día llegó con diez años de retraso el escudo enviado desde la península. Se trataba de un escudo de armas que el rey de España le obsequió a Ciudad Marquesa por su noble lealtad a la corona al oponerse y derrotar el levantamiento insurgente de los comuneros. La magna celebración se llevó a cabo en la plaza mayor, donde el Marqués, con sus ostentosos ropajes y su presencia soberana, exhibió el orgulloso obsequio junto al título confe-

rido por el rey a la ciudad por su ejemplar sentimiento de fidelidad: "Muy Noble y Muy Leal". El
rey no sabía que en un futuro ese título sería in-
terpretado por los ciudadanos de Ciudad Marquesa con el significado invertido.

La tercera parte de la población ya dormitaba bajo tierra y la peste se había retirado con la
misma imprevisibilidad con la que llegó cuando
aquel hombre entró a Ciudad Marquesa. Nunca
nadie supo de qué reino provenía, y aunque hablaba perfectamente el castellano, no pudieron
conciliar su acento con ninguna región europea o
americana, y a pesar de ser blanco le faltaba el
tono sonrosado en algunas áreas del cuerpo, y hay
quienes aseguraban que si se le detallaba bien se
podía percibir cierta tonalidad que evidenciaba su
mezcla con razas extrañas. Era un hombre alto de
mirada firme, su andar era sosegado pero seguro,
sus ropas lo categorizaban como un campesino en
contraste con su limpia presencia, por lo que algunos asumieron que era el hijo de algún hacendado rico que huyó en busca de aventuras. Atravesó la plaza mayor, bajó dos calles al sur, y como
si supiera exactamente a dónde se dirigía se detuvo frente a la casa de los hermanos Espinel,
donde el par de jóvenes discutían fervientemente.

—No mates a tu hermano —le dijo a Valencio Ignacio sin siquiera presentarse y con una mirada que al igual que la voz era de súplica.

Tras la muerte de la madre los hermanos Espinel vendieron las toneladas de telas a los comerciantes, despejando la sala del intrincado laberinto donde no hace tanto recordaban haberse divertido. Con el dinero que les pagaron pudieron mantenerse algunos días, mas cuando se les terminó se sentaron en el piso de la sala a verse las caras preguntándose si debían violentar el cuarto matrimonial de sus difuntos padres en busca de reliquias familiares que pudieran vender, o de qué manera podrían sacarle provecho a Samba y Alal que al fin y al cabo eran sus esclavos; pero si de algo estaban seguros es que no querían depender de la grata benevolencia del Marqués rebajándose al mismo nivel de los pobres mulatos que día tras día acudían a su palacio en busca de limosnas o empleo. Por algunos días se consolaron materializando en el patio grandes banquetes con la misma imaginación que materializaban en la niñez las épicas leyendas de las tierras del Níger, pero pronto se les volvió una tortura ver tantos manjares y delicias que con intentar probarlos se les llenaban las entrañas de aire. Sus vecinos, asombrados por la intensa palidez de los hermanos y perturbados por sus cuerpos que amenazaban con volverse cadavéricos, se acercaron en conmiseración a ofrecerles empleos como ayudantes de comerciantes, o aprendices de carpinteros, e incluso ofrecieron rentarles los esclavos. Valencio Ignacio estuvo por aceptar una de esas ofertas, pero su hermano lo detuvo secamente—. No fuimos educados en el palacio del Marqués para terminar haciendo trabajos de mulatos y con los esclavos rentados por no tener algo propio en qué ponerlos a trabajar —le dijo. —Me parece peor humillación morirnos de hambre —respondió Valencio Ignacio. En esa disputa los encontró el extraño forastero.

Valencio Ignacio lo miró desconcertado y le respondió—. Yo jamás mataría a mi hermano, es todo cuanto tengo en esta vida.

—¿Tú quién eres? —le preguntó Rafael Ignacio al desconocido.

—Vicente Setemar, y me voy a quedar un tiempo en esta casa.

Los hermanos estuvieron a punto de echarlo por sus extrañas palabras, su extraña actitud, y su extraña seguridad con la que se disponía a quedarse en su casa, sin embargo percibieron cierto aire de autoridad emanando de ese hombre, no una autoridad insolente o impuesta, sino una que inspiraba respeto como si tal hombre fuera poseedor de algún tipo de sabiduría que sólo pudiera percibir el subconsciente humano, y contra toda ley de la razón lo dejaron pasar a la casa e incluso le acomodaron un cuarto. Rafael Ignacio pasó la noche preguntándose por qué le había permitido la entrada a ese extraño, mientras Valencio Ignacio fue mortificado por la idea de no tener cómo cumplir con las reglas de hospitalidad para con el huésped no teniendo ni para alimentarse ellos mismos. Tanto la suspicacia como la mortificación fueron derrotadas en poco tiempo por la intrigante providencia. Al amanecer, Vicente Setemar le dijo a Valencio Ignacio—. Tengo entendido que de niño te gustaba la amistad de los patos gansos —y cuando el joven asintió algo confundido, él agregó—. Pues, en el patio hay uno dispuesto a sacrificarse por nosotros, así que hoy comeremos un buen caldo.

Efectivamente ese día amaneció un pato ganso en el patio que dócilmente se dejó degollar por Samba, y lo mismo fue al amanecer siguiente, y todos los días amaneció un pato ganso ofreciéndose como voluntario para llenar los cinco estómagos de la casa. Cuando Rafael Ignacio se quejó de no tener nada con qué acompañar el caldo, el forastero levantó el cántaro donde solía almacenar la madre el arroz y lo puso al lado del fogón, al día siguiente el cántaro amaneció lleno de arroz y no volvió a vaciarse en mucho tiempo. Un día Rafael Ignacio le dijo entre dientes a su hermano—. Este hombre piensa que vamos a subsistir toda la vida con su prodigiosa limosna. Que vaya a alimentar a los pobres y deje de humillarnos.

—No seas malagradecido —fue la respuesta de su hermano.

Quizás hubieran vivido muchos años de esa manera sino fuera por el inocente comentario que colmó la paciencia de Rafael Ignacio. Fue una mañana de marzo en la sagrada misa dominical, los hermanos Espinel escuchaban atentos el irrebatible principio de reverencia a la corona y la superioridad de la sangre azul, cuando la hija menor de la distinguida familia Castillete, una niña de facciones monárquicas, que se encontraba sentada junto a sus padres en las bancas delante de los hermanos, le preguntó a su padre mientras veía a los hermanos de reojo: ¿Ellos son de sangre azul?

—Por supuesto Carmenza.

—¿Y por qué hablan diferente?

—Porque no son peninsulares, nacieron en américa, y todo español nacido en américa ha de ser llamado criollo.

Rafael Ignacio pudo sentir la reprobatoria mirada de aquella niña carcomiéndole el orgullo y la dignidad, por lo que no resistió hasta el fin de la misa. Lleno de ira se levantó de la banca y salió del sagrado templo jurándose a sí mismo como un sacramento inquebrantable que sería el más próspero y distinguido de los españoles criollos, y que aquella niña sería su esposa, y que por lo tanto dicha niña tendría que arrepentirse de su reprobatoria mirada y tragarse sus estúpidas preguntas. Valencio Ignacio tuvo miedo de la despiadada mirada que de pronto vio reflejada en la mirada de su hermano, y lo siguió fuera del templo temiendo fuera a hacer algún escándalo o alguna locura; mas Rafael Ignacio todo lo que hizo fue comprar un par de sacos de granos de café en la plaza mayor, los cargó sobre las espaldas de Samba y Alal, y con una resuelta determinación se encaminó hasta las afueras de la ciudad y continuó hasta los terrenos donde aún no existían sembradíos. Le ordenó al par de esclavos que colocaran los sacos de café en el suelo y los abrieran, y luego él mismo empezó a llenarse los puños de granos y aventarlos a su alrededor con una vigorosa vehemencia como si pelease con entes invisibles.

—¿Qué haces? —le preguntó preocupado Valencio Ignacio.

—Sembrando café, ¿acaso no ves?

Valencio Ignacio trató de explicarle por todos los medios que así no se sembraba el café, pero Rafael Ignacio no creía en eso de que la tierra debía prepararse como se prepara a una novia para un fértil matrimonio, él había escuchado que a los primeros hacendados de la ciudad sólo les bastó esparcir la semilla y al día siguiente amanecieron ricos porque la tierra les sudó la fortuna, y que si su padre no lo había logrado había sido por falta de fe, ¿acaso no nos enseña eso el clero, hermano, que sólo basta la fe en estas tierras para prosperar? le preguntó a su hermano mientras continuaba aventando al aire granos de café sin orden ni meditación. Efectivamente al día siguiente amanecieron los retoños abrigando la basta extensión de tierra que Rafael Ignacio había escogido para el inicio de su fortuna, y Valencio Ignacio, al ver las tímidas puntitas de la riqueza asomándose a la luz del sol, no pudo evitar sucumbir ante el mismo arrebato de su hermano: se gastó su última moneda en dos sacos de café y los esparció a diestra y siniestra hasta llegar al límite de los matorrales donde se escondían los nativos americanos. En cuestión de semanas ya contaban con una prometedora hacienda que se amplió con el cultivo de tabaco y caña de azúcar, escalando de una forma vertiginosa en las cumbres del gremio de hacendados.

El mismo Marqués, que por un tiempo los había olvidado, se vio maravillado ante la prodigiosa capacidad de esos dos ahijados para abrir las compuertas de la tierra que últimamente se volvían renuentes ante las nuevas oleadas de esperanzados que se allegaban a la ciudad en busca de riquezas, y les puso a disposición una pletórica urna llena de oro para toda inversión necesaria. Fueron los hermanos Espinel los que ampliaron la exportación de madera y llevaron a límites inimaginables la ganadería y la cría de caballos, iluminando al resto de los hacendados con todas las posibilidades inexploradas que se podían explotar de aquellas tierras. En toda esta desmesurada prosperidad contribuyó Vicente Setemar, que demostró una maravillosa habilidad con los números aplicando principios de administración que sólo vendrían a ser conocidos por el resto del mundo empresarial doce décadas después, cuando serían inventados en el norte del mundo y en la gran Europa, pero que llegarían a Ciudad Marquesa con cinco décadas más de retraso. Sin embargo, Valencio Ignacio sospechaba que el maravilloso impulso que Vicente Setemar aportaba a la hacienda no consistía sólo en su extravagante manera de administrar el dinero, ordenar las jerarquías en los puestos de trabajos como si de un ejército se tratase, y preparar a los esclavos como si acaso ellos tuviesen intelecto para aprender metódicos procedimientos; cada madrugada lo veía recorrer la hacienda con una mano levantada y susurrando indescifrables conjuros como si invocara a las fuerzas de la madre naturaleza para la abundancia de la fertilidad. Los hermanos Espinel se horrorizaron al sospechar que el hombre era pagano y que tal vez todo ese tiempo habían estado fundamentando su fortuna en los conjuros diabólicos de aquel hombre.

Vicente Setemar llevaba una vida que causaba intriga incluso en toda la ciudad. Desde su llegada no había demostrado ningún oficio aprendido. Se levantaba de mañana a comprobar la aparición de un nuevo pato ganso en el patio y la prodigiosa providencia del cántaro de arroz, luego se dedicaba a recorrer las calles de la opulenta ciudad con una mirada impasible, sus pasos pacientes pero firmes. De vez en cuando se paraba en alguna esquina con la vista fija en un sitio vacío como si observase un acontecimiento imprevisto, en esas ocasiones su mirada obtenía un matiz de tristeza y a veces de alegría, pero nadie lograba precisar qué observaba. Tampoco asistía a misa los domingos y prefería pasar el tiempo en la entrada de la ciudad en una intrigante meditación que escandalizaba al obispo. Sin embargo, nadie se atrevió a proferirle alguna crítica o juicio debido a la densa bruma de autoridad que lo acompañaba al caminar, su piel exhalaba la respetabilidad en cualquier lugar que pisaba. Cierta tarde dijo algo en la casa acerca de poner en manos de Dios todos los proyectos concebidos, lo que hizo pensar a los hermanos Espinel que tal vez sí era católico después de todo y se tranquilizaron por un tiempo. Aunque hubo algunos incidentes que causaron confusión, como la vez que Valencio Ignacio entró a la sala y lo encontró sentado en un taburete leyendo la Biblia.

—No deberías leerla, podría ser peligroso —le dijo el joven.

Vicente Setemar levantó el rostro revelando una desconcertada mirada, y le preguntó—. ¿Por qué crees que es peligroso leer la palabra de Dios?

—Porque la mente humana no está capacitada para comprenderla, se supone que solamente el Sumo Pontífice puede interpretarla y enseñarnos al resto del mundo las divinas revelaciones.

—¡Qué blasfemia tan burda es esa! —rugió Vicente Setemar elevándose sobre sus dos pies con tal autoridad que Valencio Ignacio se sobresaltó—. Si bien es cierto que la mente humana por sí sola no está capacitada para entender los asuntos divinos, la palabra de Dios es totalmente comprensible y accesible para toda persona común y corriente que reciba el Espíritu de Dios en su vida sin necesidad de ser Sumo Pontífice ni ostentar un título episcopal. Nunca olvides eso muchacho.

Valencio Ignacio pasó mucho tiempo confundido con la procedencia religiosa de aquel hombre que adoraba al mismo Dios de España, pero cuyas doctrinas e ideas iban en contra de los principios establecidos por la santa madre iglesia. A lo mejor es protestante, insinuó Rafael Ignacio una vez, pero aquel hombre cuyo origen racial aún no lograban descifrar no tenía rasgos ingleses ni de ningún otro reino de tales creencias. Cuando el par de hermanos consiguió abrir las compuertas de la tierra y hacerse con una de las más grandes haciendas de Ciudad Marquesa, Vicente Setemar se zambulló en las finanzas de esa empresa sin que ellos lograran poner resistencia alguna, porque lo hizo acompañado del mismo aire de autoridad con que consiguió quedarse a vivir en la casa el día que llegó, ese aire que dejaba en el subconsciente la idea de que aquel hombre era poseedor de algún tipo de sabiduría. Al ver la gran pericia con que se desenvolvía entre los números de la hacienda, y que no existía moneda gastada o ganada que no quedara reflejada en sus omniscientes pergaminos financieros, Rafael Ignacio terminó por admitirlo confiándole toda la administración de la hacienda; pero Valencio Ignacio, a pesar de que comenzaba a agarrarle un cariño más fraternal que financiero, persistió en la preocupación de su procedencia religiosa. Muchas veces intentó lanzarle la pregunta directamente, pero el hombre sólo respondía: no soy más que un servidor de Jesús.

Cuando empezó con sus madrugadores peregrinajes por la hacienda realizando sus susurrantes conjuros, los hermanos estuvieron de acuerdo que era momento de enfrentarlo y hacerle confesar si era pagano, católico, o qué extraña cosa.

—No son conjuros par de ignorantes —fue su respuesta—, son oraciones al Dios vivo en gratitud por la prosperidad de estas tierras, y ustedes deberían hacer lo mismo, al fin y al cabo ustedes son los dueños.

Los muchachos se sintieron tan avergonzados por la reprimenda que no se atrevieron a decirle que aún no dejaba en claro si era católico o no, y se conformaron con saber que no era pagano después de todo.

La ejecución que terminó de enmarcar las diferencias que separarían a los hermanos Espinel por el resto de sus vidas la causó Nayanúa, la mestiza de tez clara, aunque nadie nunca supo que había sido ella la ladrona. La mestiza, ayudante en la incesable cocina del palacio del Marqués, siempre observaba a las hijas del distinguido hombre pasearse entre los jardines del patio central de la casa como fugaces criaturas celestes, que cantaban y reían al son de una melodía inaudible que brotaba de cada hoja y de cada flor, y ella soñaba con ser una de ellas, con ser incluso la más hermosa, con pasearse entre los corredores de aquella casa causando una conmoción delirante a su paso. Aquellos inalcanzables sueños de Nayanúa comenzaron aquella noche en que el médico la envió a curar de su fiebre al joven Espinel. Ese muchacho la confundió con una princesa nigeriana, y aunque ella no tenía idea de dónde quedaba el Níger, se sintió alagada ante la idea de ser llamada princesa, y entonces no pudo contener la creciente vanidad femenina que sólo las damas españolas tenían el derecho a poseer. Entre furtivos atrevimientos se colaba en las recámaras de las doncellas hijas del Marqués y se visualizaba a sí misma vistiendo aquellos esplendorosos trajes de corte real, navegando en los mares oníricos sobre los inmensos y suaves almohadones de plumaje oriental, sofocándose dignamente con toda la variedad de polvos de belleza y perfumes que cada mañana la esperarían sobre la inmensa cómoda fabricada con las más selectas maderas del nuevo mundo y bajo los mejores diseños peninsulares. Hace rato que el médico se había aburrido de ella dejándola libre de la constante vigilancia cuando al palacio llegaron los rumores de la incipiente y prometedora hacienda Espinel y de cómo los hermanos lograron hacer que la tierra sudara fortuna como nunca antes lo había hecho, entonces la joven Nayanúa tuvo la vaga ilusión de que Rafael Ignacio aún se acordara de ella y viniera a rescatarla de su servidumbre en un fulgurante caballo blanco, como en las bellas historias que le oía contar a las criaturas celestes hijas del Marqués. Vivió varias semanas en una perenne ilusión trasladándose de un rincón a otro con una genuina sonrisa que las esclavas del palacio confundieron con una expresión de muchacha boba, y asumieron que la pobre Nayanúa había quedado traumada por las forzosas relaciones a las que el médico la sometía anteriormente. Trataron inútilmente de devolverle la cordura con bofetadas despabiladoras, y pociones que en su tierra natal solían darle a los jovencitos macilentos para volverlos guerreros. En cierta ocasión la joven Nayanúa les dijo con una pasiva felicidad en su rostro: ¿No ven que soy una princesa nigeriana?

—Ahora sí quedó confirmado que se nos volvió loca la pobre Nayanúa. Ni siquiera tiene la piel oscura como nosotras y dice ser nigeriana —sentenció una de las esclavas al oírla.

Cuando Nayanúa escuchó que Samba y Alal, los esclavos personales de los hermanos Espinel, se encontraban en el palacio, tuvo una exaltación que casi le cuesta el habla por el eufórico grito que intentó escapársele de los pulmones al sospechar que venían de parte de Rafael Ignacio a llevarla a ser la señora de Espinel, mas logró retener el grito a tiempo y mantener la compostura que su futura posición en la sociedad le demandaba, así que voló a las recámaras de las criaturas celestes hijas del Marqués a prepararse para el magnánimo encuentro. Entre la perfumería encontró tres brillantes diamantes del tamaño de una semilla de naranja, y cuyo altísimo valor ella desconocía, pero los vio tan relucientes y bonitos que pensó serían un buen regalo para su futuro esposo. En ese momento sintió el revoloteo del aire que siempre precedía a las criaturas celestes hijas del Marqués, entonces cayó en cuenta por un breve momento de la realidad, si la descubrían en aquellas recámaras la castigarían severamente. Su primer impulso fue llevarse las tres pepitas brillantes a la boca, y luego corrió a esconderse entre las profundidades de las cortinas. Cuando la mayor de las criaturas celestes hijas del Marqués se percató de la desaparición de los tres diamantes, el palacio fue cerrado durante horas en una prohibición de no dejar entrar ni salir a ningún mortal, lo que causó una paralización parcial de todas las actividades de la ciudad, porque para aquel entonces el palacio del Marqués aún representaba el centro económico, político, social y militar de Ciudad Marquesa, y cerrarlo era como clausurar los principales edificios ubicados alrededor de la plaza mayor. Samba y Alal se encontraban en el palacio para llevar hasta la hacienda Espinel la urna llena de oro que el Marqués había concedido a los hermanos, y precisamente Alal se había desaparecido por un breve instante para saludar a sus viejos amigos esclavos del palacio, y ese breve instante bastó para señalarlo como único e irrebatible culpable del robo, pues jamás había acontecido un hecho semejante en toda la historia del palacio, y que ocurriera justo en el momento en que el esclavo se desapareciera fue prueba suficiente para la sentencia, aunque nunca lograron encontrarle las tres pepitas brillantes ni lograron arrancarle una confesión.

El esclavo fue sentenciado a la horca, a pesar de los desmedidos ruegos de Valencio Ignacio por una pena que no le costara la vida a un esclavo al que apreciaba tanto, lo que causó una diseminación de rumores acerca del hacendado español que se humillaba ante las autoridades por proteger a un esclavo ladrón. Rafael Ignacio se vio angustiado ante la mala reputación que aquel robo provocaría y se escandalizó ante la idea de perder el aprecio del Marqués, y ver que su hermano empeoraba la situación lo sacó de sus casillas y le ordenó irse a lloriquear a la casa sino quería ganarse una arremetida de su parte. Valencio Ignacio, al ver la inutilidad de sus ruegos ante el Marqués y ante las autoridades, se encerró en la casa hasta el día de la ejecución, no por obediencia a su hermano, sino porque no soportaría ver al negro Alal colgar de la soga, el negro Alal que llenó su infancia con tantas leyendas épicas de las tierras del Níger. El día y la hora pautada para la ejecución, Valencio Ignacio se sentó en el patio de la casa y materializó una vez más la última leyenda que Alal le contara, donde él junto a Samba derrotaron un ejército francés de mil hombres sólo para caer en manos de los españoles días después. Vicente Setemar lo encontró llorando como un hijo que llora por su padre, y trató de consolarlo diciéndole unas palabras que él no comprendió muy bien.

—No llores Valencio Ignacio, que él no descenderá a dormir muerto, sino vivo, porque logré inculcarle el conocimiento de Jesús hace poco, y él creyó.

Valencio Ignacio en medio de su dolor no se esforzó en encontrar el sentido de aquellas palabras, en cambio dijo en respuesta—. La esclavitud no debería existir, ¿por qué Dios permitiría algo así?

—No es que Dios esté de acuerdo con la esclavitud. Esa fue una de las consecuencias de la desobediencia de Adán, y fue el mismo hombre el que la instituyó.

Luego de la ejecución de Alal, Samba fue sentenciado a recibir treinta latigazos por probable complicidad en el robo, y el juez dictaminó que tendría que ser Valencio Ignacio quien consumara el castigo. La ciudadanía de Ciudad Marquesa se encontraba escandalizada ante el rumor de que Valencio Ignacio quebrantara las leyes eclesiásticas y monárquicas al proteger esclavos y encariñarse con ellos como si de humanos se tratasen, y el juez consideró apropiado que el mismo Valencio Ignacio demostrara su lealtad y respeto ante las leyes celestiales y terrenales castigando a su esclavo frente a todos en la plaza mayor. Cuando él lo supo, se presentó responsablemente en la plaza mayor con una mirada impasible que Rafael Ignacio asumió era resignación, pero cuando le fueron a entregar el látigo, él lo rechazó y se encaminó al poste resuelto a desamarrar al esclavo y llevárselo a la casa, pero apenas había puesto sus manos sobre el nudo cuando un fuerte manotazo lo derribó al suelo, era su hermano.

—¡Qué crees que haces pedazo de imbécil! —le gritó Rafael Ignacio.

Valencio Ignacio sintió una ira encenderse en su pecho que se extendió hasta quemarle las entrañas y los puños de sus manos, una ira que años más tarde se le transformó en una sed por la libertad ajena. Se levantó del suelo y encaró a su hermano con una mirada autoritaria profunda que por vez primera los hizo parecer idénticos. La ciudadanía, que desde niños los vio como un par de gemelos, sólo ahora se daban cuenta que en realidad no se habían parecido tanto todos estos años y que en este preciso instante sí se podía afirmar que eran un reflejo el uno del otro. Pero el parecido no duró mucho, porque Rafael Ignacio seguía predominando en temperamento.

—Me llevo a Samba de aquí —dijo Valencio Ignacio con una voz de plomo, apenas distorsionada por un pequeño ronquido que le quedó como secuela de sus graznidos de infancia.

Rafael Ignacio le plantó su puño cerrado en la mandíbula y luego le exigió a dos soldados de la guardia urbana que se lo llevaran a la casa y no lo dejaran salir el resto del día, los soldados no se atrevieron a contrariar la orden de aquel autoritario hombre de mirada profunda y voz resonante que empezaba a traslucir la esencia del gran jefe que llegaría a ser en la ciudad. Una vez que su hermano fue arrastrado por los soldados fuera de la plaza mayor, Rafael Ignacio trató de salvar la honra del apellido Espinel tomando el látigo en sus manos, y con la autorización del juez se dispuso a dar el primer latigazo cuando el recuerdo de una de las leyendas épicas del esclavo le atravesó los pensamientos, y por un instante dudó de lo que iba a hacer, pero enseguida reaccionó, aquél no era más que una bestia negra y él estaba en la obligación de salvar el apellido. Consumó el castigo cercenando la espalda de Samba, hasta dejarla convertida en una planicie surcada por zanjas sangrientas. El esclavo hubiese sobrevivido si el último latigazo no fuese dado en su cuello directamente sobre la yugular, desbordando sobre la plaza mayor la sucia sangre de los animales africanos. La multitud tuvo que correr asqueada a sus casas a limpiarse con premura aquel líquido impuro que podía costarles la comunión con la Sagrada Trinidad, y se necesitaron tres días para raspar las paredes frontales de los principales edificios de la plaza mayor y recubrirlos nuevamente de elegancia, y cinco días para borrar todo atisbo de sangre impura del frente del palacio del Marqués, y dos semanas para deshacerse de la pestilencia que sofocó a la plaza mayor.

Nayanúa, la mestiza de tez clara, en el susto de ser casi descubierta, se tragó las tres pepitas brillantes. Estuvo durante varias semanas hurgando entre sus heces esperando el tiempo en que su cuerpo expulsara los tres diamantes para devolverlos a las recámaras de las criaturas celestes hijas del Marqués. Pero sus entrañas, aparentemente más conocedoras que la misma Nayanúa sobre el valor de las tres pepitas, se adueñaron de los diamantes negándose a expulsarlos, lo que causó la frustración de la joven. Las esclavas lloraron por la pobre Nayanúa al verla escarbar en sus propios excrementos a toda hora, asumieron que había sucumbido ante la locura total y nunca más resurgiría al mundo de los cuerdos.

II
Clero, Sacrilegios

Las criaturas celestes hijas del Marqués alborotaron por mucho tiempo a la ciudadanía con sus ocasionales paseos por la calle real y sus imprudentes incursiones a los sembradíos del padre, dejando a su paso una estela martirizante que hacía temblar las piernas de cuanto hombre se encontrara expuesto, lo que causaba recelo en las más respetables señoras de los estratos distinguidos de Ciudad Marquesa. Sin embargo, ni la jovial alegría ni el candor de sus cantos ni la terrible atracción de la naturaleza celeste de aquellas criaturas logró arrastrar a Rafael Ignacio hacia sus desconocidos linderos, porque en aquel entonces él estaba decidido a demostrarle a la familia Castillete, y en especial a la hija menor, que él podía llegar a tener en sus manos la supremacía económica aun siendo un español criollo. Luego del azote y muerte de Samba, su hermano no volvió a dirigirle palabra alguna, lo que le sirvió de motivación para comprarse su propia casa y marcharse. La eligió entre las más esbeltas y elegantes mansiones de la calle real, ninguna comparada al esplendor del palacio del Marqués, por supuesto, pero dignas de los mejores apellidos provenientes de la península española. La Mansión Espinel, como Rafael Ignacio la bautizó declarándose a sí mismo el bastión e imagen de la familia e impidiendo que en un futuro su hermano tuviera la tentativa de bautizar la casa materna con el mismo apellido, se convirtió en poco tiempo en sede principal de las reuniones del gremio de hacendados, despojando al palacio del Marqués de una mínima parte de su poder.

Valencio Ignacio, lejos de sentirse ofendido por la pretensión del hermano en convertirse en la imagen del apellido, se sintió orgulloso de pasar a ser el único dueño de la casa de sus padres, que aunque su hermano la considerase una casucha deplorable, para él representaba su raíz y origen en aquella ciudad. En principio creyó que moriría de soledad entre aquellas paredes, pero cuando Vicente Setemar se negó a recibir aposentos en la nueva mansión Espinel y prefirió continuar alojándose bajo el mismo techo, Valencio Ignacio no dudó en apoyarse en aquel hombre como hubiese querido apoyarse en su padre.

Por varias semanas Rafael Ignacio se dio a la inútil tarea de despojar a su hermano de las mayorías de los derechos que le correspondían sobre la hacienda, aunque su intención no era privarlo de las ganancias ni de la fértil fortuna que día tras día sobreabundaba enloquecedoramente, sino clausurarle el derecho a opinar y tomar decisiones sobre el manejo de los negocios, pero pronto se dio cuenta que ni él mismo podría tener el absoluto control de la fortuna, porque el que con una habilidad intrigante movía todas las piezas de la hacienda como en un tablero de ajedrez era Vicente Setemar, y Rafael Ignacio tenía la sospecha de ver colapsar el metódico plan estratega administrativo si se atrevía a meterle mano aunque fuera a uno sólo de los hilos que el enigmático administrador controlaba. Así que se conformó con entregarle a Vicente Setemar la pletórica urna llena de oro que el Marqués le concedió y decirle que quería incursionar en la exportación de maderas e incluir el negocio ganadero. Sin consultas ni reparos Vicente Setemar instituyó unas cuantas nuevas unidades de trabajo con sus respectivos jefes y jerarquías que le hizo pensar a Rafael Ignacio que el hombre tal vez no había sido el hijo escapado de algún campesino como muchos creyeron, sino algún importante oficial del ejército de algún lejano reino que ahora disponía de los esclavos de la hacienda como si fueran el ejército real, y en cuestión de semanas la hacienda Espinel amplió sus fronteras para abrir paso a las manadas de animales que diariamente sufrían la gran metamorfosis convirtiéndose en toneladas de carnes, cántaros de leche, cargamentos de quesos, bultos de lana, carromatos sobrecargados de pieles; y los animales que no mutaban eran acarreados hasta la Ciudad del Gran Lago al occidente de la Capitanía General para emprender el viaje trasatlántico hacia la península española. Con la misma vehemencia que esos animales mutaban y viajaban por el océano, los árboles surgían de la tierra vertiginosamente para luego caer como gigantes fulminados; robles, cedros, samanes, todos sucumbieron ante esa absurda febrilidad de alcanzar la suprema majestad rosando las nubes con sus ramas para luego tumbarse sobre la sabana amenazando con aplastar los extensos sembradíos.

Rafael Ignacio estuvo tan satisfecho con la generosidad de aquellas tierras que por poco sintió que ya había alcanzado todo cuanto había deseado, entonces se acordó de aquella niña que dudó del azulejo de su sangre por su acento criollo. Se mandó a confeccionar un honorable traje de señor respetable que casi desafía los soberanos trajes del Marqués, montó sobre el más imponente de sus caballos, e ignorando a las criaturas celestes hijas del Marqués que ese día se paseaban como ensueños materializados por la ciudad, cabalgó hasta la casa de los Castillete a pedir la mano de aquella altiva niña. Los padres no pusieron objeción alguna, se sintieron galardonados de que el más próspero de los españoles hacendados quisiera emparentar con ellos, y cuando mandaron a llamar a la novia, a la sala no entró la misma niña de aquel domingo de misa, pues ahora era toda una mujer cuyas facciones monárquicas se habían acentuado y su mirada de reina revelaba la indomabilidad de un corazón que nació para dominar, Carmenza Castillete. Ella no pareció reconocer en aquel imponente hombre al muchacho criollo de aquel domingo de misa, y quizás ni recordaba aquel domingo. Dijo estar complacida de convertirse en la señora de Espinel con una dignidad que no reveló ni el menor atisbo del entusiasmo y la alegría que ella aseguró sentir cuando le preguntaron. Lo que ella no sabía es que, aunque sí sería la matrona en la gran mansión con la que siempre soñó, Rafael Ignacio no tenía ninguna intención de hacerla feliz. No se dejó impresionar por su esbelta elegancia, o su altiva mirada, o la refinación de sus gestos; aún estaba empecinado en el deseo de hacerla arrepentirse por haberse atrevido a insinuar que él no tenía sangre azul.

Valencio Ignacio pasó sus horas cuidando una bandada de patos gansos que proliferaron en el patio de la casa de sus difuntos padres, que ahora le pertenecía sólo a él. A pesar que su hermano le permitió hacer uso de todas las riquezas generadas por la hacienda, él prefirió gastar únicamente lo indispensable para subsistir, y le pareció inútil la petición de aquél de no objetar ninguna de sus decisiones tomadas con respecto a los negocios, porque él tampoco tenía ánimos de inmiscuirse. Vicente Setemar recurrió a cuanto argumento le vino a la mente para hacerle ver la importancia de participar en los asuntos de la hacienda y trató de advertirle el peligro letal de hacerse amigo del sedentarismo, pero el hombre sólo respondía a sus consejos de padre con un genuino pero infructuoso agradecimiento. Se sumergió en un aletargado conformismo de donde apenas se asomaba para comer y echarle maíz a sus absurdas crías, sentado en el patio desde el alba con la mirada puesta en ningún sitio en específico. Si no fuera por la esclava que Vicente Setemar se trajo de la hacienda para que se encargara de la casa, aquel hombre hubiera desaparecido de desnutrición entre las plumas de pato ganso que cubrían el patio como un inmenso colchón sin funda. Concha Pétrea se encargó de aromatizar con canela triturada el suelo de madera que en otro tiempo fue el mayor orgullo de la madre de los hermanos Espinel, mantener las encaladas paredes purificadas de todo oscurecimiento de suciedad, aventar todas las insolentes cucarachas, rebosar los calderos con ovejos gordos y recubrir las parrillas con las más selectas carnes de reses, también puso límite al pletórico colchón de plumas que se tomaba el atrevimiento de asomarse a la sala, y darle mejor uso al cántaro junto al fogón que hace mucho había dejado de multiplicar los granos de arroz. Tanta fue la actividad que esa sola negra logró mover en la casa que le fue imposible a Valencio Ignacio no levantarse de su modorra para asomarse tímidamente a la sala a ver qué era aquel vendaval que agitaba el aire entre las paredes, y se encontró con una formidable esclava con hombros de acero que se acercaba a él cargando entre manos una exagerada batea de carne que hubiese bastado para alimentar a cinco soldados, y sin mayores contemplaciones lo plantó de nuevo en el patio con la batea en el regazo y no se la quitó hasta que no hubo terminado de comer. Incluso fue ella la que logró la gran hazaña de hacerlo salir de la casa restregando hojarascas de picapica en el pedazo de tronco donde él se sentaba a contemplar sus crías. Cuando él le comentó sobre la mortificante piquiña que le agobiaba entre sus partes secretas, por no tener a quién más consultar ya que Vicente Setemar era absorbido por la administración de la hacienda, ella le dijo que eran parásitos y debía ir él mismo a arrancar hojas de ruda y pasota en las cercanías del río porque ella se encontraba muy ocupada.

Valencio Ignacio recorrió las calles que lo separaban del exuberante río Santo Domingo, pero antes de poder llegar fue sorprendido por las criaturas celestes hijas del Marqués que al verlo revolotearon sobre él con sus candorosos cantos y sus joviales sonrisas. Él no pudo más que contemplarlas y dejarse contagiar de aquella translúcida alegría. Las criaturas celestes lo tomaron de la mano y lo hicieron sobrevolar las piedras del río, acariciaron con tímida curiosidad aquellos fuertes brazos y rieron al sentir la brusquedad de su barba mal cuidada, indagaron en la profundidad de sus ojos y hasta se podría decir que por una vez ellas dejaron de infundir ensoñación para venir a ser las cautivadas; sin embargo no se dejaron ofuscar por la insondable mirada de aquel hombre y continuaron su inquisición con inocente pero sobria curiosidad. Cuando estuvieron sobrevolando en medio del río con los pies rozando las caudalosas aguas, las diáfanas criaturas celestes tuvieron la osadía de acariciar sus gruesos labios viriles con los suyos, que eran finos y delicados como la seda que recubría algunos de sus almohadones. Valencio Ignacio disfrutó aquellas castas caricias labiales con la misma inocencia que de adolescente creyó que los rituales convulsivos de su hermano eran danzas indígenas. En algún momento el hombre se sintió agobiado una vez más, y cuando las criaturas celestes hijas del Marqués lo interrogaron con la mirada él les explicó que una piquiña atroz le mortificaba en sus partes secretas. Ellas estuvieron a punto de indagar entre los recodos de sus inexploradas zonas íntimas en busca del origen de la piquiña cuando fueron sorprendidos por un grupo de comerciantes pardos. Las criaturas celestes hijas del Marqués se dispersaron en el aire y Valencio Ignacio cayó al río siendo arrastrado por el feroz ímpetu del Santo Domingo, afortunadamente sus fuertes brazos le sirvieron de salvación. Cuando el Marqués se enteró del incidente tronó en su palacio e instituyó una guardia de castidad que velara por el bien de sus criaturas celestes, aunque en el fondo su corazón siempre iba a terminar dominado por el candor de sus hijas a quienes nunca pudo negarles nada que ellas pidieran, por lo que en pocos días la guardia de castidad pasó a ser algo ornamental que sólo servía para ahuyentar a los cobardes y retar a los más audaces; sin embargo no existió hombre sobre la faz de la tierra que lograra casarse con alguna de aquellas criaturas a voluntad propia, porque ellas evadían a los mil pretendientes y perseguían a los pocos hombres que no tenían intención de emparentar con tan temible y poderoso señor cuyo prestigio alcanzaba día tras día límites inconcebibles.

A partir del incidente en el río, Valencio Ignacio, por orden del Marqués, tuvo prohibido acercarse a la plaza mayor y visitar la calle real, lo que era igual a excluirlo de toda la vida política, social, económica, militar y eclesiástica de la ciudad, incluso le sería imposible casarse algún día debido a que la catedral también estaba en la plaza mayor. Pero esto no suscitó mucha inquietud en Valencio Ignacio, que ya se había acostumbrado a pasar sus días frente a sus crías de patos gansos. Con frecuencia recordaba las castas caricias del río, pero hubo tanta inocencia ese día que los recuerdos no alcanzaron a producirle ningún tipo de fiebre y pronto se olvidó del incidente, hasta el punto que en un par de semanas no recordó el motivo por el cual el Marqués le había impuesto semejante restricción.

Ni Vicente Setemar ni Concha Pétrea, que pronto le agarró cariño a Valencio Ignacio por ser el primer patrón que no intentaba abusar de ella, se resignaron a la idea de verlo convertirse en una postración viviente que podría desaparecer en cualquier momento entre las pletóricas plumas que cubrían el patio. Se hicieron a la tarea de buscarle algún oficio que llamara su atención, algo que requiriera más actividad corporal que simplemente sentarse a ver cómo crecen las aves. Vicente Setemar había oído del don que el hombre había tenido de pequeño de poder entender muchas lenguas, y decidió ponerlo a prueba: le pidió el favor que le tradujera algunas cartas de sus parientes lejanos. Para Valencio Ignacio fue una novedad oír que Vicente Setemar tenía parientes, y tradujo las cartas con un febril entusiasmo que revelaba su inquietud por saber más de aquel misterioso hombre, y lo que aumentó su intriga fue descubrir que cada carta estaba escrita en un idioma distinto, y se preguntó cómo era posible que aquel hombre tuviera parientes en cada reino del mundo. Tradujo al castellano la que provenía del primo segundo de Francia, luego la que provenía del tío de Holanda, después la del tío abuelo de Portugal, el pariente lejano de Italia, el padrino de Inglaterra; las transcribió a su lengua natal con la misma facilidad que le tiraba el maíz a sus patos gansos, pero se frustró al ver que aquellas cartas no proporcionaban información alguna del pasado de Vicente Setemar, eran apenas saludos formales y comentarios cotidianos. Vicente Setemar también le pidió que leyera las cartas en los mismos idiomas en que estaban escritas, y se maravilló al comprobar que Valencio Ignacio no sólo era un prodigio de traductor, sino que también podía acomodar su voz al acento de cada idioma de manera que no podría distinguirse en su hablar su origen español, y casi sufre un ataque de asma al ver las inimaginables posibilidades de la garganta de aquel polígloto, que además de hablar el francés con su respectivo acento también podía hablarlo con acento portugués, o el castellano con acento inglés, o el ruso con acento portugués, o el italiano con acento holandés, e incluso se sabía dos lenguas africanas y unas cuantas nativas americanas. Le sugirió, y casi le demandó, que viajara al virreinato de Santa Fe y se ofreciera como traductor ante el Virrey, que de seguro le ofrecería los mejores beneficios a tan prodigioso hablante intercultural; pero tan pronto como la sugerencia salió de su boca se quedó pasmado con la vista fija en un punto vacío, como si de pronto hubiese visto algún tipo de aparición, y luego llevó su mano al hombro del plurilingüe apretándolo con fuerza, y con una mirada agobiada y voz autoritaria le dijo— no debes ir a Santa Fe, tu lugar está en Ciudad Marquesa. Valencio Ignacio lo miró perplejo sin comprender la contradicción de aquel hombre. De todos modos tampoco tenía intención de dejar la ciudad.

Un incidente semejante ocurrió algunos días después, estaban sentados a la mesa cenando el bisonte norteño que Concha Pétrea le compró a un comerciante inglés disfrazado de mestizo, cuando Vicente Setemar fijó una mirada pavorosa en Valencio Ignacio y le repitió las mismas palabras que le dijo el primer día que llegó a la casa—. No mates a tu hermano. Valencio Ignacio se horrorizó ante aquella advertencia y tal como aquella vez le volvió a decir—. Yo jamás haría algo así.

Carmenza Castillete tomó posesión de su nueva casona con la tenaz determinación de convertirse en Virreina, ambición que ni el mismo Marqués había concebido todavía. Dispuso un ejército de esclavos que se encargarían de elevar la dignidad y la gloria de aquella mansión a la cima que ella, española peninsular de la más purísima sangre azul cuyo apellido estaba emparentado con duques, marqueses y virreyes, y cuya familia era fiel salvaguarda de las leyes impuestas por Dios a través del Sumo Pontífice en la Santa Madre Iglesia y el Rey en la gloriosa península Española, merecía; pero se encontró con la férrea determinación del marido de trillarle hasta el último de sus días. Si bien ambos sufrían casi de las mismas ambiciones, Rafael Ignacio no estaba dispuesto a compartir el mérito y mucho menos con una mujer de tan vil insolencia que una vez dudó de su origen español. Tomó el mando del ejército de esclavos y a ella la desautorizó hasta el punto de tener que pedirles permiso a los criados para poder salir de su habitación.

—No quiero que te pasees por la casa inmiscuyéndote en los asuntos que sólo a mí, el hombre, me corresponde. Y en cuanto al cuidado del hogar, para eso están las esclavas, así que no tienes ninguna necesidad de salir de la recámara —le dejó claro a su esposa desde el primer día.

Carmenza Castillete observó impotente cómo diecisiete años de sueños y anhelos de gloria se despedazaban bajo las déspotas pisadas de aquel marido que hacían crujir las maderas del suelo, y que además la trataba como a una brusca bestia en la intimidad mancillando el lecho donde habrían de concebir a los futuros herederos temerosos de la Santa Madre Iglesia y de la Corona. No lograba explicarse cómo es que había terminado prisionera en aquella recámara bajo el mando de aquel tirano cuando sus padres le repitieron diariamente que se encargarían de encontrarle un marido idóneo a su apellido y a su ascendencia generacional. Trató de consolarse con el veraz pensamiento de que sus amigas y vecinos no adivinarían su desdicha, sino que la tenían por afortunada y virtuosa al ser la esposa del señor Espinel, un acaudalado hacendado cuyo ascenso en los estratos sociales era irrefrenable. Sin embargo, se sintió enloquecer cuando empezaron las deshonrosas afrentas que estaba segura condenarían a su marido a las llamas del infierno sin derecho a la redención del purgatorio. La primera fue el abominable aposento que Rafael Ignacio acomodó al lado de la recámara nupcial, con paredes ocultas tras gruesas cortinas traídas del fin del mundo, inmensos almohadones rellenos con las plumas de las más exóticas aves caribeñas, un imponente catre cuya madera expelía un penetrante olor a bosque, y una densa bruma de aromas que ofuscaban los sentidos y erizaban las pasiones, y una cascada de cadenas doradas que caían del techo y bañaban las sedosas mantas del catre. Carmenza Castillete cada noche oía con desesperación desde la celda de su recámara los gritos provenientes del abominable aposento, donde su marido obligaba a las esclavas a cumplirle sus más atroces deseos, y sentía que el dolor le oprimía el corazón, no por las esclavas que al fin y al cabo se lo merecían, sino por la humillación a la que el marido la sometía instalando ese aposento tan cerca, ¿no pudo instituir su santuario infernal en el traspatio? Y para colmo, a media noche entraba a la recámara nupcial bañado con el asqueroso sudor de las bestias africanas a deshonrarla como a una vil ramera. Rafael Ignacio fue insensible ante sus lágrimas, e incluso dio la orden de que la alimentaran con la misma comida de los esclavos, que clausuraran con cerrojo su armario y sólo le permitieran vestirse con mugres harapientas, y que únicamente la limpiaran por las noches mientras él visitaba su abominable aposento para poder encontrar su palidecida piel limpia y dispuesta a ser ensuciada de nuevo. Él mismo se sorprendió de los límites implacables a los que estaba llegando, y el miedo inconfesable que sentía por la impiedad que el repudio hacia esa mujer le hacía alcanzar no fue capaz de admitírselo ni a sí mismo.

Pronto todas sus medidas no fueron suficientes para saciar la sed que sentía de ver a Carmenza Castillete humillada y trastornada, se le volvió una febril obsesión que habría de perdurar muchos días hasta que la presencia de los hijos lo obligó a retraerse y convertir aquellas paredes en un hogar ejemplar. Para saciar esa inmisericorde sed que también estaba destruyendo su cordura desplazó del abominable aposento a las mancilladas esclavas que se habían desgastado de tanto uso y mal uso y parecían curtidos almohadones deshilachados para sustituirlas por el harén oriental. Importó desde Europa veinte mujeres arábigas que pisaron las tierras sagradas huyendo de monstruosas condenas y fueron capturadas por la guardia real. Las instaló en el abominable aposento y las hizo vestir con las más fascinantes ropas de odaliscas, recreando para ellas un sofocante ambiente de humos aromáticos y melodiosos instrumentos cuya música incitaba al desaforo pasional. Luego sacó a Carmenza Castillete de su recámara y la instaló en el harén sin cambiarle sus trapos harapientos para que pasara el resto de sus días amarrada a las cadenas doradas viendo cómo su marido disfrutaba cuanto placer carnal se le ocurrían a él y a las odaliscas, y cuando él adivinó que ella estaba al borde del profundo pozo de la locura y por lo tanto ya no soportaría mucho más antes de sufrir un colapso mental, agregó la última estocada que le hacía falta a su venganza, obligarla a mantener las mismas apariencias de las que ella se enorgullecía desde niña. Empezó a organizar festivas reuniones donde el gran salón de la mansión Espinel se iluminaba con numerosos candelabros de plata, la música destilada de los tambores y cuerdas movilizaba los cuerpos en bailes joviales, los caballeros disfrutando de sus mates cimarrones servidos en calabazas curadas con yerbas amargas y las damas candorosas con sus pequeñas calabazas rebosantes de mate dulce. Entonces las esclavas sacaban a Carmenza Castillete del abominable aposento del harén y la bañaban con aromatizantes yerbas y pétalos traídos de la Nueva Granada, pulían su palidecida piel como a los

79

pilares de mármol blanco de los templos antiguos, cubrían su languidecido cuerpo con vestidos magistrales que reavivaban su esbelta elegancia, y le devolvían a su rostro las facciones monárquicas con polvos misteriosos traídos de Europa. La imponente señora de Espinel aparecía en la sala con su altiva mirada y su hálito de reina para infundir la admiración entre todas las damas de Ciudad Marquesa, y hacía preguntarse a todos cómo una mujer tan joven podía ser poseedora de tan gran supremacía. Nadie sabía que debajo de tanto esplendor señorial se escondía una pobre mujer mancillada que todas las noches clamaba porque a su marido se lo llevara de una vez por todas el mismísimo demonio que lo había engendrado. Hubiera pedido auxilio a su padre y hermanos para llevar a juicio a su marido ante las leyes eclesiásticas, pero le causó horror el sólo hecho de imaginarse envuelta entre las críticas y la burla de todas las ilustres familias de la ciudad al saber cada una de las viles humillaciones a las que había sido sometida, sin contar la terrible seguridad de que nunca más lograría recuperar su honor, dignidad y prestigio.

Al terminar las inmisericordes reuniones festivas, y ya ningún invitado quedaba en la glamorosa mansión Espinel, era despojada de toda grandeza, vestida con los trapos harapientos, y devuelta a las tenaces cadenas doradas que la mantenían prisionera dentro del tortuoso y desvergonzado harén. Rafael Ignacio trataba de saborear cada vergüenza, cada lágrima, cada horror, cada pavor, cada desespero y cada trastorno que suscitaba en su esposa; sin embargo, dentro de su pecho se gestaba una sensación asqueada por todo lo que hacía, y odió mucho más a Carmenza por ello. Su humor fue empeorando cada semana, y si no fuera por el hábil administrador de la hacienda hubiera visto todos sus negocios tambalearse por esos tiempos. Su irritación llegó al punto de mandar a azotar varios esclavos por delitos absurdos, y casi destruye la buena reputación alcanzada entre sus colegas hacendados por el despotismo de sus decisiones, porque para esos días ya había alcanzado a ser representante del gremio de hacendados. Su delicado estado de ánimo terminó de quebrarse como los tímpanos de una hormiga en el campanario cuando a la mansión Espinel llegó la noticia de que su hermano quería casarse con una mestiza.

A pesar de las restricciones del Marqués y el empecinamiento de Valencio Ignacio de quedarse plantado toda la vida cuidando su cría de patos gansos, Vicente Setemar se las arregló para sacarlo de la casa. El hombre tuvo que renunciar a sus intrigantes peregrinajes por la ciudad y despojarse de su misteriosa actitud por unos días para transformarse en un padre decidido a integrar a su hijo a la vida social. Como no podía llevarlo a la plaza mayor lo forzó a visitar la hacienda aun en contra de las protestas de Rafael Ignacio. Trató de iniciarlo en los principios administrativos con la condición de no divulgarlos porque aún el mundo no había sufrido la revolución industrial que abriría paso a su gestación, pero Valencio Ignacio se vio perdido entre aquellas intrincadas teorías que supuestamente aún no existían y pronto se negó a seguir aprendiéndolas. Vicente Setemar intentó ponerlo a cargo del cuidado de los caballos, mas el inexperto hombre que de cuidado animal sólo había aprendido a tirar maíz sobre la gruesa capa de plumas del patio de su casa, en una semana dejó morir de sed a cinco mil pura sangres. Al parecer lo único productivo que había logrado hacer Valencio Ignacio en esa hacienda fue esparcir dos sacos de granos de café en los inicios de la desaforada fortuna.

Fue una tarde de septiembre, días en que la Capitanía General hace mucho había pasado a ser Audiencia con autonomía político-militar, que Valencio Ignacio divisó entre los plantíos de cacao de la hacienda vecina a una monumental mestiza de tez clara entre ocho negras desbordante de alegría. Se acercó como atraído por una delicada fuerza que le hizo distinguir por sobre el aroma a cacao, y por sobre el aroma a café, y por sobre el aroma a tabaco, el agobiante aroma a mastranto que expelía aquella piel con el color del roble. Cuando la tuvo enfrente se dejó dominar por su genuina sonrisa, su maltratado cabello ondulante, la torpe suavidad de sus gestos, la espontaneidad de su cuerpo; la mujer más veraz que había visto nunca jamás.

—¿Quién eres? —le preguntó él con voz atontada.

Ella hizo una leve inclinación como damisela provinciana y contestó con su firme y cautivante voz—. Nayanúa, princesa de las tierras del Níger.

Valencio Ignacio se sintió tan ajusticiado por los vehementes encantos de aquella mestiza que no cayó en cuenta que su tez era muy clara para ser princesa de las tierras del Níger, y por vez primera empezó a experimentar una especie de acalorada ofuscación en su piel, aunque aun así todavía no se despertaban en él los febriles pensamientos que atormentaron a su hermano en la adolescencia. Tal vez las esclavas se asustaron cuando percibieron lo que ocurría, porque se apresuraron a llevarse a rastras a Nayanúa pidiéndole al hombre que por favor se olvidara de ella, porque a la pobre la vida le había trastornado la cordura. Quizás Valencio Ignacio hubiese obedecido a las advertencias de las esclavas, porque hasta el momento no había sido hombre de perseguir pasiones ni metas, si esa noche no hubiese irrumpido por la ventana de su recámara una vaga silueta envuelta en el inconfundible aroma a mastranto. Él se quedó inmóvil sintiendo cómo ella le acariciaba los labios, no con el mismo candor de las criaturas celestes, sino con el atrevimiento de una mujer decidida. Estuvo perplejo cuando ella deshizo su ropa de dormir y casi es derribado por la confusión cuando ella recorrió cada recodo de sus inexploradas áreas secretas, y cuando ella lo sumergió en su mestizo cuerpo, sólo entonces él pudo comprender que lo que ella intentaba realizar era el mismo rito de fertilidad de los animales de la hacienda.

Cuando Rafael Ignacio supo que su hermano se casaría con una mestiza abandonó las recámaras de su casa, atravesó cada una de las casonas de la calle real, cruzó la plaza mayor, y después de tanto tiempo caminó nuevamente entre las calles de la modesta comunidad de blancos de clase media, hasta entrar en la casa de su infancia y plantar en el rostro de su hermano un puñetazo que por poco le cuesta la vista del ojo izquierdo.

—Te prohíbo casarte con esa mugrienta mestiza.

Valencio Ignacio se levantó del suelo, y con una tenacidad mayor a la del día del azote de Samba, lo encaró para decirle—. Por si se te olvida sigo siendo tu hermano mayor, así que no me prohíbes nada.

—Si persistes en esa desquiciada idea entonces te declaro indigno del apellido Espinel — fue todo cuanto dijo Rafael Ignacio antes de salir de la casa. Su amenaza aparentemente fue innecesaria, porque Valencio Ignacio no podía poner sus pies sobre la catedral debido a la restricción del Marqués, y además el gremio eclesiástico se negó rotundamente a oficializar la boda, pues era inconcebible permitir ante Dios la unión de un español con una mestiza y el obispo amenazó con excomulgarlo si persistía en tal perversidad. Valencio Ignacio, lejos de desistir, decidió instalar a Nayanúa en su casa y hacerse la idea de que ya estaban casados. Vicente Setemar enrojeció de indignación al saber que la pareja pretendían vivir en intimidad sin oficializar la unión ante Dios, y él mismo se ofreció a unirlos en matrimonio aun cuando no ostentaba ningún título episcopal. Una vez más Valencio Ignacio se sintió confundido con la dualidad de aquel hombre que defendía a muerte ciertos principios eclesiásticos pero se rebelaba contra algunas doctrinas de la Santa Madre Iglesia.

Por esos días llegó a la muy noble y muy leal Ciudad Marquesa rumores de insurgencias y conspiraciones gestadas por criollos en la gran Europa que tenían la delirante pretensión de desmontar la Corona de sobre América. Sin embargo, sólo fueron rumores sin importancia que el cálido viento de la ciudad disipó en una etérea bruma con la misma ligereza que las criaturas celestes hijas del Marqués se dispersaban en el aire. Por lo que nada pudo inquietar la modesta y ceremoniosa boda que Vicente Setemar preparó entre las palmas de chaguaramo cercanas a la ciudad. Concha Pétrea le hizo al novio una camisa con volados y le confeccionó un saco de levita que por vez primera le hicieron tener el supremo semblante del hombre español que era, mientras que Nayanúa encontró entre los rincones de la casa un pedazo de las telas que la madre de los hermanos Espinel solía vender, y se hizo de un vestido sencillo que intentaba emanar el hálito de las ilustres damas de la ciudad. El enigmático don Setemar ofició la solemne unión que sólo tuvo por público a la formidable Concha Pétrea de hombros de acero y las ocho esclavas del palacio que lloraron caudalosamente de alegría al ver que la pobre mestiza de tez clara cuya cordura se había difuminado lograba alcanzar un buen partido y un buen futuro.

Esa noche Valencio Ignacio violentó la clausurada recámara de sus difuntos padres para instalar a su esposa, y se encontró con un fatídico laberinto formado por pesados bultos de tela peor de intrincado y apretujado que el que alguna vez hubo en la sala, y entonces comprendió que si su madre no hubiese muerto a tiempo, también el resto de las recámaras, la cocina y el patio hubieran sufrido el mismo destino laberíntico. Volvió a clausurar la recámara y decidió conservar la que había ocupado hasta ahora.

Por su parte su hermano tomó la decisión definitiva de privarlo de todas las riquezas de la familia y prohibirle el paso a la próspera hacienda Espinel, cumpliendo su palabra de desterrarlo de la estirpe perpetuamente, ni siquiera Vicente Setemar con su densa bruma de autoridad emanando de su piel y su control total sobre la administración de la hacienda logró oponer resistencia a tales medidas. Valencio Ignacio no se mostró agobiado por eso, más bien se dotó de una vigorosa determinación de sacar adelante aquella modesta casa por sus propios medios sin depender del próspero sudor de una hacienda que hace tiempo había dejado de sentir que le pertenecía. Retomó su antiguo oficio de mensajero pero esta vez con formalidad, instituyendo en su casa lo que muchos años después los libros de historia registrarían como el primer intento de oficina de correo internacional de Ciudad Marquesa. Ofreció sus servicios de traducción de cartas a los ciudadanos que quisieran enviar o recibir recados de parientes y amigos en otros reinos; en pocos días la incipiente empresa fue desmantelada y clausurada por la guardia urbana, pues el comandante militar y político tuvo el presentimiento de que lo que Valencio Ignacio en realidad pretendía hacer con su intercambio de cartas trasatlánticas era servir como puente de comunicación entre los conspiradores en América con los de Inglaterra y Francia. Por lo que cuando nació el primer hijo del recién matrimonio aún no contaban con algún ingreso económico, y la situación se volvió más crítica porque el niño vino al mundo con tres protuberancias a lo largo de su pierna derecha, que los vecinos interpretaron como un castigo divino por la perversa unión de un sangre azul con una sangre mestiza.

Cuando Nayanúa se encontró viviendo en aquella modesta casa de paredes encaladas, con una techumbre de palma que había logrado resistir los más recios inviernos y la inmisericorde tostada del sol, un suelo de madera oloroso a canela triturada, y tres habitaciones estrechas porque en la más amplia se apretujaba un laberinto de telas, se sintió en el castillo nigeriano muchas veces soñado desde aquella delirante noche en que se le reveló que había nacido para ser princesa. Se levantaba con el alba a consentir a su caballeresco marido. Luego pasaba el día deslizándose sobre el excesivo y nunca barrido plumaje suelto de los patos gansos que ella consideró era una especie de alfombra de la corte real, y hasta le prohibió a Concha Pétrea seguir manteniendo restringido el paso de las plumas a la sala, para que así la exótica alfombra se extendiera por cada rincón de la casa. Se fascinó con la idea de tener un laberinto en una de las recámaras, porque había oído que en Inglaterra las más ilustres familias poseían laberintos en sus jardines construidos a base de arbustos, y ellos podían darse el lujo de tenerlo dentro de sus paredes y a base de telas europeas. Consideró a Vicente Setemar el arzobispo personal de la familia y siempre lo recibía por las tardes con ceremoniosas salutaciones que lo indignaban, pues él parecía detestar la idolatría entre humanos. Aunque su percepción de Concha Pétrea no sufrió muchas alteraciones, pues la vio como lo que era, la más fiel esclava personal de la familia, pues era la única. No necesitamos tantos esclavos, nuestra prosperidad aumenta por sí sola sin mucha mano de obra, pensaba Nayanúa. Para los días en que su marido se afanaba por comunicar a los habitantes de Ciudad Marquesa con reinos lejanos ella le confeccionó a los patos gansos pequeños gorros y mantillas, y ató al cuello de cada uno delicadas cintas con las que pudiera llevarlos a la calle sin que se extraviaran. Cada atardecer, bajo la reverberación del agonizante sol, los habitantes de Ciudad Marquesa se turbaban por la extraña aparición entre las polvorientas calles de una mujer con la piel color del cedro recién cortado, llevando modestos vestidos de damisela, una pequeña sombrilla graciosa, y llevada como a un ser incorpóreo por una bandada de cisnes cubiertos con mantos angelicales, mientras exhalaba a su paso el penetrante aroma a mastranto. —¡La virgen de los mestizos! — exclamaron muchos mulatos, causando gran conmoción en el edificio episcopal, y mayor fue el escándalo cuando comprobaron que la supuesta virgen era la desvergonzada mestiza que se había enramado en el lecho de un español sin la aprobación divina, pues los párrocos negaron hasta la muerte la legitimidad de la ceremonia que Vicente Setemar había oficiado; así terminó Nayanúa, igual que su marido, con la libertad clausurada de pasearse por la plaza mayor.

—Tienes que hacer algo, esos bárbaros nos están desterrando de nuestras propias tierras —

le dijo ella a su caballeresco marido como si estuvieran en la edad medieval.

Aun así, nada impidió que Nayanúa continuara con sus abrumadores paseos incluso después de los continuos nacimientos de sus hijos, pero esta vez cuidándose de no acercarse a la plaza mayor. Más o menos un atardecer de abril se encontraba la princesa nigeriana con su cortejo de cisnes en la entrada de la ciudad, cuando apareció en el camino entre una polvareda imposible el carromato de Basílica Villafañe. La carreta con su tolda de lona forzosamente arrastrada por dos escuálidos caballos sin arriero ni guía se detuvo frente a Nayanúa, quien con temerosa curiosidad se asomó por la parte trasera al interior del toldo y casi sale volando despavorida con su comparsa de cisnes al ver aquella regordete tentativa de mujer: la vulgaridad de su gordura, el trastorno de su cabello, el cuajo de su papada, la espantosa simetría de sus ojos entre la aglomeración de sus párpados. Nayanúa no lo sabía, pero acababa de conocer a la mujer que llevaría la efímera prosperidad a su hogar.

Así como nadie en Ciudad Marquesa se enteró de la existencia de un harén en la mansión Espinel, nadie supo en qué momento apareció la infante criatura de tez dorada y cabellos profun-

91

damente negros que acompañaba a Rafael Ignacio a todas partes como un fiel criado. Era un gracioso niño con dedos delicados y ojos melosos, que sonreía dulcemente a cuanta persona veía en la calle, como un pequeñito inocente eternamente enamorado de la humanidad. Vestido con chalequito de terciopelo sobre una purificada camisa acompañaba al ilustre señor Espinel a la supervisión rutinaria de la hacienda, a las fatídicas diligencias en el ayuntamiento, y a los refrescantes paseos a caballo por las vastas extensiones de tierra al oriente de la ciudad. Se sabía, por el dorado de su piel y la candorosa delicadeza de su rostro, que no era hijo de la magistral Carmenza de Espinel Castillete de facciones monárquicas, que por cierto se había encerrado en su mansión imperial y ni en las misas dominicales volvió a aparecer, y solamente se le veía en los desaforados banquetes que cada tarde organizaba en el gran salón de su mansión, y hasta corrían los rumores de que su marido pasaba más tiempo con el candoroso niño de tez dorada que con ella. Por esta razón muchos llegaron a pensar que Rafael Ignacio, en su despotricado afán de superar el poderío del Marqués, había adoptado las perversas costumbres de los emperadores chinos que habitaban en el fin del mundo, los cuales acostumbraban a tomar por amantes a pequeños niños de mejillas sonrosadas a quienes concedían mayores atenciones que a la misma emperatriz; pero nadie se atrevió a poner en palabras las acusaciones que runruneaban en cada esquina, Rafael Ignacio se había ganado el temeroso respeto de la ciudad como centro económico que era su hacienda. Nunca se supo que ese niño en realidad era su hijo parido entre todas las odaliscas de su harén, y que a pesar de la implacable tenacidad con la que denigró en cada oportunidad a los ilegítimos hijos de su hermano, jamás tuvo corazón para deshacerse de su propio bastardo, a quien amó genuinamente como a hijo preciado sin revelarle jamás que era su padre. Él mismo creyó que cuando le naciera un hijo legítimo el incomprensible cariño por el bastardo se disolvería como una neblina pasajera, mas no fue así. Si bien el hijo de Carmenza fue su mejor orgullo por ser un recio sangre azul, nada ni nadie logró desplazar al candoroso bastardo del rinconcito de ternura paterna que se escondía en su corazón. Las odaliscas lo llamaron Khasid Ignacio, y aunque a Rafael Ignacio no le desagradó, para evitar sospechas del parentesco lo llamaba sólo Khasid.

Cuando su hijo con Carmenza nació, y se encontró ante la fascinante imagen de un formidable bebé sonrosado cuyas grisáceas venas revelaban el azulejo de su venerable sangre, se dio cuenta que había llegado el fin de la tortuosa venganza que por poco le cuesta a su esposa la cordura y que a él casi le desquicia el juicio en una atroz sed de venganza que ya no recordaba qué la había suscitado. El día del nacimiento Vicente Setemar visitó la mansión Espinel por primera vez, se desplazó con el mismo andar paciente pero firme con que había llegado a la ciudad pocos años atrás, pasó junto a los candelabros de plata apagando las llamas de cada uno con la densa bruma de autoridad que exhalaba su piel, atravesó el pasillo de las recámaras sin advertir la indecorosa puerta tras la cual se ocultaba el abominable aposento del harén con la cascada de cadenas doradas, y entró en la recámara donde Carmenza recibía en sus brazos de manos de una mulata sin edad el formidable bebé ante la fascinación del rozagante padre. Se acercó a ellos y le dijo a Rafael Ignacio enigmáticamente—. Tu hijo le va a devolver el apellido a los descendientes de tu hermano.

Al oír tal afirmación la indignación abrazó a Rafael Ignacio con sus ocho brazos, y aseguró que mientras tuviera pulmones para respirar los bastardos de su hermano jamás, óigame bien Vicente Setemar, jamás ostentarán la gloria del apellido Espinel. Desde entonces se encargó de advertirle a su hijo todos los días de su honorable vida sobre la vergüenza y la vileza de concederles el derecho a aquellos aberrantes mestizos de llevar el apellido de la familia por si algún día se le ocurría pensar en hacerlo, imagínate la deshonra de que una abominable criatura mestiza con tres protuberancias en su pierna lleve nuestro apellido, repetía constantemente. La verdad es que todas sus obstinadas advertencias eran innecesarias, pues así como el gremio eclesiástico siempre rechazó la legalidad divina del matrimonio entre Valencio Ignacio y la mestiza de tez clara, asimismo declaró públicamente que los ilegítimos hijos de tal fornicaria unión nunca podrían recibir el apellido del padre, que de por sí había sido declarado indigno de llevarlo por su propio hermano, el ilustre Rafael Ignacio, representante del gremio de hacendados de Ciudad Marquesa.

Con la llegada del pequeño Enrique Ignacio era momento de instaurar el hogar ejemplar que lo formaría como todo un honorable español, y Rafael Ignacio lamentó haberse dejado dominar por el enfermizo deseo tenaz de humillar a su esposa, pues no le permitió tener la lucidez necesaria para pensar en enviarla a parir a Europa para que su hijo fuera un español peninsular y no un criollo más. La primera medida que tomó fue aventar a las odaliscas de la casa, fue así como las criaturas celestes hijas del Marqués se toparon con el grupo de místicas bailarinas arábigas, y copiándose de sus incendiarios vestuarios y de sus alucinadas historias, recrearon en el interior del palacio del Marqués el fogoso y enigmático ambiente de un prominente castillo de sultán. Como segunda medida, Rafael Ignacio mandó a fundir la cascada de cadenas doradas y convertirlas en platería para el comedor, y el harén fue desmantelado para resurgir como un amplio salón ornamentado con antiguas armaduras de los primeros colonizadores donde su hijo pudiera divertirse practicando sus futuras habilidades con la espada, aunque para esos tiempos era mejor que se relacionara con las modernas y prodigiosas armas de combate a distancia. Tenía pensado enviarlo a la península a prepararse en el ejército real, sin embargo por su pecado imperdonable de dejarlo nacer criollo ésa podría ser una utopía dificultosa de lograr.

Para esos días se le ocurrió la descabellada idea de mudar los aposentos al techo de la casa y así poder ampliar la sala de entrada, el comedor y el gran salón de los candelabros de plata. Movió cuanta influencia tuvo a la mano para hacer que tres de los mejores arquitectos europeos atravesaran el atlántico hacia el nuevo mundo con la única meta de elevar las recámaras de su casa. Algunos habitantes de Ciudad Marquesa observaron incrédulos cómo en el techo de la mansión Espinel se materializaba una segunda casa, en cambio las familias más pudientes no se inmutaron ante tal prodigio de pacotilla, porque ellos mismos ya habían visto en persona los monumentales edificios de múltiples plantas de la península española y del santo terreno del vaticano. Por su parte Carmenza Castillete al fin empezaba a disfrutar del reinado y la felicidad con la que alguna vez soñó, el pequeño y formidable Enrique Ignacio barrió con su llegada los perversos desvaríos de su marido, y los reemplazó con el frescor de los dignificantes proyectos que el hombre emprendió en la casa. No pudo contener las lágrimas de alegría al ver cómo las odaliscas eran aventadas como lombrices bailarinas mientras a ella le devolvían las llaves de su armario librándola de cualquier restricción, y su egolatría le devolvió las ganas de vivir cuando la balaustrada escalera de madera apareció una mañana en la sala de entrada y su recámara había sido inexplicablemente elevada encima de la mansión. A pesar de todos estos cambios, las dos plantas de la mansión Espinel no lograron superar la majestuosidad del palacio del Marqués, causando la frustración de Rafael Ignacio, que si no fuera por el recién llegado orgullo de su hijo le hubiera arrancado el tumulto de pelo a Carmenza de un tajo por pagar la rabia con alguien, y su impotencia fue mayor cuando le contaron que en casa de su hermano fabricaban polvo de diamante, y por lo tanto pronto podría superarlo en fortuna. Sufrió un ataque de ansiedad que solamente Khasid lograba apaciguar con su eterna sonrisa de emisario celestial, que por mucho tiempo lo mantuvo en la secreta confusión de no saber si el real amor paternal consistía en el orgullo que sentía por Enrique Ignacio o en la ternura que le inspiraba el candoroso Khasid Ignacio.

Rafael Ignacio quiso creer que la imprevista decisión del Marqués de redecorar su palacio era producto de la envidia que le inspiró su nueva mansión de dos plantas, aunque en el fondo sabía que el Marqués no tenía nada que envidiarle a nadie. La verdad es que al Marqués lo tenía sin cuidado lo que hiciera aquel ahijado que no sabía en qué momento se había vuelto tan ingrato y competitivo, y si había tomado la decisión de redecorar su palacio no había sido por vanas y ridículas envidias, sino que era tanta su desmedida fortuna que ya no se le ocurría en qué más gastarla o en qué otro negocio invertir. La reciente decoración arábiga de mil y una noches con que sus hijas nutrieron de encanto el interior del palacio estimuló su imaginación para querer transformar aquella gran estructura en un ambiente cautivador. Le planteó su deseo al Rey de España y a los pocos días se le habían concedido tres buques repletos de oro que el virreinato de Santa Fe se disponía a enviar a la península. Su modesta intención era recubrir de oro el suelo de todos los aposentos y corredores de su palacio desplazando el eterno mármol, sumergir en el brillante metal fundido todas las esbeltas ventanas y puertas de cedro, y colmar las paredes con inquietantes figuras abstractas grabadas en placas doradas. Tales ambiciones escandalizaron al mismísimo obispo que hasta entonces lo tenía como símbolo irrefutable de hidalguía y prestigio, pues consideró que lo que el Marqués en realidad pretendía era convertir su palacio en una réplica del antiguo templo bíblico de Salomón recubierto de oro, y eso era una afrenta al altísimo Dios apenas comparable con la desfachatez de los constructores de la torre de Babel. La reprimenda que el Obispo preparó angustiosamente y nunca se atrevió a realizar fue innecesaria, porque si bien el oro de los tres buques llegó al palacio, el Marqués no tendría tiempo de llevar a cabo su más osado proyecto debido al inesperado grito de independencia que llegó desde la capital.

Para cuando nació el segundo hijo Nayanúa y Valencio Ignacio, aún no se ponían de acuerdo en cómo llamar al primero, ella proponía extraños nombres de supuestos caballeros lejanos que más tarde Valencio Ignacio descubrió eran nombres de indios caribes y que con esos mismos había nombrado a cada uno de los patos gansos, mientras él proponía los exóticos nombres de los guerreros nigerianos de las épicas leyendas de Samba y Alal. Como ninguno de los dos se mostró dispuesto a ceder, decidieron olvidar el asunto, de todos modos los niños no podrían ser bautizados ante las santísimas autoridades, y además Valencio Ignacio por esos días andaba sumamente agobiado por sus infructuosas empresas y preguntándose cómo haría para proveer el sustento a su familia, mientras Nayanúa andaba cada día más sumida en sus rutinarias incursiones por los campos causando la perturbación del colectivo al infundir la sensación de estar ante una celestial aparición. Concha Pétrea se esforzaba en mantener desterradas de la casa a las invasivas plagas de piojos atraídas por la densa alfombra de plumas que recubría lo que alguna vez fue el piso de madera, orgullo de la madre de los hermanos Espinel en sus días. Vicente Setemar se veía cada vez más atiborrado de trabajo en el intrincado sistema administrativo que él mismo había diseñado para la próspera hacienda Espinel y apenas si tenía tiempo de retomar sus matutinas andanzas por las calles de la ciudad. Por lo que ninguno pudo caer en cuenta que los pequeños retoños algún día necesitarían de un nombre que los identificara como ciudadanos de Ciudad Marquesa. Pero si de algo estaba seguro Valencio Ignacio, es que nadie podría despojar a sus hijos del merecido derecho a ostentar el apellido de su padre, y no descansó durante el resto de su vida en repetirle a sus vástagos que aunque el mismísimo Sumo Pontífice se opusiera ellos eran unos legítimos Espinel y no se hable más.

Fue cuando nació la niña que Vicente Setemar, cansado de no poder llamar a los pequeños de otra manera y mucho menos llamar a uno en específico, tomó la decisión de darles identidad terrenal. Ignorando los exóticos nombres caribeños y nigerianos propuestos por los padres, eligió los nombres hebreos de dos de los seguidores de Cristo, Juan, el discípulo del amor, y Pedro, el discípulo de la intrepidez, afirmando como verdad absoluta en un arrebato profético que el primogénito con sus tres protuberancias en la pierna sería todo un hombre formado de pura mansedumbre y amor, y el segundo sería un valeroso guerrero que se ganaría el derecho de ser llamado victorioso en un centenar de guerras patrióticas; pero el tiempo se encargó de echar por tierra tal declaración, porque con los años Juan, el mayor, empezó a demostrar que se había gestado a base de pura reciedumbre, mientras Pedro pasaba los días alelado ante las sublimes muestras de grandeza y perfección de la naturaleza como los desdibujados tonos del amanecer o el aletargado crecimiento de la grama en los recodos de la fachada de la casa, y Vicente Setemar se dio cuenta muy tarde que por vez primera se había equivocado y que los hermanos habían quedado con los nombres cruzados. Fue así como Ciudad Marquesa tuvo a sus dos primeros niños españoles sin bautizar, Juan Ignacio y Pedro Ignacio, sin apellido por la imposición episcopal, y pertenecientes a la estirpe Espinel por la tenacidad paternal.

La niña, de un blanco que muchos consideraron ilegítimo, no tanto por no contar con el dignificante tono sonrosado propio de los peninsulares que al fin y al cabo era algo carente en casi todo criollo, sino por ser un blanco con cierta tonalidad marroncita como el de la madera recién cortada, estuvo a punto de ser llamada María Ignacia, de no ser por la llegada de Basílica Villafañe que al ver a tan adorable beba le pidió a los padres la llamaran como a una tía abuela a la que quería mucho, Adelaida, y ellos no encontraron argumento alguno para negarle la petición a tan generosa señora que por pura intuición eligió el hogar de ellos para establecer su próspero negocio. El primer día, cuando Nayanúa apareció en la casa con semejante vulgaridad de gordura apostada sobre aquel sufriente carromato, a Valencio Ignacio por poco se le desquicia el temple al pensar en cómo harían para alimentar a una huésped que de seguro demandaba más que un simple bisonte. La señora instaló su carromato en el patio de la casa de donde nunca se le vio bajarse, allí mismo comía y allí mismo dormía, y tranquilizó al anfitrión al presentarle su ambiciosa empresa asegurando que compartiría con ellos parte de las ganancias, pues lo único que necesitaba era un espacio donde pudiera destilar su fortuna con el ambiente idóneo para la dedicación y cuidado que el trabajo requería. Basílica Villafañe llegó desde remotas tierras atraída por la leyenda de una región donde los hombres sudaban la fortuna con la misma espontaneidad que las conchas marinas producían perlas, y aunque le aclararon que en realidad eran las tierras las que sudaban la prosperidad, ella logró demostrar que la leyenda, aun estando tergiversada, podría ser cierta para quien estuviera dispuesto a invertir esfuerzo y oro. Contra toda razonable advertencia mandó a comprar quince de los más fornidos esclavos nacidos en Ciudad Marquesa y los expuso a los inmisericordes rayos del sol sin harapo alguno que les cubriera siquiera la virilidad. Al verlos drenarse en un caudaloso arroyo sudoroso les mandó hacer una fila india ante el carromato donde ella, con una paleta, les escurrió hasta la última gota de sudor llenando tres calderas que hubieran enfermado de asco a las muy distinguidas señoras de la calle real, y las puso a hervir sobre el fogón. Los niños de la casa, que para esos días ya aprendían a caminar en la misma medida en que se acostumbraban a sus nuevos nombres, observaban con voraz curiosidad cómo se mermaba pacientemente el caldo de la exudación para convertirse en un blanco cúmulo polvoriento en el fondo de las calderas que al esparcirse en el aire dejaba translucir el brillo propio de los diamantes. Ese fue el origen de una pequeña fortuna que habría de mantener el arca familiar rebosante de abundancia y permitiría a Valencio Ignacio despreocuparse nuevamente de los fatídicos afanes de llevar el alimento a la casa y entregarse una vez más a la viciosa labor de echarle maíz a los patos gansos, o por lo menos eso esperaba hacer hasta que descubrió que sus patos habían sido expropiados sin reparo alguno por su esposa y que ella no tenía ni la más mísera intención de compartir la custodia.

Entre las más respetables familias de la calle real se tenía por tema inmundo y sacrílego hablar de la desvergonzada familia donde el criollo había entremezclado su azuleja sangre con la abominable mestiza, sólo que eso no impidió que el rumor del polvo de diamante se colara atrevidamente por los resquicios de cada casona encendiendo la vanidad de las pudientes señoras y la ambición de los ilustres señores, quienes por no ser vistos por el santo ojo vigilante del clero visitando el profano hogar del excomulgado Espinel, enviaban a las criadas llevando entre sus harapos pequeños saquitos de oro para intercambiarlos por unos cuantos gramos del novedoso polvo que no tardó en recubrir por igual tanto a los elegantes trajes de los caballeros como a los magistrales vestidos de las dignas señoras dándoles un refinado brillo purísimo que se translucía bajo la claridad del día cuando se paseaban con su aire de grandeza por la plaza mayor, y hasta hubo señoras que reemplazaron sus europeos polvos faciales para lucir sus rostros con un toque de luminosidad en un ridículo intento de igualar la diáfana belleza de las criaturas celestes hijas del Marqués; si tan sólo hubiesen sabido que el origen del codiciable polvo de diamantes se remontaba al sudor de quince fornidos negros que durante años estuvieron exponiéndose a la inclemencia del sol tal cual como sus africanas madres los parieron, quizá se hubiesen arrancado el pellejo del rostro no soportando la insufrible profanación de sus cuerpos españoles, únicos sobre la faz de la tierra creados a imagen y semejanza de Dios, pues se tenía por convicción innegable que Dios era blanco, y por lo tanto era pecado imperdonable mancharlo con los asquerosos fluidos de las bestias africanas. No fue hasta medio siglo después que el obsesivo médico Jacobo Ignacio descubriría que el mito del polvo de diamante sudado por humanos era tan cierto como falso a la vez.

Pronto el palacio episcopal no tardó en darse cuenta de la fulgurante luminosidad que se desbordaba en la plaza mayor a las tres de la tarde cuando era concurrida por la honorable ciudadanía, como si un ángel del Señor hubiese recorrido la calle real dotando a las pudientes familias de un hálito celestial que reflejaba la santidad de los fieles ciudadanos españoles temerosos de los inconmovibles principios dados por Dios por medio de la Santa Madre Iglesia. De saber que tan magnánima luminosidad era fabricada en el hogar de un excomulgado hubiesen tomado la drástica medida de excomulgar a la ciudad entera, o por lo menos hubieran ascendido el purgatorio a la dimensión de los vivos para sumergir en sus purificadoras llamas a Ciudad Marquesa obteniendo la salvación de sus almas.

Carmenza Castillete estaba por sucumbir ante la ferviente tentación del polvo de diamante cuando fue detenida en el acto por su marido. Rafael Ignacio no lograba asimilar que su atontado hermano, que de niño no hacía más que imitar sonidos salvajes y siempre sobreviviendo gracias a su protección, hubiese encontrado manera alguna de hacerse de un negocio rentable y mucho menos haya logrado la insuperable hazaña de fabricar polvo de diamante sin tener que comprar diamantes o extraerlos de la tierra. En esta casa jamás se verá ni una pizca de esa brillante suciedad, fue su sentencia.

Fue por esos años que la ciudad se vio privada de su obispo por una temporada, ya que el representante eclesiástico estuvo al borde de un inminente infarto debido a los vergonzosos sucesos que se venían engendrando en la ciudad, lo que lo llevó a tomar la necesaria decisión de viajar al vaticano con la intención de darle reposo a su angustiada alma e informar al Sumo Pontífice que en Ciudad Marquesa el pecado y el sacrilegio se habían multiplicado, pues existían hombres que en su desmedida ambición adoptaban prácticas de emperadores chinos como el tener por amantes a niños con sonrisas angelicales, marqueses que pretendían osadamente replicar el templo bíblico de Salomón, mestizas que se hacían llamar vírgenes de los mulatos, odaliscas que se paseaban por las calles con la desfachatez de una bandada de rameras, españoles que se unían en ilegítimos matrimonios con sangre mestiza, niños blancos sin bautizar, que más le puedo decir su santidad, si no hacemos algo pronto la ira divina va a consumir a la muy noble y muy leal Ciudad Marquesa, una de las tierras preferidas del rey.

III
Rebeldía

Los irrespetuosos vientos de la revolución francesa arrastrados desde Europa por las secretas confesiones de los viajeros y comerciantes, no impidieron que la pequeña Adelaida creciera con cierto aire de efímera realeza, producto de la buena voluntad de Nayanúa en prepararla para ocupar el puesto que le correspondía en el mundo por ser hija de una de las pocas princesas nigerianas con legitimidad del título. La niña acompañaba a su madre en los paseos campestres irradiando la digna imagen que se esperaba de ella, y desde su infancia aprendió a saborear el elixir compuesto por las imprudentes miradas que se posaban en ella admirando la armonía de sus acompasados movimientos de infante señorial, reconociendo en ella a la futura dueña de toda aclamación; la pequeña nunca llegó a saber que las atrevidas miradas estaban lejos de ser admiración, y si su digno andar le hubiera permitido detallarlas hubiera advertido en ellas un desprecio mal escondido. Los mestizos no lograban concebir la imagen de la virgen de los mulatos dando a luz a una criatura cuya piel poseía la misma claridad con la que se clarificaba la crueldad de los españoles, mientras las españolas criollas de la modesta comunidad de clase media veían en ese blanco enmaderado sin una pisca de rosa el estigma de la fornicaria unión. La niña, ajena a todos los prejuicios que se entretejían sobre su cabeza y amenazaban con engullirla en una despiadada algarabía colectiva que esperaba pacientemente el día en que tuviese edad suficiente para ser lapidada por las rocosas maledicencias de la ciudad, seguía los incorpóreos pasos de la madre ansiando ser llevada algún día por su propia carrosa de patos gansos. En casa, apenas se permitía despojarse unos instantes de su dignidad para juguetear entre la pletórica alfombra de plumas que recubría los pisos de la casa. Concha Pétrea se desquiciaba ante la solemne refinación de esa niña de tres años que a su edad debería estar enjugándose los mocos y ensuciando los trapos con sus excreciones, y en cambio salía del baño para esconderse dentro de un pomposo vestidito blanco con volados que la hacía parecer un pato ganso más con las plumas revueltas, y caminar por la casa como si el mismo aire que respirase fuera indigno de su presencia. Valencio Ignacio para esos días si acaso tenía tiempo de alimentarse, mucho menos para advertir la existencia de una hija con ínfulas de gloria y con un creciente amor por todo aquello contra lo que él lucharía algunos años después. La pequeña fortuna escurrida constantemente de los incansables pellejos de los quince negros y que Basílica Villafañe compartía con él con la misma generosidad con que alimentaba sus grasientas papadas a punta de bisontes norteños, lo obligaron a aprender los fundamentos del intrincado sistema administrativo con el que Vicente Setemar mantenía en la cúpula de la prosperidad a la imperante hacienda Espinel. Se hubiera dicho que finalmente el atolondrado Valencio Ignacio había despertado de su perenne estado de idiotez, mas no sería hasta el estallido de la guerra que todos se consternarían ante su férrea determinación que lo convertiría en uno de los pilares de la causa y el apasionado ejemplo a seguir por su hijo mayor y su sobrino.

Valencio Ignacio pasaba el día en la martirizante ocupación de encasillar sus bienes, ganancias y deudas en un agobiante sistema de grupos al que Vicente Setemar llamaba balance, sin lograr comprender cómo es que se había dejado convencer de que toda la fortuna se podía administrar sin jamás ver en persona su dinero, sólo las cifras plasmadas en las engorrosas columnas de las hojas contables que cada día aumentaban en valor. Basílica Villafañe no se fiaba de ese sistema, y la única razón por la que aceptó que aun su dinero fuera contabilizado con semejante enredo fue porque la densa bruma de autoridad de

Vicente Setemar tuvo más peso que la propia gordura de sus diez dedos juntos en una masa compacta. Al llegar la noche, Valencio Ignacio se refugiaba en su recámara con la extenuación de todo un día entre números palpitándole en la cabeza, y sólo entonces lograba abandonarse una vez más a su letargo, vulnerable ante la aparición de Nayanúa que se acercaba hasta el lecho renunciando a la etérea naturaleza que la acompañaba durante el día, para revestirse con la fogosidad que despertaba, en él, al hombre al que ninguna otra mujer sobre la faz de la tierra logró conocer. Era Concha Pétrea quien, con su feroz habilidad para la servidumbre y sus dispuestos hombros de acero, mantenía desparasitados a la diminuta reina escondida en su vestidito de volados, al endemoniado chiquillo con sus tres protuberancias en la pierna derecha y al anonadado Pedro Ignacio que lloraba de puro sentimiento al ver la hermosura del musgo calando entre los rincones del baño, musgo contra el cual Concha Pétrea había montado toda una incansable batalla a base de cal sazonada y amasada con cristal de sábila. Era ella misma quien mantenía encendidas las perpetuas llamas de las calderas donde nacía el polvo de diamante, y quien atendía al constante golpeteo de la puerta para intercambiar el polvo por saquitos de oro, y con el mismo esmero incansable con el que nacía toda esclava mantenía saciada la voracidad de los estómagos de los quince fornidos negros eternamente expuestos al sol y de la voluminosa señora Villafañe que evocaba la imagen de las grotescas reinas expuestas en los cuadros del palacio del Marqués, quien se había quedado esperando durante años la llegada de los tres buques de oro, única de sus peticiones al rey que demoró con una fatídica paciencia que lo mantuvo en vilo por muchas noches.

En esos perdurables meses en que la plaza se iluminaba con la aglomeración de seres angelicales dotados de luminosidad gracias al polvo de diamante, el Marqués rumiaba en su palacio sin encontrar la explicación que se adecuara al hecho de que todas sus peticiones al rey no habían tardado más que unas horas en verse materializadas, y que ahora la de los tres buques, que de por sí ya se encontraban en aguas americanas desde mucho antes, se tomara gustosamente el tiempo que se le antojase en aparecer. Con sus trajes soberanos y el ímpetu de su carácter atravesaba los umbrales de sus aposentos infundiendo un martirizante temor a cuanto esclavo se encontrara en el camino, y ni aun el candoroso canto de sus celestes hijas lograba apaciguar la reverberación de su impaciencia. Su esposa hace mucho se había desterrado de la vida pública encerrándose en su cámara nupcial, de todas maneras nadie preguntaría por la simpleza de mujer cuya existencia en la mente de las personas menguaba ante la jovialidad y perturbación de sus incorpóreas hijas y ante la formidable admiración dejada por el Marqués en sus breves apariciones en la plaza mayor. Ella no era más que la fugaz imagen de quien alguna vez sirvió de complemento y adorno en el brazo del Marqués en su pomposa ceremonia de matrimonio, y ni aún a él, quien alguna vez fue atisbado por el pequeño Rafael Ignacio devorando insaciablemente a la presa ajusticiada por las cadenas doradas, le quedaban rastros de su antaña voracidad lujuriosa que lo llevaran a visitarla por las noches, pues ya se encontraba pisando los linderos del estéril terreno del desgaste corporal arado implacablemente por la vejez. Rafael Ignacio aprovechó la tardanza de los tres buques de oro para darle un respiro a su maltratada ilusión de convertirse en el nuevo bastión de todo el ámbito político, económico, militar y social de la ciudad, aunque su reposo no tardó mucho en verse trastornado una vez más cuando a su administrador le dio por ponerse a hablar con nadie sobre la inmensa roca apostada a las afueras de la ciudad.

Parece que a Vicente Setemar no le bastó con sus monótonas y desquiciadas incursiones por las calles y los campos de Ciudad Marquesa, porque una mañana se encaramó sobre la milenaria roca llevando en su mano una Biblia, y se puso a conversar con el aire sobre cosas que nunca nadie logró escuchar. Rafael Ignacio estuvo a punto de despedirlo aterrorizado por la idea de ser estigmatizado por el implacable dedo condenatorio del círculo de ilustres hacendados, por su imprudente decisión de tener a un delirante ser controlando los hilos de su fortuna, pero el sentido común de su codicia le recalcaba día tras día su incapacidad para igualar la imposible habilidad del señor Setemar para controlar tan complejo sistema administrativo, al que sólo le haría falta una nimia perturbación para descalabrarse en una ruinosa pérdida como lo hacían las inmensas carabelas piratas ante la flota naval de la Ciudad del Gran Lago, ya que para esos días los piratas provenientes de Inglaterra y Francia pretendían osadamente irrumpir en las sagradas costas americanas, posesiones de la corona española, en un ingenuo intento de arrasar con las riquezas del rey. Afortunadamente a Ciudad Marquesa la separaba de la costa una desmedida extensión de tierra, por lo que la única manera que tendrían los piratas de llegar hasta sus prósperos terrenos sería traspasando la impenetrable defensa naval española en las costas americanas, para luego surcar la ardua travesía a través de los infinitos ríos que se enramaban en el interior del continente en un laberíntico sistema de desembocaduras y ramificaciones. Aunque tanta seguridad no tranquilizaba la tortuosa impaciencia del Marqués, quien tenía la innegable sospecha de que sus buques habían sido salvajemente robados por las insolentes garras piratas, o en el mejor de los casos se habían extraviado entre los laberintos de los ríos americanos en su viaje a Ciudad Marquesa. No es que para él los buques representaran gran pérdida económica, a final de cuentas su fortuna traspasaba los límites concebidos por la lógica y la razón; sólo que ni aún todas las monedas de oro de su pletórica prosperidad, fundamento principal de la economía de la ciudad, bastarían para bañar a su imponente palacio con una brillante lluvia dorada, y sólo entonces comprendió que se había construido una casa que estaba lejos de sus propias posibilidades.

Las tres protuberancias que en otro tiempo resaltaban como asquerosas erupciones en la recién nacida piernita de Juan Ignacio, ahora no eran más que tres pequeñas verrugas en su pierna derecha. Con todo, el pequeño se esmeraba en ocultarlas bajo los angostos pantalones confeccionados por Concha Pétrea, más por vergüenza corporal que por vergüenza social, pues al niño que nada sabía de ilustres y decorosos prejuicios católicos lo tenía sin cuidado los cuchicheos de la gente. Era cuando salía en busca de amigos con los que pudiera jugar que se estrellaba contra la infranqueable pared adversa construida en las mentes de los niños a base de cuidadosos bloques labrados por sus madres, quienes les advertían de los peligros condenatorios a los que se expondrían si tan sólo se atrevían a jugar con los engendros de la fornicaria unión, Dios era celoso con sus fieles y ni aun a los niños perdonaría el tener comunión con los engendros satánicos. Todo esfuerzo de Juan Ignacio en ocultar sus tres verrugas resultó infructuoso, todos conocían el origen de su alumbramiento y que niños como él simplemente habían nacido sin alma. Fue cuando empezó a golpear a todo niño que tan sólo osara a insinuarle que era una criatura antinatural formada en las mismísimas entrañas del demonio. Se volvió esquivo y renuente a cualquier muestra de afecto, llegando al límite de rechazar incluso las joviales caricias de su madre irreal. Le resultó inútil encontrar a un compañero de travesuras en su hermano menor, quien permanecía absorto ante las más miserables manifestaciones de la naturaleza, conmoviéndose por el deplorable arrastrar de un gusano con el mismo sentimiento lagrimoso con que se complacía viendo a los pichones de patos gansos emergiendo de sus cáscaras. Juan Ignacio pasaba las semanas arrastrándose sobre la raspadura de sus rabietas sin que nadie sospechara las reprimidas lágrimas que lo condenaban a una existencia ermitaña. Se perdía a sí mismo entre los interminables sembradíos de cacao a matar culebras, descargando en ellas su prematura frustración, la misma de los hombres que llegan a la vejez revolcados en el lodazal de la amargura y descubriendo en la solitaria isla de su existencia que el orgullo propio de los machos jamás les permitió fundamentar una sola genuina amistad ni hacerse de una fiel compañera con quien compartir las nostálgicas ruinas de la longevidad. El pequeño Juan Ignacio no tenía forma de saber que en su lecho de muerte se vería a sí mismo en esa solitaria isla acompañado por una fatigada hermana, una escuálida hija y dos ilusorios chiquillos que le extrañarían con el más genuino amor fraternal sintiéndose abandonados por el único hombre que les brindaba un pilar de seguridad.

Fue entre los sembradíos de cacao que conoció a Coromotano y a Benito, dos niños negros que ostentaban el don de transformar las piedras en armas primitivas. Juan Ignacio se encontraba vigilando con un terrible sigilo a la magistral mapanare que se deslizaba entre los rastrojos con su ondulante y seductor movimiento, y estaba por abalanzarse sobre ella con la tenaz determinación de asfixiarla con las manos desnudas como tantas veces lo había hecho, cuando intempestivamente surgieron de entre los palos de cacao dos negros salvajes que ajusticiaron la cabeza de la magistral mapanare con sus lanzas de araguato, entonces Juan Ignacio pudo ver que el extremo de cada lanza tenía atado un puñal metálico capaz de traspasar las gruesas entrañas de la misma Basílica Villafañe con toda la impecabilidad de un corte limpio. Los niños negros no debieron haber advertido la presencia del español criollo hasta ese momento, porque cuando vieron a Juan Ignacio dejaron caer sus lanzas y retrocedieron con el martirio del pavor desfigurándoles la expresión del rostro y haciéndoles vibrar de miedo hasta en sus voluminosos labios. Juan Ignacio, inocente de la atrocidad temeraria que la claridad de su piel era capaz de infundir en cualquier esclavo, ya que los únicos esclavos que conocía con sentido personal hasta entonces era a la formidable Concha Pétrea y los quince esclavos eternamente expuestos al sol en el patio de su casa, y ninguno de ellos había mostrado jamás ni la más recóndita pizca de temor ante él, se agachó para acariciar con sus dedos el brillo letal de esos puñales que habían

119

ajusticiado a la mapanare empleando la misma facilidad con que él aplastaba los gusanos de la casa cuando su hermano menor los contemplaba en su nivel más alto de amor hacia los míseros detalles de la creación. Levantó ambas lanzas con sus manos, y acercándose al par de esclavos con una sonrisa de oreja a oreja que los niños negros interpretaron como un frío sadismo divertido, pues tenían por convicción irrefutable que en ese despiadado instante verían sus propias cabezas rodar a manos de un niño español, les dijo:

—¡Quiero una de estas para cazar mapanares y rebanarles el cuello a todos los niños peninsulares que me ven como un engendro del demonio!

Escuchar estas palabras bastó para que el par de niños negros supieran que ese día no serían llevados por la muerte que tenía raza propia, porque ellos sabían que la muerte era española y de piel blanca sonrosada, y en ese momento notaron la anormalidad del blanco de ese niño, era un blanco mucho más enmaderado que el de los españoles criollos, y con el extasiado alivio que inundaba el cuerpo después de haber estado a merced de la implacable muerte de raza española, le sonrieron tímidamente con sus voluptuosos labios y le respondieron:

—Claro, consigue una piedra idónea y la transformaremos en un arma ancestral para ti.

Juan Ignacio se sintió maravillado al ver cómo los novedosos puñales no eran gestados a base de hierro ni acero, y observó con voraz curiosidad cómo los febriles dedos de Coromotano y Benito descascaraban la piedra hasta hacer emerger de sus pétreas capas un brilloso puñal que de ser más largo hubiese bastado para desprenderle la cabeza a un buey de un solo tajo. Empoderado con su nueva lanza se lanzó a la tenaz y paciente cacería de culebras en compañía de los dos pequeños esclavos que le enseñaron las ancestrales técnicas de emboscada aprendidas de sus padres africanos, las mismas que en otro tiempo empleaban los evocados guerreros nigerianos de las leyendas de Samba y Alal. El pequeño hubiese empleado la lanza y las técnicas aprendidas contra los hijos de las ilustres familias españolas de no ser por la prohibición de los niños negros de exponer el arma primitiva en las calles de Ciudad Marquesa, pues ellos mismos tenían prohibido emplear el don de la metamorfosis rocosa para la creación de armas, y si los patrones de las haciendas llegasen a saber que algún esclavo había osado en profanar tal prohibición, serían castigados con todo el peso de las leyes divinas administradas por la muerte española. A Juan Ignacio le bastó ver el trauma de sus ojos para no atreverse en poner en duda la veracidad de sus palabras, y lejos de él estaba el desearle la muerte a dos inocentes niños que ningún mal le habían hecho, así que se comprometió en pacto sagrado a no hacer nada que los pusiera en riesgo, y descubrió en la negrura de sus sonrisas aliviadas el secreto de la amistad, que consistía en cuidar a aquellos que te habían proporcionado lo necesario para tu propia defensa sin haber esperado nada a cambio, porque además de la prohibición de exponer el arma concedida a la luz pública, el par de niños negros no le habían cobrado ni una mísera moneda de oro por darle el arma y enseñarle a usarla, sin contar el hecho de que a ellos los tenía sin cuidado sus tres verrugas en la pierna derecha cuando se la vieron al bañarse en el río después de haber sido salpicados por las viscosidades de un sapo al que ajusticiaron por error, para Coromotano y Benito no eran más que tres barrillos petrificados de nacimiento.

Cuando se hizo evidente que la amistad había rosado los linderos de la confianza, Coromotano y Benito se sintieron capaces de revelarle su más escondido secreto, y lo llevaron a conocer la fortificación que durante meses habían construido entre los matorrales donde alguna vez habitó la tribu indígena para la cual Valencio Ignacio sirvió

122

de mensajero en los días de su idiotizada infancia. Juan Ignacio atravesó con ellos la sofocante densidad vegetativa creyéndose de pronto en una trampa, pero se sintió avergonzado de sí mismo por atreverse a desconfiar de sus únicos amigos al llegar al claro donde se alzaba la imponente fortificación construida a base de palma, barro y bahareque dispuestos con una torpe meticulosidad. A la verdad esa fortificación sólo habría podido albergar en sus seguras entrañas si acaso un caballo, pero era suficiente para que los tres se atrincheraran en una imaginaria protección contra ejércitos peninsulares enviados por la corona con la impía pretensión de invadir su pedacito de tierra libre entre aquellos matorrales. Varios años más tarde, cuando Juan Ignacio se encontrara en una fortificación de verdad, rodeado de sangre de verdad, manteniendo la defensa contra ejércitos realistas de verdad, recordaría esas tardes entre los matorrales en que ingenuamente jugaba con sus amigos esclavos a luchar por la libertad, recordaría la sonrisa de sus negros e inocentes rostros, y desearía que hubieran vivido más para que vieran hecho realidad su sueño de lucha independentista, porque sólo entonces Juan Ignacio comprendería que lo que para él no era más que un simple juego de chiquillos, para Coromotano y Benito era un ferviente anhelo por verse libres del yugo de la muerte española.

Cierta noche la familia se encontraba cenando, Valencio Ignacio a la cabeza de la mesa con su palpitante sien hostigada por la interminable labor de los libros contables, Nayanúa envuelta en su aura de ente redentor apenas comparable con la naturaleza incorpórea de las criaturas celestes hijas del Marqués, la diminuta reina Adelaida escondida en su vestidito de volado que daba la impresión de tener a uno de los patos gansos sentados a la mesa, el niño Pedro Ignacio con sus ojos al borde de las lágrimas alelado ante la belleza de la mosca que acababa de caer en su sopa y luchaba por sobrevivir aferrándose a la existencia con una tenacidad digna de admirar, el impetuoso Juan Ignacio con la terrible vivacidad de su mirada que anunciaba el brioso hombre en el que se convertiría, Vicente Setemar con su agobiado temperamento como si advirtiera en algún punto del espacio futuras desgracias, y Concha Pétrea repartiendo el jugo de papelón con las compuertas de su raciocinio a punto de resquebrajárseles cansada de mantener la compostura ante la loca y extravagante familia en la que había caído como esclava, sin contar la voluminosa matrona de grasienta papada que en ese mismo instante se encontraba postrada sobre su carromato en el patio de la casa devorando con ferocidad la paleta del buey que se compró ese día para alimentarla. De pronto, sin previo aviso ni estímulo que lo motivara, el pequeño Juan Ignacio se incorporó sobre la silla con su pecho inflado anunciando a todo pulmón su veredicto personal:

—La muerte española tiene que ser ajusticiada y despojada de su autoridad aunque eso le cueste la vida al sumo pontífice y al rey.

Todos se sobresaltaron y hasta la reposada aura redentora de Nayanúa, la mulata de tez clara proclamada virgen de los mulatos, se vio trastornada por un breve instante. Sólo Vicente Setemar permaneció impasible en su reposo agobiado, y con su densa bruma de autoridad resonando en sus calmadas palabras le respondió—. Si América se entregara a Dios, al verdadero, no el blanco predicado por el clero, nadie tendría que ser ajusticiado. De todas formas ya está en sus planes liberarla del yugo.

Concha Pétrea no pudo contener por más tiempo los caudales de su atormentado raciocinio ante tanto disparate alocado, y dejando caer la totuma llena de papelón se refugió en la cocina mascullando sus sufridas quejas; aunque en el fondo reconocía el genuino cariño que sentía por esa familia de la que jamás se atrevería a separarse ni cuando se le ofrecieron las llaves de la libertad. Fue por esos días que se le ocurrió comprar un estrambótico baúl de roble en el que la familia pudiera ir acumulando los recuerdos que mantendrían viva por generaciones la candorosa y afable naturaleza de la familia Espinel declarada indigna del apellido. Casi doscientos años después ese baúl sería descubierto entre las reliquias familiares por Adela Espinel, heredera del espíritu libertario de la remota tatarabuela Nayanúa, quien socavando entre los escombros de la historia familiar le recordaría a la estirpe el valeroso sentido patriótico que alguna vez poseyó.

Rafael Ignacio cabalgaba cada tarde seguido de su fiel y sumiso jovenzuelo de tez dorada con su sonrisa de emisario celeste eternamente enamorado de la humanidad, jubiloso en la intimidad de sus pensamientos de la piadosa tardanza de los tres buques de oro, que le imposibilitaban al Marqués el delirante proyecto de revestir su palacio con la brillante opulencia que ni aun los emperadores romanos en sus imperiales días de gloria hubiesen podido igualar. Se complacía al saber que aun el obispo se oponía rotundamente a la vehemencia de la insólita pretensión, riéndose al mismo tiempo con una implacable diversión de la carencia moral con que el clero manifestaba su oposición. Se construyeron una derrochante ciudad de oro llamada vaticano con el oro de estas tierras y ahora ven como un sacrilegio imperdonable que un hombre quiera bañar su palacio con oro, se decía. Y entre más cabalgaba idolatrando sus pletóricos sembradíos de cacao, tabaco, café, algodón, caña; los desproporcionados terrenos forestales con toda clase de madreas, y sus ganados que no resistían ante la revoltosa fiebre de la proliferación, se sentía más frustrado al sospechar que ninguno de sus incansables esfuerzos serían jamás suficientes para despojar al Marqués de toda su grandeza e hidalguía, y apoderarse del domino económico fundamentándose como el bastión principal de Ciudad Marquesa. En esos momentos sentía cómo la frustración le martirizaba el cuerpo haciéndolo temblar de pura rabia, convirtiéndose en una pastosa masa que le engullía las vísceras y le hacía sudar la reprimida furia expresada en una refinada actitud autoritaria que sus socios interpretaban como buen temple para los negocios. Entonces bajaba de su caballo, se recostaba entre las exuberantes raíces de un samán centenario, y se abandonaba al dulcificado reposo concedido por su tierno bastardo, quien tenía la habilidad de destilar de una flauta el sonido del descanso eterno que según los griegos sólo podía ser hallado en sus añorados campos elíseos. En esos apacibles momentos eran rodea-

dos de una turba de mapanares danzantes, que
huyendo de tres cazadores infantes que acechaban entre los sembradíos de cacao, eran atraídas
por la terrible belleza de la melodía, sin sospechar
que en el medio oriente los encantadores gitanos
empleaban esa misma musicalidad para seducir a
las seductoras serpientes arábigas. Tanta era la
abundancia del placentero reposo en el que Rafael
Ignacio se sumergía plácidamente, que al despertar no le inquietaba los sentidos ver a la población de mapanares abstraídas en un aletargado
trance del que sólo despertaban con los escánda-
los de los monos araguatos al atardecer. Khasid
Ignacio se le había convertido en un arraigado
sentimiento que ni la más profunda raíz de codicia y frustración lograrían arrancarle o tan sólo
marchitar en el sofoco de la amargura. Ese bastardo de tez dorada era la secreta impiedad que lo
mantenía atado a una vergonzosa ternura paternal, que si bien afrentaba su orgullo de hombre
español, jamás podría deshacerse de lo que consideraba su pequeña e inconfesable dosis de debilidad sentimental. En cambio, Para Carmenza
Castillete el bastardo era el vivo emblema del es-
carnio en el que fue envilecida durante sus primeros años de matrimonio, en la dorada piel de
esa aberración andante había quedado impregnado el indecoroso aroma del antaño aposento abo-

128

minable en el que fue concebido por las detestables odaliscas que ahora se paseaban por las calles de Ciudad Marquesa exhalando a su paso la vulgaridad de sus manías. El único reposo para su alma que Carmenza Castillete obtenía era el hecho de que su esposo no le concediera al bastardo un aposento entre las recámaras elevadas en lo alto de la mansión. Khasid Ignacio dormía en un apretujado cuartito del traspatio en el que se deleitaba durante las vigilias de la noche destilando melodías de su flauta, sin saber que esas mismas melodías eran entonadas en el otro lado del mundo en presencia de majestuosos sultanes embriagados con el persuasivo danzar de sus odaliscas, cuyos vientres eran irremisiblemente movidos al compás de esa música que en su cuartucho Khasid Ignacio reproducía sin que nadie se la hubiese enseñado, aprendida por un instinto heredado de sus antepasados quienes no tuvieron la caridad de traspasarle igualmente el espíritu aventurero propio de los gitanos, que le hubiese bastado al joven para rebelarse contra el apretujado cuartucho en el que lo habían exiliado y del que sólo podía salir para acompañar a su patrón cabalgando en el cálido viento de las tardes veraniegas y concederle el descanso celeste añorado por los griegos en su época. En cambio era feliz en la sumisión de su conformismo sin sospechar el inacabable repertorio de exultantes experiencias que la vida podría ofrecerle, sin conocer la insospechada paternidad de su patrón, sin saber siquiera que su segundo nombre era Ignacio como el legítimo Espinel que era, e inocente y ajeno a todas las atormentadas murmuraciones que se entretejían sobre él en las calles de Ciudad Marquesa, donde se cuchicheaba con una tenacidad implacable sobre el desnaturalizado uso que supuestamente le daba Rafael Ignacio en sus enfermizos delirios de emperador chino. Su seductora melodía era cargada en brazos como a un bebé por la maternal brisa nocturna del verano, y llevada con cautela hasta el interior de la mansión Espinel, donde la paseaba por los aposentos con un arrullador cariño no fuera a despertarse y reventar en un compasivo llanto que le habría quebrantado el corazón a cualquier madre, y con toda la tierna precaución maternal la depositaba en los oídos de Carmenza Castillete que se volcaba sobre su cama deseando en el fervor de su desesperación reunir el valor necesario para matar de una vez por todas al perturbador bastardo engendrado por su marido en sus días de endemoniado.

Durante muchos días Carmenza Castillete desanduvo entre el gran salón de los candelabros plateados y la pocilga de los fogones, con sus trajes imperiales irrumpía en la cocina envuelta en su esbelto aire señorial, hostigando a las esclavas en una cursilería de manías con la pretensión de desparpajarlas aunque fuera por un mísero instante, el piadoso instante en el que podría vaciar en el caldo de gallina el redentor elixir del sueño eterno, que haría llover sobre su arrebatada tranquilidad el rocío de la paz. Pero al tener el frasco suspendido sobre la escueta totuma en el que le llevaban la comida a Khasid Ignacio, resonaba en sus oídos el espectro de la melodía entonada la noche anterior, y era atormentada con las fugaces imágenes de gitanos, que vestidos con incendiarios colores ondulantes y portando bellísimos sables arqueados, se abalanzaban sobre ella en una feroz arremetida sangrienta, como si la melodía heredada por Khasid de sus ancestros poseyera memoria propia, una memoria que invadía los rincones de la mansión con silenciosos guerreros que acechaban, en un terrible sigilo obstinado, a todo ser que atentara contra la dulcificada existencia del último vástago de la arábiga estirpe. En un pavoroso movimiento Carmenza Castillete se retraía de su pretensión y corría una vez más al gran salón de los candelabros de plata, arrastrando entre los flequillos de su vestido imperial los innumerables minutos que la separaban del próximo almuerzo, el próximo intento en la búsqueda de la divina liberación. Por las tardes, mientras su marido salía a cabalgar entre los cálidos vientos veraniegos, seguido del bastardo de tez dorada, ella se apostaba a la sombra del jabillo con el pequeño Enrique Ignacio. Se refrescaba, con su abanico de plumas, los ofuscados pensamientos que se debatían entre el calor y el espectro de la melodía, y con una tenacidad que habría bastado para atravesar el atlántico sobre una balsa de bahareque, pugnaba por sembrar en su hijo el legítimo odio hacia ese jovenzuelo de descarada sonrisa dulcificada, con la febril esperanza de que el fruto de su vientre cumpliera con su anhelado sueño de noches silenciosas e inmóviles. Enrique Ignacio había demostrado ser un glorioso espadachín en sus clases de combate, y ya venía siendo hora que hiciera uso de las habilidades que la divinidad le había concedido, porque para nadie era un secreto que al limpísimo brazo español se le había encomendado la ardua y digna tarea de extirpar de sobre la faz de la tierra todo rastro sacrílego y abominable. Lo que ella no sabía es que su agobiante empeño era innecesario, porque de todos modos Enrique Ignacio veía al extraño esclavo de tez dorada, aunque no sospechara el vínculo biológico, como un usurpador de sus dominios de hijo legítimo. Enrique Ignacio se había entregado al tormentoso esmero de complacer cuanto capricho de orgullo paterno concibiera

132

su padre, y así con el mismo vigor con que aprendía a rebanar la garganta de los muñecos de madera empleando un culto e impecable estilo en el manejo del sable, forjado en la mismísima península española, se especializaba en metódicas y complicadas estrategias militares que lo llevarían al pináculo de la pirámide político-militar recibiendo los beneplácitos de la corona. Del gran salón ornamentado con armaduras de la época de Cristóbal Colón y cuyos portadores encontraron la gloria entre los brazos de la tupida muerte americana llamada selva, sólo salía a pulirse en el arte de cabalgar como todo un celaje conquistador y volverse un prodigio en el uso de las novedosas armas a distancia. Tenía por innegable convicción que llegar hasta la coronilla de los estratos políticos y militares lo haría merecedor del sublime orgullo paterno, del que se había aferrado como a un don capital sin el cual no sería digno de llevar la azuleja sangre que corría con ímpetu entre sus venas grisáceas. Era por ese motivo que se retorcía en los sequedales de sus inmóviles furias cada vez que veía a su padre salir a cabalgar con el usurpador de tez dorada y facciones delicadas. Veía al jovenzuelo salir del cuartucho de donde cada noche emanaba, como el persuasivo humo de los inciensos, una insondable melodía capaz de ensimismar a su padre en una reposada nebulosa y carraspear los ánimos de su monárquica madre, lo veía caminar hasta el establo con su pulcro chaleco de terciopelo, su purificada camisa blanca con volados, y sus polainas de cuero negro, portando a la cintura la codiciable flauta cuya destilación embriagaba los sentidos, lo veía montar en su imponente caballo negro, y lo veía salir cabalgando tras las sordas pisadas del caballo de Rafael Ignacio, y sospechaba que ese jovenzuelo con su eterna sonrisa de emisario celeste era más que un esclavo, y lo odiaba con toda la sequedad de sus celos, frustrado ante lo vano que resultaban sus esmerados esfuerzos por ganarse la exclusiva atención paternal. Ni aun su madre se enteró de sus incursiones nocturnas al traspatio de la casa, donde se apostaba ante la desvencijada puerta del cuartucho, atormentado por la dulzura de la melodía que desataba esa batalla en sus dominios internos, donde su mano, empuñando el ostentoso sable peninsular, pugnaba por irrumpir en la pocilga y rebanar con la mayor impecabilidad el dorado cuello del jovenzuelo, mientras era contenida por sus oídos traicioneros, que persuadían a su mente a deleitarse en la aterradora melodía que lo arrastraba sin remedio al reposo de los débiles. Por las madrugadas regresaba a su aposento, derrotado, preparándose para las clases del nuevo día que lo llevarían al pináculo de la pirámide donde tanto ansiaba verlo su padre.

En realidad el genuino orgullo que Rafael Ignacio sentía por su formidable y sonrosado vástago Enrique Ignacio de venas grisáceas, se evidenciaba en la complacencia de su rostro cuando lo observaba, con una vivacidad emocionante, en sus prácticas de combate. Los metódicos e intachables movimientos del muchacho, la frialdad de su mirada, la limpieza de los cortes en los ajusticiados muñecos de madera, el brío de su brazo al perturbar los vientos en un silbido dejado por la inmaculada hoja del sable. En esos momentos él hubiera podido jurar que sobre la cabeza del muchacho fulguraban las imágenes de su irrevocable destino de condecoración real, y se había jurado a sí mismo, con una implacable determinación, no descansar hasta asegurarse que ningún insolente viento arrebatador osara a pervertir el camino que su hijo debía transitar hasta el lugar que le había sido reservado por la divinidad. Sólo que, en la misma medida en que toda su pletórica fortuna no le bastaba para dejar de sentirse insultado por la soberana grandeza del Marqués, al imberbe Enrique Ignacio no le bastaba todo el orgullo que inspiraba en su padre, no estaba dispuesto a compartir las escrituras de la atención paternal que por legítima implicación le pertenecían a él.

Pero el muchacho nunca tuvo el valor suficiente para revelar ante su padre la aflicción de su inconformidad. En esas ocasiones en las que tenía la oportunidad de sentarse junto a su padre en una proverbial conversación paternal, sólo se limitaba a escuchar la inacabable enseñanza sobre su honroso futuro en el pináculo de una pirámide que aún no lograba comprender del todo, y el peligro de permitirle portar el ilustrísimo apellido Espinel a las bastardas procreaciones del insensato Valencio Ignacio.

Desde aquel día renovador del alumbramiento del formidable hijo, en el que Vicente Setemar irrumpió en la habitación del nacimiento, con la densidad autoritaria que siempre lo acompañaba, y su mirada impasible, pero cortante, y pronunció su dictamen de que un hijo de Rafael Ignacio le devolvería el apellido a los hijos de Valencio Ignacio, el hombre no pudo encontrar reposo para su angustiada alma cuya hidalguía y respetabilidad eran afrentadas con semejante afirmación profética. Desde entonces Rafael Ignacio se afanó resueltamente a juramentar a su hijo bajo el sagrado pacto inquebrantable de jamás atreverse, escúchame bien Enrique Ignacio, porque es una petición de tu ilustrísimo padre, ni aun después de mi muerte te atrevas a profanar este juramento concediéndoles a los bastardos aquellos el don de nuestro apellido, o me encargaré personalmente de persuadir a San Pedro para que te prohíba la entrada al glorioso reino de Dios. Fue de esta manera que Enrique Ignacio se formó, instruido por su padre, en una atroz aversión contra aquellos bastardos que amenazaban con manchar las purificadas sedosidades que envolvían al apellido Espinel. Y así los fértiles terrenos de la mente y el corazón del joven fueron, con insistente diligencia, arados por sus padres, quienes sembraron entre los surcos dejados por los trillos de sus agobiadas enseñanzas, la semilla del rencor y el aborrecimiento contra aquellos seres que tuvieran la vil pretensión de apoderarse de lo que a él, por concesión directa de la divinidad, le pertenecía. Hasta el día de la violación de la niña esclava que trastornó temporalmente su honroso destino de supremacía política y militar.

Ese día nublado, en que el sol se mantenía decorosamente oculto ante la presencia de las pálidas y esponjosas nubes, y el polvo de diamante se negó a resplandecer causando conmoción en los ciudadanos, Enrique Ignacio se valió de la ausencia de sus maestros, quienes de seguro se sentirían desnudos después de haberse acostumbrado a moverse de aquí para allá envueltos en la luminosidad del polvo de diamante, para escapar a hurtadillas del salón de las armaduras de la con-

quista, y perderse con sus amigos entre las polvorientas callejuelas de la ciudad a hostigar a los
hijos de los esclavos, de los pardos, de los indios, y
a los bastardos de la casa donde habitaba la fornicaria unión entre el criollo y la mulata de tez
clara. Era en días como esos, amparados bajo la
tenue claridad del día nublado, y enérgicos con la
calidez del intranquilo viento que servía de abo-
gado conciliador entre el verano y el invierno, que
el muchacho con sus amigos acechaban al bastardo de las tres protuberancias en la pierna derecha, quien por más que intentara ocultarlas bajo
anchos pantalones, ya la marca del pecado había
sido difundida entre los salones de las casonas de
la calle real. Lo rodeaban en un vociferante coro
recitándole el acta condenatoria que en el tribunal celestial ya se había redactado contra él, anti-
cipándole, con generosidad, los perpetuos des-
cuartizamientos que le deparaban las fosas infernales, de donde ni aun las purísimas llamas del
purgatorio, ni el piadoso manojo de rosas de la
inmaculada virgen puesto en contrapeso en la
balanza de su pecaminosa existencia, lograrían
redimirlo. Hasta que el salvaje bastardo estallaba
en una feroz arremetida contra ellos, lanzando
puñetazos de cachorro acorralado, y entonces, en
una justificada defensa, y como portadores del
látigo divino, el vociferante coro de niños peninsu-

138

lares le ensañaba a fuerza de golpes que atreverse a levantar la mano contra los venerables hijos de ilustres y ejemplares hogares, era un pecado que no pasaría por alto ni en los tribunales terrestres ni celestiales. Pero ese día no encontraron al bastardo de las tres protuberancias, por lo que cogieron rumbo a las plantaciones en busca de insolentes esclavitos que ameritaran una lección divina.

Entre los potreros encontraron a una escuálida niña negra, hija de bestias como la llamaban. Enrique Ignacio se disponía a arrancar del suelo un chaparro, símbolo físico del látigo divino que les había sido conferido, y con el que habían reprendido a tantos insolentes, cuando advirtió que sus amigos, inexplicablemente, se deshacían de sus pantalones; ese día Enrique Ignacio no sólo descubrió que sus amigos ya no eran unos muchachitos impúberes, también descubrió el insospechado uso que se le podía dar a las bestias. Observó en su inquietante estado de consternación cómo la hija de bestia asumía, con la mansa resignación de las ratas al ser engullidas por alguna magistral culebra, la devota abnegación de cumplir todo los deseos de sus amos. Observó cómo sus amigos irrumpían en la negrura de su demacrado esqueleto, cómo la hija de bestia apretujaba entre sus hilachos dedos la húmeda tierra del potrero bajo su espalda, las lágrimas brotando de las pepas de sus ojos carentes de toda expresión, y cómo uno de sus compañeros lo alentaba a él, con la inocencia de su sonrosado rostro, a deshacerse también de su pantalón para zambullirse en aquella negra resignación que no interponía reclamo alguno. Y Enrique Ignacio sintió asco, no por la hija de bestia en sí, sino por su exasperante resignación, y por vez primera sintió un pegajoso aborrecimiento, subiéndole por la garganta, contra sus amigos, y sintió lastima por la niña negra, y sintió aversión contra sí mismo por observar semejante vejación, y sintió furia contra las lágrimas que seguían brotando del inexpresivo rostro de la hija de bestia, enardecido por el silencioso sufrimiento que se negaba a defenderse, todo mezclado en un acalorado mejunje que le subía por la garganta, hasta que no fue capaz de soportarlo por más tiempo y se arrebató sin pensarlo contra sus amigos. Los venerables muchachos, hijos de las pudientes familias de la calle real, estupefactos ante la intempestiva barbaridad de su compañero que arremetía contra ellos como si de un nativo salvaje se tratase, se abalanzaron contra él en una piadosa turba de manotazos para recordarle que no debía alzar sus manos contra hermanos peninsulares ni mucho menos defender a una bestia. Enrique Ignacio recibió sobre sí mismo la divina ferocidad española, y estuvo a punto de pedir perdón cuando, sin que ninguno lo advirtiera, se materializó junto a ellos un ser de blanco enmaderado apuntándolos con una lanza, cuyo brillante puñal primitivo amenazaba con despojarlos a todos de sus dignas cabezas en un santiamén. Los muchachos, con una espasmódica temeridad, recogieron sus pantalones al tiempo que se perdían entre las llanuras, llevados por un despiadado pavor que no les permitió reconocer en el imprevisto guerrero al bastardo de las protuberancias en la pierna, el mismo al que siempre acechaban entre las callejuelas de Ciudad Marquesa. Tendido en el suelo, con su sonrosada claridad profanada por manchas moradas, y sus grisáceas venas brotándole en el cuello, quedó Enrique Ignacio pasmado ante la redentora aparición del bastardo, pues el aturdimiento de la paliza no fue suficiente para ensombrecerle la visión, y lo reconoció en el mismo instante en que lo divisó detrás del brillo metálico del puñal; y junto a él, incorporándose con un trastabillante esfuerzo, la niña esclava que los miraba a ambos en una genuina gratitud, como si se tratara de un par de ángeles salvadores que se habían apiadado de su miserable existencia ignorando por completo la negrura de su piel. Ese día, envuelto en la tenue claridad y en la calidez del intranquilo viento,

141

Enrique Ignacio también descubrió el sublime sosiego que se experimenta al ser observado por un par de ojos agradecidos.

Con los primeros rocíos del invierno, cálidos, Vicente Setemar abandonó la roca, sobre la cual había escalado durante los últimos años participando de una solitaria conversación con nadie en particular. Se encaminó hasta la plaza mayor, y se plantó en medio de ella, emanando de su piel, con más intensidad que de costumbre, aquella densa bruma de autoridad. Y rebosando sus vigorosos pulmones de aire, anunció a los cuatro vientos provenientes de los cuatro extremos del mundo que, si bien a Ciudad Marquesa le estaba llegando el momento de luchar por su anhelante liberación, si no entregaba sus ambiciones, su confianza, al que planificó su nacimiento con esmero y dedicación, se vería enredada en el castigo divino propio de quienes osaban a perseguir la libertad por sus propios medios, creyéndose insensatamente dioses de sus destinos. El obispo, que para esos días ya había regresado del vaticano hace mucho, se exasperó ante las ínfulas de profeta de ese individuo, y fue embargado por la suspicacia al oír sus palabras de lucha y liberación, y sospechó que las verdaderas intenciones del señor Setemar eran infundir, con palabrerías descaradamente maquilladas, las herejes ideas de Francia y las rencorosas intenciones de Inglaterra, nación que se carcomía en la frustración de haber perdido, algunas décadas atrás, el dominio sobre sus colonias norteamericanas, y ahora, en el ardor de su resentida pérdida, deseaba obligar a la gran España a sufrir el mismo destino, al tiempo que se apoderaba como una vil ladrona de sus colonias. Sin embargo, por más que el obispo se esforzó en persuadir a las autoridades y al excelentísimo Marqués de exiliar al portavoz de la herejía, esta vez aquellos no mostraron gran diligencia en el asunto, porque Vicente Setemar siguió anunciando su mensaje con vigor, determinado, tenaz, sin que nadie lo perturbara. Algo se estaba gestando entre los recodos de Ciudad Marquesa, quien seguía ostentando con orgullo ser la ciudad más importante y la única, después de la capital, donde habitaban marqueses y duques, donde sobreabundaba la prosperidad, y donde los hacendados podían darse el lujo de soltar a la deriva en la extensa llanura, cada mes, los miles de caballos que no cumplían con los estándares de imponencia, brío, y rapidez, atándoles al cuello un saquito de oro para, quien se preocupara en adoptar alguno, tuviera con qué comprarse la cincha y la silla de montar.

Sólo Rafael Ignacio, desquiciado finalmente por la locura de su administrador, atendió a las súplicas del obispo, y lo desterró de su posición como administrador, arrancando de sus dedos el entresijo de hilos que controlaban, con una complicada eficacia, cada minuciosidad del embrollador sistema administrativo que había implantado en la hacienda. Una vez lo hizo, por poco se cumplen sus temores de ver tambalearse los negocios de la hacienda, pero el joven Khasid, en quien por vez primera pareció existir una pizca de osadía, le presentó una ruma de pergaminos en donde se plasmaba, de forma maravillosa, un revoltijo de letras y números que representaban un eficaz plan de negocios. El muchacho era portador, como todo hombre árabe, de los misteriosos secretos del cálculo y la aritmética, y quizá habría sido capaz, si se lo hubiese propuesto, de levantar un próspero emirato en las inmediaciones de Ciudad Marquesa; pero sus ambiciones apenas se despertaban cuando de ayudar a su amo se trataba. Finalmente Rafael Ignacio pudo sentir, rozagante, que tenía el camino despejado de toda maleza, y podía encaminarse hacia la cumbre del dominio y la supremacía: Los buques del Marqués parecían no llegar, el negocio de Valencio Ignacio se esfumaba en una polvareda brillante, su formidable hijo avanzaba a paso firme hacia el pináculo de la pirámide, y ahora se había librado del loco de Vicente Setemar, teniendo a su tierno, e inconfesable bastardo, controlando los intrincados hilos de sus negocios.

En esos días Ciudad Marquesa se encontraba reciente en el nuevo siglo, sintiéndose extraña en una etapa de la historia donde ese hombre, que todavía no se sabía de dónde venía, le anunciaba libertad y castigo, hablándole de un ser que, supuestamente, fue el que planificó su existencia, quien la hizo nacer, y quien dispuso su mudanza a través de los fríos, templados, gélidos páramos andinos, hasta que se estableció en las prósperas llanuras, donde, con la imponencia del caudaloso río Santo Domingo, y el vitalicio frescor del viento barinés, llamado así por la tribu nativa Varyna que alguna vez habitó entre los matorrales de la región, pudo fundar sus negocios agrarios, hasta convertirse en una de las preferidas y complacientes ciudades de la corona española. La muy noble y muy leal Ciudad Marquesa, se encontró a sí misma en el siglo XIX confundida, perpleja, insegura, preguntándose quién era ese ser supremo, y qué significaban las palabras de libertad, lucha, castigo, confianza. Muchas décadas después, Ciudad Marquesa habría de comprender que a la final, ese ser no la castigó, y que todas sus desgracias se debieron a su férrea decisión de luchar sola, y no luchar en compañía de su creador.

El invierno fue inoportuno, impertinente, despiadado, aun desde antes de llegar, precedido por las nubes, por el intranquilo viento, por el rocío, desmenuzando bajo sus pies la prosperidad, la alegría de Basílica Villafañe, quien había llegado arrastrada por la leyenda de los hombres que sudaban fortuna. Pero sin sol, sin sus insaciables y animadas llamaradas, del fornido pellejo de los quince negros no florecía ni una gota de sudor. Y de nada le habría valido colocarlos sobre el fogón, amarrados a lo largo de una vara como carneros asándose, para que sudaran hasta lo que no tenían que sudar, de todos modos el polvo de diamante se rehusaba a brillar sin la presencia solar. Como era de esperarse, y sin que nadie la detuviera, hizo arrastrar su carromato por los quince fornidos negros, quienes unieron su fuerza descomunal en la agobiante tarea de soportar el vulgar peso de la voluminosa mujer, llevándola hacia los lejanos desiertos del medio oriente, donde se decía que el sol jamás tenía misericordia, jamás cedía sus dominios al disturbio invernal, y donde Basílica Villafañe despuntaría como la matrona del Sahara, distribuyendo su polvo de diamante a lejanos reinos e imperios, y donde los quince negros, sin tregua ni descanso, vivirían eternamente expuestos, en desnudez total, bajo la inmisericordia del sol oriental, exudando hasta las últimas relamidas de sudor que sus cuerpos pudieran escupir. Al principio, Valencio Ignacio se creyó de nuevo en el perezoso círculo de la pobreza, y se hubiera sumido en su desgano de no ser porque recordó, por segunda vez en lo que llevaba de vida, que había engendrado tres bocas a las que tenía que alimentar, y se encerró en el limitado salón de su inventiva, tratando de encontrar por sus rincones alguna forma de traer el sustento a la casa, hallándolo tan vacío como siempre lo había estado. Porque ahora, en la cumbre de su hombría, vitalidad y madurez, era consciente que jamás poseyó como don la inteligencia ni la imaginación, si acaso alguna vez tuvo una especie de afición por la geografía, y eso resultaba tan inútil como su talento plurilingüístico. Tuvo cierto atisbo de consolación al revisar los libros contables, que reflejaban con una tenue luminosidad que las cifras de la pequeña fortuna acumulada durante las ventas del polvo de diamante, bastarían para alimentarlos durante un año, y agradeció los fatídicos principios administrativos aprendidos de Vicente Setemar. Y por lo mismo, de sólo poder contar con un año de sustento asegurado, le resurgió la ansiedad desde la profundidad de sus angustias, preguntándose cómo mantendría las bateas llenas de carne al finalizar ese año, y exclamó su gratitud a la divinidad por la partida de Basílica Villafañe, quien hubiera devorado las reservas de oro con la atrocidad de su papada insaciable, esa papada que jamás dejaba de gruñir en un perpetuo masticar. En sus desesperados intentos por encontrar alguna fuente de alimentos, recurrió al cántaro donde alguna vez se multiplicó el arroz, y lo llevó ante Vicente Setemar, seguro de que el hombre repetiría el milagro. Setemar, que debió adivinar el deseo de Valencio Ignacio en su inocente expresión, y en su tímida sonrisa, que reflejaban su incapacidad para hacer la petición, sólo le dio por respuesta un implacable—. No —y luego agregó en un tono definitivo y contundente—. Dios provee en tiempos de necesidad, pero no cría hijos flojos; aparte del pescado también enseña a pescar.

Valencio Ignacio, resignado, regresó el cántaro a su sitio, ignorando a su paso a la diminuta reina escondida en su vestidito con volados, que para él no era más que un montículo que se alzaba, como un chichón emplumado, de la alfombra de plumas que recubría los pisos de la casa. Fue entonces cuando vislumbró lo que llegaría a ser su primera y única empresa, porque lo del polvo de diamante había sido obra de Basílica Villafañe, y la casa de correo internacional no llegó a fundamentarse nunca. Concha Pétrea, con sus tremendos hombros de acero, se encontraba junto al fogón amasando ceniza. Valencio Ignacio fue testigo de la maravillosa creación que florecía entre los gruesos y oscuros dedos de la esclava, de cómo la ceniza iba tomando la forma de una criatura, de cómo ella lo dotaba de ojos, de nariz, de una sonriente boquita, presenció la formación de los coquetos bracitos, la ternura de sus piernitas, observó el deslumbrante proceso de gestación sin atreverse a intervenir ni con el soplo de su nariz, no fuera a ser que el bebé le saliera malogrado a Concha Pétrea, porque eso era lo que se gestaba entre sus dedos, un bebé oscurito. La esclava, al advertir la presencia de su amo, porque hasta el momento ignoraba que era observada en su alumbramiento, se sobresaltó provocando el desmenuzamiento de su bebé y la conmoción de Valencio Ignacio, la criatura se había difuminado en una ligera bruma de cenizas.

—Me estaba haciendo un angelito negro señor —explicó la esclava en lo que sonó más a una disculpa.

—Pues, ¿qué esperas? ¡Enséñame a mí también! —fue todo cuanto dijo Valencio Ignacio con la exaltación de quien ha encontrado una mina de oro.

A partir de ese día Valencio Ignacio pasaba el día sumergido entre los carbones del fogón, procreando bebitos negros con la pastosidad cenicienta en la que se convertía la leña, con una sutil febrilidad y una metódica perfección jamás imaginada en su ser. Y únicamente se desprendía de su abstraída labor al anochecer, cuando la cocina era invadida por el penetrante olor a mastranto de Nayanúa, que se desplazaba fluidamente hasta el fogón, envuelta en la nebulosa de su etérea naturaleza, y lo tomaba con finura de sus fuertes y debilitados brazos, para llevarlo con el candor de su sonrisa a la serenidad del descanso y del sosiego.

Con la llegada de la mañana, a Concha Pétrea se le exasperaba el juicio al sentir al amo invadiendo nuevamente su fogón, volteando los calderos y los sartenes en busca de ceniza, sacudiendo las brasas y los carbones aún ardientes, obsesivo en su incansable labor de gestación. Y sólo cuando la casa se encontró atiborrada de angelitos negros, sólo cuando la diminuta reina quedó aplastada como el chichón emplumado que parecía, sólo cuando Nayanúa no pudo hallar el espacio suficiente para desplazarse, sólo entonces Valencio Ignacio cayó en cuenta que aquello no era una empresa rentable: ningún español daría una sola moneda de oro por un bebé negro; muchos indios seguían reacios a creer en cuestiones católicas, por lo que no verían razón alguna para comprar un angelito; mientras los esclavos, únicos posibles compradores, no sabían lo que era tener dinero en sus manos. Toda la esperanza de ver recompensado su esfuerzo recaía en los mestizos, y si ellos no se mostraban dispuestos a pagar por lo que él consideraba una maravilla, porque no cualquiera era capaz de procrear bebés de las cenizas, estaba seguro que terminaría con el juicio dislocado.

Cuando en la mansión Espinel se coló por el resquicio de la puerta el rumor de que Valencio Ignacio recorría los puestos comerciales de los mestizos cargando en brazos bebés negros, y los ofrecía por unos cuantos gramos de oro a quien estuviese interesado en adoptar a esas oscuras criaturas, Rafael Ignacio no supo si encenderse en las llamas de su indignación por la nueva afrenta que su hermano dejaba en la familia, o extenuarse en una placentera carcajada por lo bajo en que ese ingrato había caído. Al fin y al cabo ya nadie lo relacionaba con aquel desvergonzado criollo que se había entremezclado con una mestiza, y verse humillado, mendigando raspaduras de oro a cambio de bebés negros, era lo menos que Valencio Ignacio merecía, y quizá ahora, lo que la divinidad esperaba de él, es que se sentara a saborear el exquisito castigo que le había enviado al que alguna vez fue su hermano.

Fue por esos días en que llegó hasta las puertas del ayuntamiento, la denuncia de que un grupo de muchachos de los más altos estratos sociales, había sido turbulentamente atacado hace unos meses por un misterioso guerrero que portaba una lanza con un brilloso puñal primitivo, que sólo pudo haber sido fabricado por bestias africanas. La guardia real no tardó en dar con las pervertidas bestias que no sólo habían osado violentar las leyes españolas, sino que también, con los gérmenes de barbaridad fecundados en sus desalmadas entrañas, habían intentado derramar impíamente la sangre azul de un grupo de inocentes jovencitos. Benito fue suspendido en el aire con una soga abrazada a su cuello, mientras Coromotano huyó hacia las gélidas soledades del páramo andino, traspasando el límite donde la llanura, sin sutilezas ni avisos, se transforma en una desordenada y espectacular conglomeración de montañas y picos.

Valencio Ignacio se encontraba entre los puestos de los pardos, con un par de bebitos negros arrullados entre sus brazos, cuando sintió pasar el celaje de un muchacho que llevaba en su aire la desesperación de quien se siente impotente ante la inminente ejecución de un ser querido, y reconoció en ese celaje a su hijo Juan Ignacio, que iba despavorido entre los puestos comerciales dejando a su paso una estela inquietante, dolorosa, agobiante. Lo siguió a través de los puestos, lo siguió a través de las polvaredas dejadas en las callejuelas, lo siguió a través de la mortificante bruma de dolor que dejaba a su paso, lo siguió aun hasta la plaza mayor ignorando la remota prohibición de pisarla, y vio cómo su hijo arremetía, con la misma furia encolerizada con que los rayos pulverizan las copas de los majestuosos samanes en el invierno de Ciudad Marquesa, contra los guardias que habían suspendido a Benito en el aire, y se vio a sí mismo hace quince años reencarnado en la impotente furia de su hijo, se vio a sí mismo, como un mero testigo de los acontecimientos, desafiando a su hermano el día que azotaron a Samba luego de la ejecución de Alal. Valencio Ignacio no era él, era el que estaba arremetiendo en ese instante contra los guardias, Benito no era Benito, era Samba, o Alal, ese día no era ese día, ese día era hace quince años, Juan Ignacio era él, él era Juan Ignacio, él era esa furia. Y de pronto, uno de los guardias derribó a Juan Ignacio aturdiéndolo con la culata de su fusil, luego lo apuntó con el cañón decidido a dejar un agujero en lo que hasta ese momento había sido el ojo del muchacho, y Valencio Ignacio regresó de su traslación temporal, reaccionando ante la posible muerte de su hijo, dejando caer los cenicientos angelitos negros. Se acercó hasta la horca de donde colgaba Benito, o Samba, o Alal, ya no sabía, agarró a su hijo y lo arrastró fuera de la plaza mayor escuchando el mascullo del guardia a su espalda: «Hijo del sacrílego tenía que ser». Una vez que estuvieron lejos del cadáver suspendido de Benito, lejos de la plaza mayor, en una polvorienta callejuela que empezaba a empaparse con otro chubasco del invierno de Ciudad Marquesa, Juan Ignacio le soltó una jauría de improperios a su padre, «¡Cómo te atreves a interponerte! ¡Quítate de mi camino imbécil! ¡Iré a salvar a Benito! ¿No lo escuchas? Está llamándome, pidiendo ayuda, la soga le duele, ¡quítate o te moleré a puñetazos!». Valencio Ignacio lo calló con un manotazo que le estampó en la cara y que hubiera sido suficiente para hacer temblar las paredes de su casa. El muchacho lo miró desconcertado, confundido, adolorido, sobándose la mejilla bajo el implacable chubasco que se había antojado de caer de lleno sobre ellos. Era la primera vez que su padre lo golpeaba, incluso era la primera vez que veía a su padre tener una reacción humana, ese padre que pasaba su existencia sumergido entre el agobio de los libros contables y ahora en su febril manía de procrear bebés negros amasando cenizas. Valen-

154

cio Ignacio lo tomó del hombro y lo llevó consigo muy al sur de la ciudad, callado, solemne, en una ceremoniosa intimidad consigo mismo que no le impidió arrastrar a su hijo con firmeza a través de las anegadas llanuras, cruzar la espesura del follaje sabanero, remontar los portentosos samanes caídos que sucumbieron ante la titánica furia del viento barinés de invierno, y cuando Juan Ignacio estuvo convencido que estaba siendo llevado por su padre a su propio sacrificio, tal como lo hizo Abraham con Isaac en aquella bíblica historia que le contó de niño Vicente Setemar, y cuando estuvo a punto de estallar en una frenética y despavorida pataleta para intentar librarse de la férrea mano de su padre, llegaron a un terreno baldío surcado por zanjas que se inundaban de agua rojiza, como si los árboles que habían dejado atrás se desangraran en una terrible agonía y esa sangre viniera a concentrarse en este lugar.

—¿Qué es este lugar papá? —balbuceó Juan Ignacio, aterrado, confundido.

Valencio Ignacio permaneció solemne, serio, y terriblemente sobrio, y con una voz de plomo, apenas distorsionada por un imperceptible ronquido, que le quedó de los graznidos de la infancia, le respondió—. Es la espalda de Samba que fue injustamente lacerada. No te preocupes mi pequeño, estoy seguro que llegará el día en

155

que podamos vengar la muerte de nuestros amigos.

IV
Tiempos de Surgimiento

El día que Concha Pétrea irrumpió en la cocina, con una pavorosa expresión, asegurando que se le había manifestado la purísima virgen en una concha de mango, no quedó ninguna duda de que Vicente Setemar no era católico. La negra se encontraba en las cercanías de la casa tumbando unos cuantos mangos para Pedro Ignacio, quien, a causa de la estupidez de su sensibilidad, no era capaz de encaramarse en los árboles, como todos los muchachitos de su edad, a empegostarse la boca con la bulbosa carne de las frutas.

—¿Acaso te crees un pudiente niño de la calle real? Hasta los criollitos de esta calle son más blancos e importantes que tú —le refunfuñaba la negra, mientras alzaba forzosamente la vara de bambú con sus fornidos hombros de acero, al niño, que la observaba, aparentemente sin comprender sus palabras, con la voracidad de sus ojos ansiosos esperando que cayese el primer mango. Y cayó, sobre la cara de Concha Pétrea en un sordo planazo que no bastó para aturdirla, pero sí para exasperarle el secreto y arisco cariño que sentía por el niño. La exasperación no tardó en disipársele y transformarse en una exaltación, que por poco la deja muda, cuando vio en la costra aplastada de la fruta a la tenue, abstracta, e innegable imagen de un rostro femenino y gracioso, y en el escandaloso júbilo de la divina manifestación entró a la casa alborotando el ambiente y desparpajando las plumas de patos gansos a su paso. Entronó a la fruta en un improvisado altarcito cubierto con la más purificada mantilla que ella misma había tejido para Adelaida, la diminuta reina que se deslizaba sobre, o si caso bajo, la alfombra de plumas de la casa como un movedizo chichón emplumado. Luego rodeó la fruta de un casto y decoroso cortejo de velas, que alumbraban el rostro divino del mango con la fúnebre y ceremoniosa claridad de las capillas crepusculares, y por vez primera se atrevió a infundir autoridad sobre sus patrones, enjuiciándolos con la tosquedad de su expresión y el grotesco dedo sobre la boca que les ordenaba guardar silencio y respeto ante la temeraria imagen de la inmaculada virgen del mango.

Cuando Vicente Setemar cruzó el umbral de la casa, se encontró ante la religiosidad del ambiente, la reverencia del aire, el impasible y perturbador silencio interrumpido solamente por los susurrantes ruegos de Concha Pétrea, quien había renunciado a la severa devoción de los dioses africanos que heredó de las remotas memorias de sus padres, y ahora se postraba, con la resignada humillación de los esclavos que ruegan por la salvación de un alma que no poseen, ante el estrafalario altar de pacotilla sobre el cual reinaba, con una solemne dignidad, un mango aporreado. El hombre, por el fulminante brillo que recorrió su mirada, pareció haber estallado el centro mismo de sus emociones. Se acercó al altar con aplomados pasos, y la esclava apenas tuvo tiempo de enjuiciarlo con su reverente mirada para que guardase respeto, cuando él, agarrando a su paso la batea de la mesa, llegó hasta los pies del humilde santuario y descargó sobre el mango toda la brutalidad del pedazo de madera. Cuando alzó la batea, ante la estupefacta, y hasta se podría decir aterrorizada, mirada de Concha Pétrea, lo único que quedó de la gloriosa manifestación divina, fue una escuálida pepa devastada en la charca de su bulbosa carnosidad dorada.

—En esta casa no se admitirá ese tipo de insolencias contra el Dios altísimo, su palabra dice que sólo a Él servirás y sólo a Él adorarás. Nada de vírgenes y mediocres imágenes —fue la sentencia de la rugiente voz de Vicente Setemar, que luego, alzando su dedo hacia Nayanúa, con un severo movimiento que envió hacia ella una bocanada de su densa bruma autoritaria, haciéndola tambalear y por poco disolverse en la ligereza de su nebulosa y etérea naturaleza, le dijo—. Y tú a partir de hoy no volverás a permitir que te llamen virgen de los mulatos, porque infundes la idolatría con la misma belleza que el altísimo te ha otorgado.

Adelaida, la diminuta reina escondida en su vestidito de volados, y Pedro Ignacio, quedaron anonadados ante la intempestiva prédica del hombre que cada tarde les alimentaba la imaginación con las grandiosas hazañas del rey David, venerable héroe de un antaño y remoto reino. A Valencio Ignacio no le quedaron dudas de que aquel hombre tenía que ser protestante, sin embargo, la confusión se implantó una vez más cuando poco después el hombre arremetiera contra las ideas norteamericanas llamándolas hipócritas, donde los protestantes se regodeaban de haber alcanzado la cumbre de la codiciable libertad del hombre y proclamaban «Dios nos ha hecho libres», mientras sostenían el negro estandarte de la esclavitud sobre un mástil embadurnado de argumentos bíblicos donde se aseguraba que los negros estaban obligados, por juramentación celestial, a servir perpetuamente a los blancos, quienes fueron creados a la imagen y semejanza intelectual del Todopoderoso. Porque mientras los españoles aseguraban férreamente haber heredado el color de piel del Creador, los retoños ingleses norteamericanos aseguraban haber heredado la inteligencia. Lo único que quedó claro para Valencio Ignacio es que a partir de ese día no se volvió a admitir la idolatría bajo su techo. Mientras tanto, Nayanúa continuó sus impalpables paseos con un ondulante retazo de seda, ajustado en la coronilla de su delicada sombrilla, que decía: «No soy virgen, soy princesa nigeriana».

Fue más o menos por esos días que Pedro Ignacio contrajo la enfermiza manía de quedarse durante horas, absorto en un alelado estado de quietud, con la cabeza echada hacia atrás, observando uno de los recodos donde terminaba la pared encalada y empezaba el techo de palma. Como Concha Pétrea había quedado trastornada y confundida después del incidente del mango, no hubo quien lo rescatara de su inminente caída en la estupidez definitiva. El niño permaneció en su embebecida contemplación por muchos días y durante todo el invierno, y aún seguía allí cuando llegaron, como un piadoso consuelo a su atormentada alma, los tres buques de oro del Marqués.

Las tres imponentes bestias de madera, envejecidas por los perpetuos años de navegación, por los inmisericordes rayos del sol y luego por la incontenible furia invernal, por las incontables veces que lograron escapar de milagro de las garras piratas, arribaron en las costas del Santo

Domingo amenazando con resquebrajarse y ceder-
le todo el peso de su dorado cargamento a las im-
petuosas corrientes del caudaloso río. El Marqués
supo entonces que durante todo ese tiempo, los
tres buques habían estado extraviados en el intrincado laberinto de los ríos americanos, tratando de encontrar el camino que los llevara hacia
las prósperas tierras de la prodigiosa Ciudad
Marquesa, cuya fama se desbordaba a lo largo de
todo el territorio, y trajeron consigo las leyendas
de innumerables desdichados que se aventuraron
en la búsqueda de las prodigiosas tierras que sudaban prosperidad, y terminaron vagando en una
infinita búsqueda del segundo nuevo mundo. Fue
en ese momento que el Marqués comprendió lo
solitaria que se hallaba Ciudad Marquesa
reinando en las vastas y extensas llanuras, aleja-
da por insalvables distancias del Virreinato de
Santa Fe y de la capital de la Audiencia, una opulenta sultana dominando bajo los pliegues de sus
airosos vestidos todas las interminables y fructí-
feras tierras que la rodeaban. Y empezó a germinar en los inconfesables rincones de su mente la
idea de autonomía, y la apóstata y vergonzosa
pregunta de por qué tenía que compartir tanta
riqueza con la corona española, quien nada sabía
de habitar en tierras tropicales y quien se encontraba del otro lado del Atlántico engordándose en

el sopor de sus tersos almohadones, amparado bajo las portentosas cúspides de su castillo monárquico.

Nadie supo en qué momento el chichón emplumado hizo erupción para darle paso, como una primorosa orquídea real, a la esbelta y grácil jovencita, que emergió de su vestidito de volados trayendo consigo una ráfaga de digna supremacía que por poco enciende los fornicarios instintos de los jóvenes criollos de la zona, salvados por sus modestas madres de la fatalidad de enramarse con semejante procreación desvergonzada. Adelaida surgió en el centro de la casa decidida a arremeter contra el insulto a la buena clase en el que sus padres precariamente la habían criado. Su primera disposición fue encasillar a Concha Pétrea en el lugar que le correspondía: una bestia negra sin derecho a réplicas ni imposiciones en la casa. Y la colocó a realizar la monumental hazaña de deshacerse de diecisiete años de plumas aglomeradas en el suelo de la casa, desnudando sin compasión alguna el desvencijado suelo de madera que en otro tiempo fuera el orgullo de la madre de los hermanos Espinel, y que los años al cubierto por la pletórica alfombra de plumas le dieron la apariencia de un terreno estéril y cuarteado. La segunda disposición de la esbelta señorita con aires de efímera realeza, fue decretar que a partir de ese día no volvería a pasar la noche en el improvisado cuartucho que su padre le fabricó en el traspatio junto al de sus hermanos, y que si no desparpajaban a Vicente Setemar del único aposento decente, a parte de la recámara nupcial ocupada por sus padres, violentaría el aposento clausurado donde sus padres resguardaban celosamente el intrincado laberinto de bultos de tela. Nayanúa, quien aún veía a Vicente Setemar como el arzobispo personal de la familia, se horrorizó ante la arremetida de su hija con que profirió tales insinuaciones de echarlo de la casa. No lograba comprender en qué momento su digna hija se había convertido en esa cosa hostil que supuraba frialdad y vociferaba sentencias, como si de una malévola reina se tratase. Y se preguntó si acaso ella había tenido algo que ver en esa transformación malograda, ella que le había inculcado a su hija el irrefutable pensamiento de haber nacido para reinar por ser hija de una de las últimas, y única en esa región, princesa nigeriana. Y lamentó no haber infundido bien su enseñanza, pues estaba claro que su pequeña había confundido el candor de la verdadera realeza con aquella espeluznante tiranía. Y cuando Concha Pétrea intentó mover al pequeño Pedro Ignacio de su embebecida contemplación, para barrer las plumas bajo sus

164

pies, porque el muchacho seguía allí, empecinado, estúpido, abstraído en una intrigante observación que le tomó semanas, Adelaida tomó un chaparro y estuvo a punto de lacerar la espalda de la negra por siquiera atreverse a colocar sus horripilantes manos de bestia sobre uno de los amos de la casa. En ese preciso instante, el umbral de la casa estaba siendo traspasado por Valencio Ignacio, que al darse cuenta de los aspavientos que turbaban la casa, y ver a aquella joven a punto de azotar a la esclava, y no reconocer en ella a su hija, mucho menos por el hecho de no haberle prestado jamás atención al chichón emplumado que se deslizaba por la casa, retumbó en una segunda reacción humana advirtiéndole a la insolente muchacha que tan sólo con que cayera un azote en la espalda de Concha Pétrea, con todo y ser mujer se vería aventada a los cuatro vientos del mundo. Adelaida no puso en duda la sinceridad de aquellas amenazas, y con la indignación oprimiéndole las ínfulas acumuladas en su cabeza, donde reposaba un suntuoso peinado que Nayanúa describió como maraña, soltó el chaparro y se encerró en uno de los dos cuartitos de bahareques que Valencio Ignacio había construido en el patio para sus hijos, mientras Pedro Ignacio continuó, porque nunca se movió de allí, en su embebecida contemplación, de pie sobre el único montoncito de plumas que que-

165

dó en la casa. Más tarde le explicaron a Valencio Ignacio que aquella joven era su hija, a lo que él simplemente respondió con un aletargado suspiro. Pasarían muchos años antes de que él volviera a ser consciente de la existencia de esa hija.

El desconocido origen de los brotes tiránicos que germinaron en la joven Adelaida, reposaba sobre el carromato de Basílica Villafañe. En sus días de diminuta reina, la niña Adelaida se paseaba por la casa procurando imitar el fluido andar de su madre, convencida de que la dignidad de realeza se constituía sobre el pilar de etérea naturaleza, cuyo capitel ornamental era el ser llevada con liviandad por un cortejo de animales maravillosos. Hasta que se topó con el carromato de Basílica Villafañe apostado en el patio, que para esos días empezaba a experimentar la fórmula del polvo de diamante escurriendo el sudor de un esclavo. Basílica, al ver aquella carita, que torpemente intentaba ocultar su timidez con una dignidad poco persuasiva, con un escueto peinetón que parecía más una cucaracha sobre su oscuro cabello, y con una mirada vivaz, porque eso fue lo que más le gustó a Basílica, que revelaba una genuina hambre de convertirse en realeza, evocó la imagen de una tía abuela muerta tres décadas antes, quien pretendió iniciar a Basílica Villafañe en el carismático oficio de poner orden entre los salvajes de una isla americana que aún no había sido descubierta por ningún reino. El sueño de la tía abuela era fundar un imperio propio, y como ya se encontraba cruzando el umbral de uno de los fúnebres aposentos de la muerte, quiso traspasar a Basílica su divina misión de cristianizar a los incultos nativos de la isla y darle mejor uso a las desmedidas riquezas del lugar, inútiles en manos de aquellos salvajes que nada sabían de administración monárquica. Pero la joven, a pesar de que ya demostraba ser una portentosa regenta de comarca, por sus generosas proporciones corporales, no tenía pretensiones de regir sobre una turba aterradora de salvajes en una remota isla abandonada por la creación en las extremidades del continente americano, y partió rumbo al centro en busca de fortunas y prosperidades que no demandaran tan extenuantes esfuerzos, hasta que muchos años después escuchó del rumor de Ciudad Marquesa, tierra donde los hombres sudan fortuna. Ahora, con aquella diminuta reina frente a ella, que por alguna indescifrable razón hacía surgir del baúl de sus memorias el espectral recuerdo de la tía abuela, se le despertaba una repentina nostalgia por esa anciana a quien abandonó entre esbeltas palmeras, conglomeradas nubosidades de zancudos, e irracionales indios, a quienes se les veía en la mirada la voracidad propia de los caníbales. A pesar del blanco enmaderado de la niña, Basílica Villafañe no vio estorbo alguno para traspasarle las reales enseñanzas y principios que ella rechazó, pensando que así podría redimirse ante la memoria de la tía y salvarse de cualquier represalia que la señora quisiera enviarle desde los magistrales salones celestiales, desde donde a las dignísimas damas como ella se les permitía emitir implacables juicios contra los desobedientes y desleales habitantes del telúrico territorio de los vivos; y no bastándole aun, quiso sellar el pacto de paz entre ella y el alma de su tía abuela, marcando a la niña con el nombre de la difunta como si de un sello real se tratase, y así el nombre de María Ignacia fue desplazado sin reparo alguno por Adelaida, a secas, distinguidísima designación que traía en su sustancia las hereditarias cualidades de emperatriz. Desde ese día la pequeña Adelaida, escondida en su vestidito de volados, asistía a las clandestinas enseñanzas de reina que se impartían en el resistente carromato, donde adquirió las dotes de regenta y el dignificado carácter de quien ha nacido para establecer el orden fundamentado por Dios. Una vez que reunió capacidad suficiente para identificar la imperdonable carencia de orden divino en cualquier rinconcito, la niña pudo ver, como en una revelación, el caos que se había

168

entronado en su hogar, como en los días de la fundación del mundo, cuando la creación no era más que un revoltijo de agua y tierra, y Dios se vio en la obligación de poner orden. Y en la misma precaria, indigna, y horripilante situación se encontraba ella: La esclava estableciendo imposiciones mientras el piso era devorado por la temible densidad emplumada, un hombre cuyas venas no poseían ni una mísera gota de sangre familiar ocupando la única habitación, a parte de la nupcial, en condiciones ideales para una reina, mientras ella agonizaba de pura indignación en su cuartucho de bahareque, su padre habitando en las cavernosidades de sus libros contables, sin tomar consciencia de que el tumulto volcánico de papeles alentaba la proliferación de polillas, su madre empecinada en convertirse en la inquietante imagen difuminada de un espectro arrastrado eternamente por una bandada de patos. Pero tuvo paciencia, no profanaría los principios impartidos por Basílica Villafañe, quien le advirtió sobre la tentación de ocupar el trono en tiempos inapropiados, sin el bagaje de conocimientos requeridos, y sin un temple bien formado que infundiera temor en los súbditos.

Cuando se vio desamparada con la partida de la consejera real, quien se esfumaba en su carromato arrastrado por los quince fornidos negros, se creyó, por un brevísimo instante, incapacitada para la conquista del trono. Y estuvo a punto de echar a perder los extenuantes años de preparación cuando a su padre, en un acto humillante para la inmaculada imagen de la familia, se entregó apasionadamente a la locura de fabricar angelitos negros, trastornándole el juicio, cosa que por poco la lleva a apoderarse con premura de la posición reservada para ella desde el mismísimo día de su concepción. Afortunadamente el campanario de enseñanzas de Basílica Villafañe hacía eco en su mente, ayudándola a permanecer en las recámaras de su fortaleza y paciencia hasta el día de la proclamación, cuando emergió del chichón emplumado para cumplir su ineludible destino como emisaria del buen orden natural de las cosas. No contaba con la repentina oposición del padre, quien se había antojado a imponer un orden propio justo ahora.

Los ánimos de Rafael Ignacio se descalabraron cuando supo que finalmente los tres buques extraviados habían arribado en el Santo Domingo, trayendo consigo el deslumbrante cargamento dorado, que ni aún el hollín de los años logró opacar. Su única esperanza recaía en el hecho de que, atorado de impaciencia y desespero, el Marqués había olvidado por completo mandar a traer a los arquitectos y expertos fundidores de la gran España, y que por encontrarse la península trastornada por los problemas que amenazaban desde Francia, sería muy difícil que llegasen pronto. Casi al mismo tiempo empezó a escucharse en la mansión Espinel cada mañana, como de un quejumbroso ángel caído, una chirriante música que desquiciaba los sentidos y exasperaba el temple a quien la escuchara. Luego de la maravillosa velada donde la dulcificada melodía de Khasid Ignacio impregnaba los sueños de su amo con plácidas imágenes de las praderas celestiales, y que hacía volcar a Carmenza Castillete en el furor de su aborrecimiento, y que atormentaba a Enrique Ignacio apretujándolo entre el odio y la seducción, la melodía cesaba para darle paso al alba que venía acompañada de aquel terrible chirrido infernal que hasta la propia Carmenza Castillete reconocía como peor de tortuosa ante la melodía de Khasid. Por más que Rafael Ignacio hostigó a todos los esclavos para que encontraran el origen de tan horrendo lamento, y de ser necesario le dieran caza a la criatura que lo producía, porque de seguro no era de este mundo, nunca lograron hallarlo. De ahí se gestó el rumor de que en la mansión Espinel se había instalado, quizá huyendo del infierno, un asolado ser cuya forma corporal era indescifrable, y que cada mañana, al

171

recordar los tormentos a los que era sometido en las cavernas del ardiente abismo, se lamentaba en un amargo quejido carrasposo capaz de desequilibrarle el raciocinio al más apacible. Por lo que Carmenza Castillete tuvo que recurrir a los taponcitos de oído. Durante muchos amaneceres se vio a la familia portando los taponcitos en la primera hora de la mañana, porque la miserable criatura se lamentaba en el charco de sus recuerdos por sólo una hora, lo que permitía aceptarlo como un mal inevitable; de haber sido mayor el tiempo diario, Rafael Ignacio hubiera sido capaz de derribar la casa con sus propias manos hasta encontrarlo y colgarlo en la plaza mayor.

A pesar de la eficacia de los taponcitos para crear una barrera impenetrable ante el lamento infernal, a Carmenza Castillete le fueron inútiles para protegerse de la insolente melodía del bastardo de tez dorada, que parecía abrirse paso entre cualquier abertura corporal para fastidiarla, hasta que una noche el estanque de su paciencia rebosó derramándose sobre su cuerpo, embadurnándolo de valor para deslizarse de la cama y salir de su aposento nupcial con la férrea disposición de matar al bastardo dentro de su propio cuartucho. Al salir de su recámara fue rodeada por un séquito de gitanos armados, transparentados por el hecho de ser recuerdos evocados por la memoria de la melodía, y enfilaron sus espadas contra las facciones monárquicas de Carmenza Castillete; pero ella, hastiada hasta el punto de llegar a la locura temperamental, los aventó con una sacudida de su pálido brazo y se encaminó a cumplir lo que se había propuesto hace mucho tiempo. Atravesó el salón de las antañas armaduras, que en otra época fue el abominable aposento donde su marido la envileció y el mismo donde se procreó al bastardo de tez dorada, y cuando se disponía a descender la balaustrada escalera, fue una vez más asediada por el séquito de gitanos armados, que mostraban la ferocidad de quien está acostumbrado a derramar sangre de ser necesario. Envuelta en una telaraña de impaciencia, tormento, irracionalidad, y hasta locura, la ilustre señora saltó los últimos peldaños de la escalera batiendo las manos al aire, en un intento inútil de desparpajar a los gitanos traídos de otro tiempo por la aterradora melodía de Khasid. Cuando hubo atravesado el umbral que la llevaba al traspatio, y tuvo a la vista el cuartucho de donde emanaba la repugnante sonata, los guerreros gitanos cerraron su ataque encarnizándose contra ella.

A la mañana siguiente, cuando la nocturna melodía de Khasid Ignacio cesó, no se escuchó elevarse el quejumbroso quejido, lo que hizo pensar a Rafael Ignacio que finalmente la criatura había decidido abandonarlos. Con los ánimos reconfortados descendió de su aposento dispuesto a visitar en aquella mañana a Khasid, y pedirle que retomara su dulce sonata para celebrar la partida del ángel infernal. Al asomarse al traspatio, lo primero que vio, apostado contra la puerta del cuartucho, y empapado con el rocío de la alborada, fue a su hijo Enrique Ignacio. El muchacho tenía los ojos desorbitados, como si hubiese atestiguado un acontecimiento atroz, y su mirada estaba fijada justo a los pies de Rafael Ignacio, donde, tendida como una lúgubre estatua empalidecida, reposaba el cadáver de Carmenza Castillete, cuyas facciones monárquicas habían adquirido pinceladas de terror, y de sus oídos, que fue lo primero que advirtió Rafael Ignacio, fluía un hilo de jugo dorado.

Desde el día en que Juan Ignacio se materializó junto a él salvándolo de la golpiza que le propinaban sus amigos, y descubrir el reconfortante embargamiento producido por un par de ojos agradecidos, Enrique Ignacio se hizo amigo de Juan Ignacio, su primo ilegítimo por cuestiones eclesiásticas. Ese día se levantó de la tierra algo perplejo, y por no saber cómo demostrar gratitud al mismo bastardo al que había asechado durante semanas, le dijo, algo incómodo: «Si me enseñas a usar esa arma yo te enseño a usar la espada», refiriéndose a la lanza primitiva que portaba el jovencito Juan Ignacio. Así fue como inició una sólida amistad que habría de mantener sus fundamentos durante los años que duró la primera guerra, aunque con un impedimento al que Enrique Ignacio jamás estuvo dispuesto a ceder: la manía de su primo de hacerse amigo de esclavos. Incluso, cuando Enrique Ignacio supo que la legendaria arma de brillo metálico era fabricada por un par de hijos de esclavos, renunció a la idea de aprender a usarla y se mostró renuente a acompañarlos en las cacerías de mapanare, y si no denunció a Benito y a Coromotano ante el ayuntamiento fue por lealtad al primo, y por la agradecida mirada de la niña negra, que se estampó en su mente produciéndole un inconfesable sentido de protección hacia los negros que nunca se admitió a sí mismo. Es por eso que cuando supo de la ejecución de Benito, se sintió sobrecogido por una sensación de dolor, a la que interpretó como pura y simple compasión por Juan Ignacio que tanto apreciaba al esclavo. El aguacero atronador de ese día no fue impedimento para que saliera sigilosamente por los recovecos de la mansión Espinel, en busca de su primo para darle ánimos. Mas no lo encontró, porque en ese momento se hallaba con su padre visitando la cercenada espalda de Samba. La que lo recibió en

la modesta casa fue Concha Pétrea, quien no tenía forma de reconocer en ese empapado muchacho al hijo del ilustrísimo Rafael Ignacio, representante del gremio de hacendados, y por lo tanto, sobrino de su patrón. Luego de decirle que a
quien buscaba no se encontraba, volvió a cerrar la
puerta; lo que no imaginó la esclava es que el muchacho no se fue por donde había venido, sino que
se acurrucó en la puerta en espera de su primo,
sin importarle el ser arremetido por toda la inclemencia del frío invierno.

Con todo eso, la creciente amistad con su
ilegítimo primo no bastó para calmarle el odio
virulento que día tras día proliferaba en su ser
contra el jovenzuelo de tez dorada, multiplicándo-
se como un enjambre cuyo zumbido le hacía sudar
la frustración de no ser capaz de terminar de
abrir de una vez por todas la puerta del cuartucho
y abrir en zanja la garganta dorada de Khasid.
Nunca se supo que era él, y nunca nadie lo sospechó, el ángel caído que chirriaba en un quejumbroso lamento cada mañana. Los primeros atisbos
de claridad lo sorprendían apostado en la puerta
del cuartucho, sumido en su encarnizada batalla
personal, queriendo degollar a Khasid pero inca-
paz de irrumpir en el cuartucho a consecuencia de
la persuasiva melodía que lo embargaba en un
inexplicable éxtasis. Cuando la flauta de Khasid

guardaba silencio, Enrique Ignacio se desprendía de la puerta, exhausto, derrotado, y arrastraba sus pasos hasta el establo, donde tenía escondida entre la paja de los caballos, como a un pecado indecoroso, su más recóndito secreto: una pequeña y escueta flauta. Entre lágrimas impotentes, el joven trataba torpemente de imitar la extraña melodía que era capaz de transportar a su padre a niveles insospechados de sosiego y placidez, aferrado a la vaga esperanza de convertirse en el único poseedor de la atención patriarcal. En la interminable hora de su lamento, el muchacho se sometía al suplicio de sus propias recriminaciones, al ver que lo único que lograba arrancarle a la flauta era un horrendo quejido que caía contra el suelo con la misma insignificancia que caían sus lágrimas. Y sólo dejó de visitar el establo la noche en que vio morir a su madre. Él se encontraba apostado, como siempre lo hacía, contra la puerta del cuartucho, cuando vio aparecer a su madre castamente forrada con sus ropajes de dormir, batiendo las manos al aire como si una algarabía de zamuros revolotearan sobre su cabeza, y tal vez sí eran zamuros, porque la vio desplomarse con todo el peso de su aire señorial, escurriéndosele por los oídos un hilillo dorado y translúcido.

La indolencia con que vio a su padre preparar la fúnebre ceremonia, y hasta cierto atisbo de complacencia que percibió en él, lo hizo ser consciente de que ese hombre jamás había querido a su madre, y desde ese día renunció a la idea de ganarse la exclusividad de su afecto. Aunque conservó la capacidad que tenía para producir en él ese recio orgullo paterno con sus tremendas habilidades de guerrero militar.

Juan Ignacio al principio no confiaba en él, y hasta llegó a pensar que su única intención era averiguar el origen de las armas primitivas para luego denunciar a sus amigos. Sin embargo, fue tanta la genuinidad de sus palabras y de su mirada, que decidió darle una pizca de confianza, porque en el fondo siempre quiso tener un amigo legítimamente blanco para no sentirse tan segregado de la sociedad; aunque decidió que si ese joven, que según había escuchado era su primo, ponía en riesgo la vida de Benito y Coromotano, no dudaría en desprenderle la cabeza de un tajo.

Se podría decir que su intención era fundamentar la primera asociación multirracial, lo que resultó fallido, porque los hijos de esclavos se negaron rotundamente a enlazar amistad con un joven, que además de ser de un tétrico blanco inmaculado, los había hostigado durante tanto tiempo con su grupo de muchachos pudientes;

mientras Enrique Ignacio, tuvo una expresión de espanto y aversión cuando le propuso cazar mapanares, no por los animales, sino por la sola idea de hacerlo acompañado por un par de bestias africanas que podían asesinarlo en cualquier momento.

—Esa raza es traicionera, no tienen alma.

Le dijo a su primo, a lo que aquel respondió con el filo de su lanza—. Atrévete a repetir eso y te rebano la garganta antes de que te des cuenta.

A pesar de los inconvenientes y la desconfianza por parte de ambos, siguieron encontrándose en los potreros para intercambiar los repertorios de habilidades de lucha que ambos habían adquirido, uno por las refinadas enseñanzas de un séquito de estrategas militares, y el otro por las ancestrales técnicas de lucha que Benito y Coromotano le habían transmitido.

El día de la ejecución de Benito, Juan Ignacio se convenció de que su primo tenía algo que ver con el mordaz suceso, y se juró buscarlo, después de rescatar a Benito de la horca, para hacerle pagar por su vil traición. «¿Cómo pude ser tan tonto de confiar en él». Se repetía. Por eso se sintió confundido cuando regresó con su padre de los extensos campos del sur de la ciudad, y lo encontraron agonizante en la temblorosa tortura del frío, con los labios morados y de un pálido sepul-

179

cral, a la puerta de la casa. Lo metieron dentro, y lo acostaron sobre la cálida alfombra de plumas, pues para ese tiempo Adelaida aun no emergía del chichón emplumado, así que el colchón de plumas seguía recubriendo el piso. Juan Ignacio esperó que le volviera el calor al cuerpo de su primo, y tal vez el espíritu que parecía haberlo abandonado igualmente, para encararlo. Y cuando lo hizo, el primo juró, con una tenacidad, y con una suplicante mirada de inocencia, que nada tenía que ver con la denuncia puesta contra los hijos de los esclavos, y que precisamente había venido a buscarlo para darle de su apoyo en ese momento que comprendía debía ser difícil para él. Juan Ignacio, considerando la reciedumbre del invierno a la que su primo se había expuesto sólo para decirle eso, no pudo poner en duda su sinceridad por más tiempo, y terminó por entregarle las últimas reservas de confianza que se había guardado para sí. Esa tarde, una tarde embargada por la crudeza del frío, Vicente Setemar, observándolos distante, como si mirase a través de ellos las dimensiones de otro tiempo, volvió a susurrar uno de sus dictámenes proféticos—. Un hijo de Rafael Ignacio le va a devolver el apellido a los hijos de Valencio Ignacio.

El gran salón de los candelabros de plata, donde alguna vez se llevaron a cabo las festivas reuniones donde Carmenza Castillete, enaltecida en el esplendor de sus ropajes señoriales, era forzada a mantener su monárquica apariencia, mientras que en la intimidad del hogar era envilecida en el abominable aposento convertido en harén, fue magistralmente decorado para la pomposa ceremonia fúnebre, donde Carmenza Castillete lució su último vestido, reposada sobre el cómodo y exquisito féretro que su marido le mandó a preparar. Rafael Ignacio, sabiendo que el Marqués vendría a su mansión a condolerse de su viudez, no dejaría escapar la ocasión para hacer gala de su fortuna ante él. Los tapices europeos recubrieron paredes murmurando sobre el buen gusto del jefe de la casa, pesadas cortinas de solemnes colores se dispusieron sobre los ventanales como firmes testigos de la velada, la madera del piso se impregnó de un fino olor a yerbas dulces machacadas, y hasta el aire fue cuidadosamente trabajado por las esclavas para dar un respiro de ostentosa elegancia a quien se asomara al salón. Los candelabros de plata, exhalando suaves llamas que danzaban estáticamente, daban al ambiente la inquietante sensación de que el tiempo se había detenido para rendirle luto a la majestuosa mujer, que dormitaba al centro de la sala como ornamento principal de la gran demostración de grandeza que se pretendía dar esa noche. Rafael Ignacio recibió a los luctuosos invitados revestido en un pulcro saco de levita negro, con una modesta placidez en el rostro que pretendía ser una sosegada tristeza. A Enrique Ignacio, instalándolo en el ala izquierda del salón, y que para entonces ya era casi todo un formidable hombre que sobresalía sobre el resto de la humanidad, con su altura predominante, su blanco sonrosado en contraste con sus temibles facciones de virilidad, y las ramificaciones de sus venas grisáceas recubriéndole el cuello y el resto del cuerpo hacia abajo transluciendo su sangre azul, lo hizo portar un honorable traje militar, y ceñirse con su espada peninsular, como símbolo del orgullo del patriarca; a Khasid Ignacio lo instaló en el ala derecha, destilando una conmovedora melodía capaz de desgarrarle los sentimientos en una abertura de lágrimas hasta al mismísimo comandante militar y político de la provincia. Esa noche, a los habitantes de la hidalga calle real les quedó la sensación de jamás, en lo que recordaban de vida, haber asistido a un funeral más hermoso y elegante.

—Si no fuera porque es el funeral de su esposa lo felicitaría don Espinel —le dijo alguien a

Rafael Ignacio, sumiéndolo en la más sublime satisfacción.

Enrique Ignacio sintió que todo aquello le causaba asco, y si no se marchó fue por el venerable respeto que le tenía a su padre. La aversión se le volvió insoportable cuando, con una sonrisa mal escondida, su padre se le acercó para abrocharle un pequeño botón plateado en el pecho, con una espada y una flauta cruzadas entre sí grabadas sobre el brillo plateado.

—¿Qué es esto? —le preguntó a su padre perplejo.

—Es el escudo de la familia, lo mandé a hacer hace poco. ¿Te gusta? Toda ilustre familia debe tener un escudo —le respondió con orgullo—. Ahora saca el pecho para que todos lo vean. Pero no vayas a sonreír, recuerda que estamos en el funeral de tu madre.

Enrique Ignacio quiso arrancarse la insignia y aventarla contra los tapices europeos, contra los candelabros de plata, contra la agobiante quietud del aire que lo martirizaban, que lo hacían asfixiarse en una revuelta de dolor, aversión y asco; mas se contuvo. Y sólo tuvo un respiro cuando vio aparecer a la familia del Espinel desterrado: Valencio Ignacio, con su etérea esposa y su hijo Juan Ignacio, que ya se mostraba como heredero de la mirada profunda del padre. Para

Enrique Ignacio fue un alivio tener a su camarada cerca, y por esa misma razón hirvió de furor cuando su padre, encolerizado con la presencia del hermano indigno, que además había osado a traer a su fornicaria esposa y a uno de sus bastardos, ordenó a los guardias presentes sacarlos. Enrique Ignacio se opuso, parándose firme ante su padre y diciéndole que si ellos se iban, él también se marchaba, porque ya estaba harto de aquel vanaglorioso espectáculo en el que había convertido el funeral de su madre, y que además Juan Ignacio era su amigo y podía estar presente si se le daba la gana. Rafael Ignacio, consternado ante el imprevisto alzamiento de su orgullosa procreación, le respondió con una bofetada en el rostro y le dijo:

—Esta gente no es permitida en mi mansión y no se hable más. Y en cuanto a ti, no permitiré que te vuelvas una deshonra haciéndote amigo de esos bastardos. De todas maneras ya tengo todo preparado para enviarte en dos meses a la Metrópolis, en la academia militar de la península te volverás lo que he soñado para ti. Pensaba darte la noticia mañana, pero ahí la tienes ya.

Lo que Rafael Ignacio no sospechaba, es que sus planes para su hijo se verían desbaratados por un francés, porque del otro lado del atlántico Napoleón se encontraba irrumpiendo en la península española, con bríos de victoria, dispuesto a encarcelar al soberano rey y a su descendiente, causando un desorden en las voluntades e intereses de los españoles criollos, que pronto dejarían de portar el título de españoles para llamarse a sí mismos, simplemente, blancos americanos.

Por la mañana, cuando la aurora dorada anunciaba el fin del invierno, la tapa del féretro fue cerrada para llevar a la ilustre señora a su magnífico sepulcro, dejando encerrado dentro del cajón el eco de los últimos soplos melodiosos de la flauta de Khasid Ignacio, por lo tanto, ni en el eterno dormitar de la muerte Carmenza Castillete logró librarse de la aterradora música que la encaminó, diligentemente, a las fosas de los perpetuos durmientes.

Valencio Ignacio tenía la vaga esperanza de que su hermano, con la muerte de su esposa, renovaría sus sentimientos a fuerza del dolor. Y se encaminó a la fúnebre ceremonia con la sana pretensión de encontrar en el vacío de la pérdida la reconciliación fraternal; pero al encontrarse con la pétrea determinación de su hermano en mantenerlo como a un extraño, tuvo la certeza de que tal reconciliación jamás se materializaría. Y tuvo que arrastrar a su hijo fuera de la imponente mansión para que no se encarnizara contra Rafael Ignacio, pues, cuando el hombre abofeteó a su hijo, a Enrique Ignacio, Juan Ignacio pareció ser dominado por la legión implacable proveniente de las guaridas de la furia, y de no ser porque lo sujetó firmemente como a un buey, hubiera sido necesario el encargo de un segundo féretro para el marido de la muerta. Cuando llegaron a casa, la sala, como era de esperarse, estaba poseída por la más absoluta oscuridad, porque el resto de la familia ya se encontraba durmiendo. Valencio Ignacio tanteó entre las tinieblas hasta palpar la grasienta superficie de la lámpara, y al encender la mecha, pudo atisbar una silueta humana en uno de los rincones de la sala, una silueta alta y oscura, de espalda, como la tétrica aparición de un condenado que se lamentaba en el rincón por todas las penas sufridas. Valencio Ignacio se sobresaltó de pavor, e imaginó que su esposa y su hijo también, porque pudo escuchar el ahogado gemido de ambos, y sobre ese gemido, escucharon el susurrante sollozo de la silueta, de la criatura, del condenado. Valencio Ignacio se acercó, tembloroso, y también dispuesto a desparpajar almas en penas de su casa, porque si algo le había enseñado Vicente Setemar, es que en el hogar de un cristiano no se puede admitir ese tipo de presencias infernales. Y al estar junto a la silueta, es que pudo ver que no se trataba de una aparición ni alma en pena ni mucho menos una criatura infernal, sino que se trataba de su hijo, Pedro Ignacio, y en ese instante cayó en cuenta que la última vez que lo vio allí, de pie sobre el último montoncito de plumas que quedó de la pletórica alfombra, fue cuando apenas era un adolescente, y ahora era un joven viril, y sospechó que en todo ese tiempo su hijo no se había movido de ese sitio, instalado como el mástil de un velero. El muchacho se encontraba ensimismado, mirando sin reservas hacia el rincón del techo, con los ojos desbordados en una charca de lágrimas, sollozando en una ritual contemplación hacia la impenetrable oscuridad donde el techo desaparecía para volverse un pozo infinito donde sólo danzaba el color negro. Valencio Ignacio enfrentó a la oscuridad con la lámpara para ver qué era aquello que se apoderaba de la abstracción de su hijo, y pudo ver, en el recodo donde terminaba la pared para convertirse en techo, una maraña de hojas verdes que había retoñado en ese rincón alto con la misma persistencia con que él se empeñaba en vender sus angelitos negros amasados con ceniza.

—Es hermoso, así mismo crecemos nosotros en medio de esta precariedad —susurró Pedro Ignacio, ahogado con sus propias lágrimas de embebecida reflexión. Valencio Ignacio decidió que la sensibilidad de su hijo ya había traspasado los límites de lo aceptable, y se dispuso a arrancarlo de su efusión sentimentalista y enseñarlo a trabajar, porque algo bien sabido es que en esa casa necesitaban comer. Sólo que la marca del romanticismo era indeleble en el corazón del muchacho, capaz de ver la belleza e identificar la sabiduría aún en los bulbosos gusanos que emergían de una vaca podrida. Cuando Vicente Setemar le enseñó que todos los humanos nacen atestados de pecados y muerte, pero que Jesús los reviste de pureza cuando lo reconocen como rey, Pedro Ignacio dijo entre lágrimas, al tiempo que se agachaba junto a una portentosa vaca que había muerto hace varias semanas, y que de tanta abundancia de carne los zamuros no se habían dado abasto para comérsela entera:

—Entonces somos como estos gusanos, que nacen en medio de esta pudrición, pero al salir a la superficie son de un blanco purísimo. Qué hermoso.

Fueron inútiles el trato severo del padre y las horas trabajando en la maravillosa labor de gestar bebés negros con la ceniza, porque así como la prodigiosa labor impresionó los sentimientos del padre, colmaron el corazón del muchacho que no pudo resistir tanta ternura, ver cómo la insignificante ceniza se transmutaba en sus manos para darle entrada por las puertas de la existencia a una procesión de bebitos negros, fue la experiencia más sublime que Pedro Ignacio pudo haber experimentado.

—Ahora comprendo por qué Vicente Setemar te permite vender angelitos negros, a pesar de que no es partidario de las imágenes de santos ni de la idolatría —dijo el muchacho llamando la atención del padre por vez primera, que en ese momento supo que el joven tenía razón, era extraño que hasta el momento Vicente Setemar, celoso de que toda adoración debía ser sólo para Dios, no se opusiera a la venta de los angelitos negros.

—¿Por qué? —preguntó Valencio Ignacio intrigado.

—Porque esto es el insulto perfecto a la creencia de la santa madre iglesia romana de que Dios es blanco. Papá, deberíamos mezclar la ceniza con leche y maíz, en símbolo de que Dios es de todas las razas, así como mamá, que lleva en sus venas la sangre española, india y esclava.

Fue en ese momento que Valencio Ignacio desarrolló una especial ternura por Pedro Ignacio, que, aunque estaba lejos de ser un ferviente guerrero como Juan Ignacio, compartía algo más que su espíritu libertario, contaba con una nueva pincelada en sus ideas que él no había tomado en cuenta: no sólo la libertad de los negros debe ser anhelada, también la igualdad entre todos los hombres. Porque en esos días ya Valencio Ignacio había resuelto en su corazón luchar por la libertad de los esclavos, no tenía idea de cómo lograr semejante locura, pero por Samba y Alal estaba dispuesto a soñarlo, tal como su hijo Juan Ignacio lo haría por Benito y Coromotano.

Los mensajes proféticos anunciados por Vicente Setemar atisbaron los primeros signos de realidad, cuando a Ciudad Marquesa le llegó, desde la capital de la Audiencia, el extraño rumor de que el rey de España había caído en las prisiones francesas, en compañía de su sucesor. Y no bastándole con eso, el rumor llegó embadurnado de otras noticias que por poco trastornan a Ciudad Marquesa, como la novedad de que la Audiencia, con el pretexto de cuidar los intereses de la corona peninsular, se negaba rotundamente a seguir el mismo destino de España, y en vez de entregarse en manos de los franceses como le correspondía por ser colonia dependiente de la península, había tomado la audaz decisión de formar una "Junta Suprema Conservadora de los Derechos del rey". La sultana de los llanos, con la avasallante fuerza con que llegaron los rumores, no supo al principio cómo actuar. Sin embargo, no fue necesario que meditara en el asunto por mucho tiempo, porque sus habitantes por sí solos le hicieron ver cuál era la decisión adecuada, y el mismo Vicente Setemar ya le había dado a conocer, con imperiosa voz, que el momento de luchar por su independencia y libertad había llegado.

La plaza mayor se vio envuelta en la turbulencia de rumores y pasos apresurados. En la entrada del ayuntamiento se agolpaban los pasos y tropezaban las confusiones unas con otras. La guardia real obedecía órdenes contradictorias, y el majestuoso palacio del Marqués se atiborró de decisiones apresuradas y sudorosas incertidumbres. Mientras que el obispo peninsular, conservador de la total dependencia a la corona, sospechaba con angustia que el resto del clero, todos blancos criollos, empezaban a verlo con recelo y a murmurar conspiraciones que podían terminar en una usurpación eclesiástica. Y sin comprender por qué, por el resquicio de la puerta se deslizó una imprevista invitación a Valencio Ignacio y su familia, para que asistieran a la animada tertulia que se llevaría a cabo en el palacio del Marqués, a la que sólo habían sido invitados un grupo selecto. Valencio Ignacio no lograba comprender cómo es que, después de veinte años desterrado de la plaza mayor y de toda la vida pública de la ciudad y acusado de sacrílego fornicario y hasta declarado excomulgado del reino de los cielos, ahora lo incluyeran en una reunión privada a la que asistirían muchos de los ilustres y respetados personajes de la ciudad, y estuvo a punto de rechazar la invitación, más por desconcierto que por temor, cuando Vicente Setemar, en uno de sus enigmáticos consejos, le aconsejó ir para que empezara a caminar en su destino.

Concha Pétrea le restauró a Valencio Ignacio el mismo saco de levita con que se había casado dos décadas atrás, reproduciendo de la prenda dos copias exactas para los hermanos Pedro Ignacio y Juan Ignacio, mientras que Adelaida, sumergida en la arrogante complacencia de conocer el palacio del Marqués, se envolvió de belleza y realeza con un inmenso vestido marrón cristalino que se alzaba sobre un armazón, haciéndola parecer una copa de bronce volteada, y teniendo por corona su intrincado peinado. Nayanúa no hizo más que acicalarse con su habitual vestido que danzaba al compás del suave meneo del aire, haciéndola parecer la ligera imagen de una doncella arrastrada por el viento desde lejanos reinos inmemoriales, y cuyos hijos intentaban a fuerza de voluntad retener en sus vidas como a la ilusión de una madre que en cualquier momento podía desaparecer en el horizonte si soplaba un viento de considerable ímpetu.

Después de muchos años, los pasos de Valencio Ignacio volvieron a conducirse, en plena libertad, sobre el volátil polvo de las calles circundantes a la plaza mayor, y sin ser consciente a cabalidad de la realidad del asunto, atravesó las gruesas hojas de la puerta del majestuoso palacio donde alguna vez nació, y donde en otro tiempo recibió clases en compañía de los hijos del Marqués, y donde una remota noche irrumpió en compañía de su hermano sin comprender que se hallaban invadiendo el recinto como dos nocturnos ladrones con el único objetivo de dar con el insospechado uso que se la daban a las cadenas doradas. En compañía de su esposa y sus tres hijos volvió a contemplar el inmenso jardín central, rodeado de innumerables salones que pretendían reproducir el centro político, social, económico y eclesiástico de la ciudad, aquellos salones donde se tomaban decisiones que regían el destino de la ciudad y sometían las voluntades del hombre mestizo y la servidumbre del negro y la exclusión del indio; sólo que ahora todo estaba inmerso en una apasionada y sofocante e hipnótica decoración arábiga, donde los coloridos tapices parecían que iban a echar a volar en cualquier momento, las llamas de las lámparas se transformarían en translúcidos genios, los grabados de las paredes se despegarían con persistencia para obligarlos a danzar fogosas y sutiles melodías, los monos se armarían con flautas y las criaturas celestes hijas del Marqués revolotearían por el aire en compañía de las odaliscas que alguna vez fueron aventadas de la mansión Espinel; y el aire, embriagado de suntuosos inciensos, los sometía a la sumisión del éxtasis y la placidez. Valencio Ignacio no pudo evitar sufrir un estremecimiento pasional, mientras el resto de la familia, alelados, se dejaban persuadir por la poderosa fuerza de seducción que se paseaba por los rincones del palacio. El embelesamiento se intensificó cuando ingresaron al amplio salón de reuniones, donde los guardias del Marqués lucían coloridos atuendos de escoltas mahometanos, y las odaliscas ondulaban el vientre en fervorosas danzas acompañadas de majestuosas serpientes y espadas arqueadas. Valencio Ignacio pudo atisbar a varios señores distinguidos y a otros no tanto, pero todos eran claramente españoles criollos, atosigados en la humareda de las infusiones del medio oriente, con sus familias trastornadas por los incendiarios colores y engullendo cuernos de gacela; no se veía ni un solo peninsular. Se adentró en las fauces de la celebración sin comprender muy bien qué se celebraba y sin sospechar el rumbo que esa noche le deparaba, presintiendo en el alegre nerviosismo de los demás invitados que algo intrigante, y hasta peligroso, se estaba desenvolviendo en las intenciones de la ciudad.

Todo empezó a articularse y encajar ante él cuando todos los hombres, incluyéndolo a él y a sus dos hijos, fueron invitados a trasladarse al salón contiguo para participar de una reunión privada, mientras las mujeres y los niños eran abandonados al deleite de las serpientes danzarinas y las guacamayas parlantes. En la reunión pudo escuchar las prolongaciones de conversaciones que ya se habían desarrollado con anterioridad, ocultas conspiraciones que esperaban con ansias el momento de clarificarse y revelarse al resto de la ciudad, y pudo apreciar cómo volaban las opiniones cruzándose unas con otras.

—Es el momento, podemos hacerlo. El rey no pretenderá que nos entreguemos en manos de Francia sólo porque él tuvo la desdicha de caer en sus manos...

—Pero si luego el rey retorna a su trono, nuestras cabezas rodarán como las copas de los samanes ante las centellas del invierno.

—Además el pueblo se conmocionará y hasta podría oponerse, están acostumbrados a depender de España y le tendrán miedo a dejar eso a un lado sin previo aviso.

—Por eso seguiremos el ejemplo de la capital de la Audiencia, plantearemos que nuestra única intención es conservar los derechos del rey resguardando estas tierras de mano de los franceses, y que para eso se necesita cierto grado de autonomía ya que el rey no puede tomar decisiones por el momento. Así cuidamos nuestras cabezas si el rey retorna al trono, y conseguimos el apoyo del pueblo. Luego de un tiempo razonable, si definitivamente el rey no retornará al trono, declararemos la independencia; para entonces el pueblo ya se habrá acostumbrado a ser regido sin rey.

—¿Y qué si el pueblo luego quiere tomar el poder?, los mestizos son mayoría, nos harán a un lado.

—Para eso formaremos el cabildo. Haremos que sea el mismo pueblo quien tome la decisión de declarar autónoma a Ciudad Marquesa, y que luego le delegue la toma de decisiones al cabildo, que funcionará como portavoz de la voluntad popular. Así, ante el rey, la responsabilidad será del pueblo y no nuestra, y ante el pueblo, creerán que son ellos los que deciden, a la vez que nos dejan a nosotros, los blancos americanos, a cargo de todo.

—Me parece una locura, no estoy convencido...

Y entonces intervino el Marqués con su atronadora voz de titán que ni aún la corrosión de los años logró mitigar—. ¿Acaso no lo ves? Ya no tenemos por qué seguir siendo inferiores a los españoles peninsulares. La prosperidad de estas tierras ahora puede ser sólo nuestra, de los españoles americanos, que somos los que hemos nacido aquí y los que trabajamos estas tierras y vivimos en este clima y en esta geografía, mientras ellos sólo se engordan en su península con lo que nosotros les enviamos. Y ya no nos llamaremos más españoles, sólo blancos americanos.

Valencio Ignacio escuchó atento, perplejo, ajeno a la música y a los bailes y a las risas del salón contiguo, encallado entre la desilusión y la alegría, porque estos hombres sólo buscaban su propio beneficio, pero era inevitable sentir, como en una firme esperanza, que aquello era la antesala a un futuro de libertad plena. Sí, estaba seguro de que estos hombres pretendían encender una hoguera en medio de una arboleda reseca y mantenerla controlada, como también estaba seguro de que no podrían controlar esas moderadas llamas, y que él mismo se encargaría de esparcir el fuego devastador de la independencia hasta acabar con el bosque completo de la sujeción en un incendio descomunal que ni el mismo atlántico lograría apaciguar. Por ahora sólo contemplaría paciente, agazapado, ferviente, cómo estos hombres avivaban las primeras chispas. Entonces uno de los hombres de la conspiración, uno de los hijos del Marqués, jefe de un desproporcionado hato ganadero, se levantó de la silla donde había estado escuchando impávido la discusión, y les dijo al resto de la comitiva:

—No sé qué más quieren ustedes. Todo lo tienen, y ahora se disponen a perderlo todo por esta desquiciada idea de independencia. En cuanto a mí, no me queda de otra que seguir a la mayoría. Supongo que de ahora en adelante estaré dispuesto a dar mi sangre y hasta mi vida por esta empresa de la libertad —luego, dirigiendo su vista a Valencio Ignacio, le dijo—. De niños, cuando estudiabas conmigo y mis hermanos, no pensé que terminaríamos juntos en una ambición como esta. Bienvenido a la causa.

—Entonces no se discuta más el asunto, mañana convocaremos a una reunión en el ayuntamiento para hablar con el pueblo y redactar el documento —respondió el gobernador político y militar de la provincia—. Le informaremos al rey en su prisión que la muy noble y muy leal Ciudad Marquesa, por voluntad del pueblo, se declara autónoma para así conservar sus derechos de monarca y proteger las tierras de la nefasta mano de Napoleón.

La decisión fue tomada, y los hombres, tan nerviosos como embriagados con la idea de ser libres de España, retornaron al salón de las danzas del vientre, de las guacamayas parlantes, de las infusiones humeantes, de los inciensos abrumadores, de las vajillas doradas. Ya nadie se preguntaba qué había ocurrido con los tres buques de oro que se suponía bañarían al palacio de un brillo deslumbrante, hasta el mismo Marqués había olvidado esa empresa, y todo el oro había terminado arrumado en las últimas estancias del palacio, a merced del polvo del olvido. El Marqués, con sus trajes soberanos, se sintió embargado con la expectación de lo que a Ciudad Marquesa se avecinaba, y para calmar la exaltación que le estaba arrebatando la paciencia, mandó cesar la persuasiva música del medio oriente para ser reemplazada por la sobria, tierna, y armoniosa entonación del piano. Se acercó a la joven Adelaida, y con una jovial sonrisa, la invitó a danzar el vals de la libertad. Ella, genuinamente alegre de acompañar al hidalgo señor en un baile, se dejó llevar por el canto del piano en una ensoñada levitación, imaginándose en sus firmes anhelos de princesa y futura reina de la suntuosa Ciudad Marquesa. Medio siglo después, entre las ruinas de tanta opulencia, Adelaida recordaría ese vals como la noche en que rozó con sus dedos la cúspide de la gloria real.

V
Primera República

Al terminar tendido sobre el campo de batalla, con el pecho perforado y la sangre borboteando en su garganta, Enrique Ignacio habría de recordar la nublada tarde en que su primo bastardo se materializó junto a él para salvarlo de la golpiza, y le pediría perdón por su férrea determinación de conservar la implacable religión que los separó en un abismo insalvable de ideales contrapuestos. Para entonces ambos habían olvidado el sentido de hermandad que los llevó a ser cómplices en la juventud, y Juan Ignacio se hundiría en el inmisericorde pozo de la duda, sin saber quién tenía la razón en cuanto a Dios y preguntándose si acaso ese Ser siquiera se preocupaba en fijar los ojos sobre la tierra.

Por ahora, como simples testigos, espectadores pasivos, no podían hacer más que ser parte de la confusión que trastornaba a Ciudad Marquesa en esos días. La virtuosa sociedad de blancos americanos había convocado al gremio de pardos, comerciantes y hacendados al ayuntamiento, con el fin de persuadirlos en la urgente necesidad de contar con cierto grado de autonomía que les permitiera protegerse de una invasión francesa y conservar los derechos del rey de

España. El pueblo, tal vez dudoso en un principio, no se atrevió a poner en tela de juicio la urgencia y honestidad de aquellas palabras cuando, en representación del clero, el vicario juez eclesiástico, un blanco americano, se levantó sobre sus pies para dictaminar la divina voluntad de Dios, alegando que los franceses vendrían a imponer una extraña religión donde reinaría la devastadora anarquía, condenando a la ciudad a las perennes llamas del infierno de donde ni la misma santa patrona sin pecado concebido podría rescatarlos, amén y no se hable más. Para esos días ya el obispo peninsular había comprendido, con terror, que en sus manos no quedaban ni los jirones de su antigua autoridad, y su indignación hiriente fue la misma con que Rafael Ignacio recibió las novedades, quien no lograba comprender por qué él, estandarte principal del gremio de hacendados, no había sido convocado a la reunión en la plaza mayor ni mucho menos a la del palacio del Marqués, y sospechó que habían secretas intenciones corriendo por las venas del resto de los criollos, que parecían haber trazado una frontera invisible entre ellos y los peninsulares, y precisamente Rafael Ignacio se encontraba sobre la línea fronteriza, con un pie en cada lado, con sangre criolla pero fiel a los peninsulares.

Enrique Ignacio se encontraba sobre la misma línea, pero no eran sus pies los que amenazaban con rasgarlo por la mitad dejando un pedazo en cada lado, sino sus confusas convicciones. Tenía por autoridad irremplazable, incorruptible, irrefutable, a la santa madre iglesia católica, y precisamente era la iglesia mayor de Ciudad Marquesa la que alentaba los ánimos a inclinarse hacia las drásticas medidas de autonomía; pero su padre aseguraba que Dios había constituido al rey como cabeza del pueblo, y si la cabeza rodaba, el cuerpo también debía hacerlo, sucumbiendo con dignidad ante las garras del enemigo francés, confiando que el soberano rey sería libertado por las potencias celestes y restituiría el honorable imperio.

El desconcierto fue mayor cuando un año después, como una ventolera que amenazaba con desarraigar las bases del orden constituido por el creador, el cabildo anunció a viva voz la independencia definitiva. La muy noble y muy leal Ciudad Marquesa no volverá a rendirle cuentas a la Metrópolis, dijo en una exultante aclamación. Y no sólo ella, sino que, como una temible peste que amenazaba con matar el alma de todos, las provincias a lo largo de toda la Audiencia se declaraban Estados independientes, libres y soberanos, por voluntad del pueblo y en nombre del Señor

Todopoderoso. «Las Provincias Unidas de este territorio invitamos a la América completa a despojarse de los trescientos años de sumisión en los que nos ha mantenido sumergidos la diminuta península de España, apenas un mísero apéndice del continente europeo» declaraban.

Rafael Ignacio abandonó su mansión, con la sangre en plena ebullición en su cabeza, dispuesto a desparpajar del ayuntamiento a los insolentes criollos con la misma determinación con que en otro tiempo aventó a las odaliscas de su mansión. Era inconcebible que los blancos americanos se decidieran a excluir del poder a los blancos españoles. Y estaba dispuesto a obligar a su hijo a rebanar la garganta, con su pulcra espada peninsular, de cuanto se interpusiera en su camino, cuando se encontró, en las puertas del ayuntamiento, cara a cara con el plomizo, inamovible, y determinado rostro de su hermano, que se plantó frente a él con la genuina disposición de encarcelarlo si tan sólo se atrevía a convertirse en un estorbo para la generosa pasión con que Ciudad Marquesa se entregaba, sin reservas ni temores, a la fundación de la nueva República que se instauraba en las provincias del territorio. Al estar frente a frente, con sus miradas profundas, sus barbas cortas y abundantes, el inquebrantable temple que los hacía un par de fuerzas simétricas en contraposición, la tenacidad de sus convicciones, aquellos que habían olvidado que eran hermanos lo recordaron de súbito, impresionados, perplejos ante la intensificada y estática confrontación de aquellos dos hombres viriles, que con una igualdad inquietante se miraban reflejados en el otro, dispuestos a resquebrajar en un aspaviento cristalino el espejo que tenían en frente, sin consideración alguna por la sangre común que los convertía en dos facetas de una misma sustancia; Ciudad Marquesa se detuvo por un segundo que se prolongó sin saberlo, ansiosa, con una ansiedad paralizante, por ver quién de los dos terminaría reposado sobre un hermoso féretro. Y entonces la tensión se rompió, porque, sin que nadie lo notara hasta ese instante, los sosegados años de paciente espera por este día, habían acorazado el carácter de Valencio Ignacio hasta el punto de hacerlo predominar en autoridad, y con su voz de plomo, más pesada y firme de lo que su hermano recordaba, le dijo—. Te largas ahora a tu mansión sin poner objeción alguna. Y nunca se te ocurra pasar por encima de mi autoridad, te recuerdo que soy tu hermano mayor y me debes respeto y obediencia hasta el día que te mueras.

Rafael Ignacio debió advertir en sus ojos la imprevista supremacía autoritaria, porque, tra-

205

gándose la dignidad como una ácida bola de yerbas silvestres, se retiró apabullado de la plaza mayor, y no se le vio más imponiendo dominio hasta el día en que ordenó la ejecución de tres miserables republicanos.

Los nuevos aires que soplaban entre las calles polvorientas de Ciudad Marquesa sirvieron para devolverle a Valencio Ignacio, y a sus hijos, gran parte de la reputación perdida. Él fue puesto a la orden, y nombrado mano derecha, del comandante militar de la ciudad, mientras sus hijos fueron ceñidos con un par de espadas y entregados al incansable entrenamiento de la defensa de la República. Entre las emociones que lo embargaban al verse embutido de ideas liberadoras, jamás se le ocurrió preguntarse por qué lo habían incluido en aquella atrevida, y osada pretensión, supuso que el simple hecho de ser un criollo lo capacitaba para ser partícipe. Sólo cuando se vio lejos de su ciudad natal y en medio de solemnes y agobiadas reuniones conspirativas, sirviendo de puente traductor entre sus compatriotas criollos y los patrocinadores ingleses, y cuando se vio en tupidas selvas, terriblemente tranquilas, y a la vez alborotadas con la algarabía sinfónica de la multitudinaria fauna salvaje, regateando alimentos con las tribus indígenas en lenguas milenarias, y cuando se vio desembarcando en remotas islas caribeñas rogando en francés y otras tantas en portugués que les dieran posada a las diezmadas tropas republicanas que languidecían de hambre y desesperanza, sólo entonces supo que su valor en aquella causa independentista tenía su origen en sus capacidades lingüísticas, y que de él pendía la vida y la muerte de la causa ante cualquier poblado extranjero. Y hubiera disfrutado tremenda responsabilidad que recaía sobre sus fuertes hombros, de no ser porque, sin previo aviso, se vio en la obligación de renunciar a su familia cuando hicieron erupción los primeros levantamientos en contra de la República y estalló la guerra de independencia. Cuando ese día llegó, y el comandante militar de la ciudad le informó que debía partir a la capital de la nueva República en las costas del territorio, asumió su papel impávido, sin quejas ni flaquezas. Nadie imaginó el desmantelamiento atroz que sufrió en sus emociones, el miedo desconcertante con que se tendió sobre las rodillas de Vicente Setemar en busca de un consejo paterno, el imperdonable deseo de renunciar a sus ideas de libertad por permanecer eternamente abrigado en los etéreos brazos de Nayanúa.

Vicente Setemar reposaba, sentado sobre un tronco en el traspatio, con la mirada fija en el vacío como tantas otras veces, hilvanando secretas visiones que se paseaban fugaces ante sus ojos, armando intrincados rompecabezas proféticos que ni él mismo comprendía, sin revelar a nadie sus angustias y sus alegrías y proclamando estrictamente lo que se le ordenaba, porque en su lecho de muerte confesó que todas sus proclamaciones eran mensajes supremos de Dios que ni a él mismo le había explicado, pero que debieron ser plenamente comprensibles por aquellas personas a quienes iban dirigidas. Y de pronto, antes de que Valencio Ignacio entrara por las puertas de la sala, sus visiones fueron interrumpidas por la confusión que brotaba por los poros de Valencio Ignacio, y antes de verlo Vicente Setemar ya sabía lo que angustiaba el alma de aquel hombre al que había adoptado como a hijo en su corazón. Lo vio desplomarse sobre sus rodillas, su portentoso semblante reducido a una deplorable papilla de pensamientos contradictorios, que se debatían en su pecho en una lucha encarnizada que lo estaban dejando sin una pizca de razonamientos sosegados.

—No te preocupes, es voluntad de Dios libertar estas tierras, así que no tengas miedo de irte —le dijo Vicente Setemar, taciturno, mientras notaba el fuerte olor a mastranto que se tendía sobre el traspatio, y el alboroto del polvo anunciando fuertes ventiscas.

—Tengo miedo, no de la guerra, es que no quiero separarme de mi familia —confesó Valencio Ignacio, con su voz de plomo deshecha en un inquieto susurro.

—Dios la va a cuidar, y yo también estaré aquí —insistió Vicente Setemar, contemplando con especial atención el alegre revolotear del polvo. Nayanúa estaba cerca, lo sabía, no por sus cualidades predictivas, sino por el olor a mastranto, estaba agazapada detrás del umbral de la sala, seguramente conmovida ante la insospechada debilidad de su marido. Pero lo que llamaba la atención de Vicente Setemar era el polvo, jugueteaba sin intimidarse, brillante bajo el fulgor del sol. Y entre el sosiego del polvo y el cariño dolido hacia el hombre que se refugiaba en sus rodillas, le dijo—. Aunque no te miento, si persisten en querer buscar la libertad por sus propios medios sin tomar en cuenta al creador, podría derramarse mucha sangre innecesaria, y hasta la tuya.

—Pero lo están tomando en cuenta, la declaración de independencia se hizo en nombre del Dios Todopoderoso, y pretenden conservar la religión católica como pilar fundamental de los valores de la nueva República.

Vicente Setemar seguía absorto en el revoloteo del polvo, la ventisca se aproximaba en una diligente calma, runruneando a lo lejos, y el polvo se mecía—. Ambos conocemos muy bien los valores de la iglesia romana, son imperiales, y no te creo eso de que estés de acuerdo con su conservación.

—¿Y qué puedo hacer? Lo importante es que tomen en cuenta a Dios. De todos modos eso no me importa mucho en este momento, sólo quiero estar con mi familia.

—En tu pecho arde la llama de la libertad, no te perdonarías jamás quedarte guarnecido en estas paredes sin salir a luchar.

Valencio Ignacio sabía que el hombre tenía razón. Con todo, permaneció ajeno al baile del polvo, tenía los ojos cerrados, absorbiendo el penetrante olor a mastranto, deseando poder tomarlo en sus manos y prendérselo en las narices como a una argolla africana, para que lo acompañara a cualquier lejano paradero donde lo arrastraran las flamígeras olas de la lucha independentista.

—Ellos sólo toman a la religión y al nombre de Dios como respaldo para legitimar sus intenciones, que no son más que dejar de compartir la prosperidad de Ciudad Marquesa con España — continuó Vicente Setemar, sin apartar su vista del polvo, nunca lo hizo—. No está mal, pero si tan sólo fueran a compartir las riquezas con toda la población americana, incluyendo pardos, indios y negros. La verdad es que en el fondo no saben tomar en cuenta a Dios y cualquier persona que no sea blanca les importa un bledo. Para eso tienes que dejarte usar por Dios, como muchos otros americanos a los que Dios les está tocando la puerta, para encaminar las cosas como deben ser.

La ventisca se aproximaba y Vicente Setemar se perdía entre la danza volatizada de la polvareda, y al llegar al traspatio, la ventisca se disolvió sin jamás haberse vuelto visible, y el polvo se dejó caer en silencio sobre ellos, impregnando sus cabellos y curtiéndoles el ropaje. Vicente Setemar se puso de pie obligando al hombre a hacerlo también.

—Toma tu espada y vete ya —le dijo Vicente Setemar.

—Si lo hago, sólo iré buscando libertad para los esclavos. ¿Qué si no lo logro? El resto no comparte mi ideal.

—Dios lo va a lograr por ti hijo, sólo confía.

Al instante apareció Nayanúa, espléndida, elevada a otro nivel de existencia, y le dijo a su esposo, decidida, firme, abandonada de su habitual desdén por la realidad—. No te preocupes por nosotros, tu familia te apoya, y en especial yo. Y para darte impulsos, ayudaré a tu anhelo a dar el primer paso, sólo observa.

Al instante se dio la vuelta encaminada hacia la cocina, y a medida que avanzaba se fue despojando de su etérea naturaleza, de su aire incorpóreo, afirmando los pies sobre la tierra y en cada paso dejando caer a jirones su diáfana percepción, hasta transformarse en la contundente mujer que durante muchas noches se reservó el conocimiento del verdadero hombre agazapado bajo la introspección de su marido, tal cual como él se reservó el conocimiento de la firme y palpable mujer oculta bajo tanta diafanidad y con la que compartió el lecho hasta ese punto de su existencia. Nayanúa tomó a Concha Pétrea por uno de sus hombros de acero, y sin darle tiempo de reaccionar la arrastró con firmeza hasta la plaza mayor, revelando una intrigante fuerza apenas superada por las fornidas espaldas de Samba y Alal, cuando los tiempos en que cargaban los pesados bultos de tela del floreciente comercio textil de la madre de los hermanos Espinel. Una vez estuvo en la plaza mayor, seguida de su marido y Vicente Setemar, ante la despavorida mirada de Concha Pétrea que sufría sin comprender, los habitantes de Ciudad Marquesa pudieron conocer a Nayanúa en su verdadero esplendor, presentada ante ellos como una sensual mulata de tez clara, cabalgando sobre sus treinta años y rozando los linderos de los cuarenta, cuyos vientos le habían plasmado pinceladas de una belleza madura, vital, sencilla, natural, y tempestivamente angustiosa, martirizando el temple y la virilidad de los hombres, alborotando el recelo de las señoras, seduciendo al gremio de los pardos, con sus cejas negras, largas, definidas, coronando un par de ojos caoba que envolvían en una fogosa ternura, piel firme cuyo color se confundía con el de la madera clarificada del roble, su aroma a mastranto que se entremezclaba con la negrura de su ondulante cabellera, y sus sensuales labios que infundieron conmoción cuando se abrieron para proclamar que ella, Nayanúa de Espinel, porque su marido aun no renunciaba al apellido que le negaron, dejaba en plena libertad de esclavitud a Concha Pétrea. De esta manera la fornida negra de hombros de acero, después de tres siglos de esclavitud en América, se convirtió en la primera esclava liberada por sus dueños en la historia de Ciudad Marquesa, causando el estupor de los criollos del cabildo que presenciaron la liberación horrorizados, porque si algo no tenían en mente era darle libertad a los negros, sería un desorden incontrolable para la economía de la nueva República. Valencio Ignacio no hizo más que sonreír, y se sintió enamorado por segunda vez de esa mulata.

Esa noche Nayanúa fabricó una argolla de madera, y como en un ritual persuasivo se acarició con ella el cuello y los brazos, contemplada por su marido, absorto en la sensualidad de su mestizaje, envueltos en el aura de la intimidad. Luego, con una gruesa espina de limón, le perforó la nariz a su marido y le colocó la argolla, concediéndole el placer de llevar su aroma a mastranto, prendido en sus narices, hasta cualquier remoto paraje donde lo arrastrara aquella lucha independentista. A la mañana siguiente, montado sobre un corpulento caballo, con un sable ceñido a la cintura, un improvisado traje de soldado, y la expresión de quien se está desbocando hacia el auto exterminio, Nayanúa lo vio partir hacia la provincia desértica de la costa, rogando al Dios de Vicente Setemar que lo trajera de vuelta. La próxima vez que lo vería, el fastidio de la guerra y la frialdad forjada por los trozos sanguinolentos del campo de batalla le habrían dejado un aire taciturno del que nunca logró rescatarlo.

Con la partida de Valencio Ignacio, y la contundencia con que Nayanúa posó sus pies sobre el plano de lo palpable, y la liberación de Concha Pétrea, los patos gansos quedaron a su suerte en el traspatio de la casa, alimentándose en sus furtivas escapadas hacia los pletóricos sembradíos de maíz, y hostigando la paciencia de Adelaida, que no lograba comprender cómo es que aquellos enormes huevos aparecían entre las sábanas de su cama. Había escuchado hablar sobre las leyendas mitológicas de los griegos, donde dioses se transmutaban en pájaros para seducir a bellas reinas que luego engendraban a semidioses, y tuvo la vaga sospecha de que tal vez alguno de esos dioses, atraído por sus estimables cualidades de reina, la visitaba por las noches para contemplarla en su reposado dormir, protegiéndola en la inocencia de sus veladas y aguardando, con impaciencia, el tiempo adecuado para llevarla a habitar a los santuarios de su divinidad, y que por el momento, como un presente de compromiso, le dejaba aquellos huevos que simbolizaban su declarativa amorosa. Cuando Vicente Setemar se enteró de las ideas que deambulaban por la mente de la joven, le echó una reprimenda por andar creyendo en mitologías paganas que nada tenían que ver con lo que él le había enseñado desde niños a ella y sus hermanos. De todos modos, pronto ella dejó de soñar con su deidad griega, a la larga le dio repugnancia imaginar a un esculpido dios del olimpo pujando sobre las sábanas hasta lograr poner un huevo. Desde la noche en que danzó el vals, acompasada por la sobria melodía del piano, y llevada por los brazos del Marqués, se deslizaba por los rincones de la casa rememorando cada paso, cada vuelta, cada sutil movimiento, segura de que en cualquier momento un emisario del Marqués irrumpiría en la sala para llevarla hasta el altar de la iglesia, donde la esperaría, envuelto en un soberano traje de duque, uno de los hijos del próspero hombre, con la misma ilusión esperanzada con que su madre, muchos años antes, aguardaba entre los corredores del palacio del Marqués la llegada de los siervos de su príncipe que la llevarían a ocupar su lugar como princesa nigeriana. La noche del vals, rozagante en el éxtasis de su gloria alcanzada, no supo en qué momento el baile terminó, y llevada por la suave melodía que aún resonaba en sus oídos, terminó extraviada sin saberlo en las estancias de los esclavos del palacio del Marqués. Sin comprender cómo es que había pasado de estar en un exultante salón arábigo, a estar en aquellas pocilgas bestiales, fue testigo de la festiva algarabía que se llevaba a cabo. Los tambores estallaban en una estrambótica música capaz de darle vida propia a las caderas, los negros saltaban de un lado a otro batiendo los miembros con vehemencia en una apretujada danza tanto perturbadora como atrayente, sus curtidos cueros chorreantes de sudor brillaban, con un brillo de alborada surcando la negrura del cielo nocturno, ante las refulgentes llamas de la hoguera que amenazaba con devorar a los danzantes. Adelaida, entre el miedo y la fascinación, permaneció absorta ante aquel zaperoco de gallinero alborotado, hasta que la asquerosa comida que preparaban la hizo reaccionar y salió huyendo de aquella fiesta infernal. Las negras, de gruesos labios y pelos achicharronados, con las manos embadurnadas de un amarillento mazacote, se apostaban alrededor de un mejunje que amasaban con diligencia, al son de los tambores y con una sonrisa de doncella africana: eran las sobras de las exquisitas comidas de los amos, pellejos de vaca y jirones escuálidos de carne, entremezclados con maíz molido y una mescolanza de verduras y aliños casi podridos. Las negras extraían pegotes redondos del mejunje, y los envolvían en hojas azadas de plátano que iban a parar en una desproporcionada caldera, donde los pequeños bultos se sacudían con desespero ante la inclemencia del agua que hervía de furor por las rojizas llamas a las que era sometida. Adelaida no imaginaba que ese asqueroso mazacote, algunos años después, le serviría como único platillo de consuelo en las fechas especiales que pretendía celebrar, en un intento de alegrar el alma de los desesperanzados habitantes de Ciudad Marquesa en el asolamiento de la primera destrucción.

En los mismos días en que Adelaida era seducida por dioses griegos convertidos en pájaros, Pedro Ignacio proclamaba haber encontrado el amor entre los atrios de una magnificencia de mujer. El joven, que no estaba hecho para cuestiones de guerras, fue expulsado del entrenamiento militar a pesar del reclutamiento que se hacía en aquellos días, quedándole en manos una espada a la que aún no lograba imaginarle utilidad alguna. Una tarde irrumpió en la sala, embriagado de una tierna alegría que se le escapaba en la transpiración, atosigando el ambiente con su aromatizado romanticismo de caballero, informando que su destino se había cruzado con una damisela tallada sutilmente sobre el más terso mármol, con un cuello que hacía evocar los pilares de la catedral y una cabeza redonda como los capiteles del templo de salomón, dos brillosos jades por ojos, y un candor que le debilitó los huesos convirtiéndolo en un saco de chamizas crepitantes en el incendio del amor. Fue tan extraña su descripción, que el mismo Vicente Setemar dudó acerca de la existencia de tal mujer, y llegó a pensar que el muchacho se había tropezado con alguna estatua europea entre las estancias del cuartel de la guardia, y por el aturdimiento de los entrenamientos la creyó con alma propia. Esta teoría se afirmó cuando pasaron los meses, y Pedro Ignacio, desandando plácidamente en sus praderas de amor, aun no presentaba ante la familia a la enigmática damisela, y de hecho nunca la conocieron, y por eso mismo creyeron que tanta sensibilidad lo había sumido en un estado de alucinación inocente, y aprendieron a mirarlo con la misma ternura compasiva con que las esclavas del palacio veían a Nayanúa en sus primeros días de llamarse a sí misma princesa nigeriana.

—¿A qué familia pertenece? ¿Cuál es su apellido? Nos gustaría conocerla.

—Ella prefiere esperar un tiempo, dice que con este alboroto de la independencia sus padres andan atosigados y febriles. Pero apenas se normalicen las cosas pediré su mano y la conocerán.

—Está bien, ¿pero cuál es su apellido?

—Ustedes también la amarán, sus cabellos son como las penumbrosas ramificaciones del anochecer.

—¿A qué familia pertenece?

—Sus manos, como...

—¿Cómo se llama Pedro Ignacio?

—Su nombre es todo aquello que evoca en mis ideas, se llama mármol, se llama pilar, se llama jade, anochecer, crepitar, incendio; ¿qué más nombre para ella que ese con que mis sentidos la reconocen?

Cualquier interrogatorio era inútil, no parecía entender preguntas y su perenne estado de fascinación le impedía asomarse a la realidad, tanto así que no volvió a prestarle ni una pizca de atención a la mata del recodo del techo, que con una paciencia tenaz se iba extendiendo a lo largo de la viga, consumiendo la madera, recubriendo la pared, y deslizándose, en la proliferación de sus hojas, con sigilo hacia el suelo, conquistando, hasta establecer su imperio natural que se reducía a ese escueto rincón de la sala, y aunque fue causa de fastidio para quien la viera, nadie se tomó la molestia de cortarla. Nayanúa reconoció en su hijo, y quizás por eso fue la única en darle una porción de credibilidad, el envolvimiento de la esperanza amorosa en la que ella misma se paseó años atrás, y por eso mismo tuvo el temperamento suficiente para indagar en el asunto, empleando el mismo lenguaje romancero de su hijo—. Entiendo que el amor se tiñe de muchos colores. ¿De qué color se tiñó para ti?

—Se tiñó de noche, de chocolate, de melado en el fondo de la caldera, se tiñó de ese intenso brebaje que se desparrama al machacar a un escarabajo; y machacaron ese escarabajo dentro de mi estómago, porque se le desparramaron las vísceras tiñéndome la barriga de amor.

—Por lo menos sabes en qué parte del cuerpo se te desparramó el amor. Eso es bueno —respondió Nayanúa, al tiempo que se esmeraba en arrancar de la ropa la mugre de siete días de uso, azotando los trapos, sobre una plancha de madera, con un mazo de roble que hubiese bastado para desnucar un caballo. Desde la histórica liberación de Concha Pétrea, Nayanúa dispuso su voluntad, y la revelación de su palpable naturaleza, a la diligente labor de mantener a flote, sobre las aguas de la elegancia y la realeza, su castillo de reinado nigeriano, porque la renuncia a su incorporeidad no bastó para deshacerle su percepción de las cosas, y la modesta casa continuaba siendo en la dimensión de sus pensamientos un opulento castillo. Los pensamientos de Nayanúa vagaban por los rincones de la casa transformando un mísero ratón en una delicada pelusa andante, elevándola a un sentimiento de orgullo y alegría por algo que para el resto de la familia no seguía siendo más que la repugnancia de ratón que se robaba los huesos de la sopa, de manera que sus ínfulas de princesa permanecieron con la misma sencillez y modestia en la que siempre vivió. Ella misma nunca se dio cuenta que sus vanidades no eran vanidades, y nunca supo que en el fondo de sus deseos jamás aspiró realmente a un castillo de verdad, porque su pura ensoñación le hubiera permitido ser feliz en la pestilencia de un cuchitril para puercos. Sus tataranietos la hubieran identificado en la historia familiar como una mujer que soñaba con banalidades, de no ser porque los recuerdos, que se le quedaron olvidados en la habitación al partir, y que fueron para sus descendientes prueba de su existencia, daban fe de que había sido una espléndida princesa que practicaba en su vida el insondable secreto de la felicidad fusionada con humildad. Muy lejos de lo que era en aquellos tiempos Adelaida, que aplicaba los mismos principios de la madre pero al revés, pues, para sus delicados ojos de futura reina aquella casa no era más que una tétrica pocilga hedionda, con tres mazmorras internas para dormir, una de las cuales se atiborraba con horripilantes trapos cundidos de polillas que la convertían en un asqueroso laberinto de bultos roídos, dos chiqueros en el traspatio y a donde la habían recluido como a una puerca, una pudrición de matadero a la que llamaban cocina; y para colmo, la pocilga estaba siendo invadida por un matorral de hojas insolentes que se reproducían en uno de los recodos del techo, y nadie se dignaba a desparpajar a esa mata de la casa para que recogiera sus bejucos y se marchara a las arboledas, donde se supone que habitan las malezas de su clase. Cierta vez robó la inutilizada espada de Pedro Ignacio para cortarla, trepó medio metro entre los bejucos cuando fue sobresaltada por el grito de su madre:

—¡No! Al fin tenemos una enredadera inglesa dentro de la casa y la vas a ajusticiar como a un perro —aunque la verdad Nayanúa no tenía idea si las enredaderas de Inglaterra eran decoraciones exquisitas como creía, o si ese matorral de hojas era inglés.

—Por Dios mamá, un día de estos vamos a amanecer amarrados y amordazados por estos bejucos, tenemos que correrla antes de que se adueñe por completo de la casa.

—No, y no se hable más. Ya bájate de ahí y ayúdame a machacar canela para el piso.

El día del temblor, Adelaida se encontraba rememorando el augusto vals de la noche del palacio, recreando los brazos del Marqués en el saco de levita del matrimonio de su padre. El suelo de Ciudad Marquesa se devanó en un ondulante movimiento, como si la sultana de los llanos hubiese decidido aprender la danza del vientre, suspendiendo a sus habitantes en el aire, que fueron arrebatados del suelo en el vacío de un golpe invisible, antes de caer como guayabas de ramas vapuleadas por la juguetona voracidad de los niños. La joven por un momento imaginó que se trataba de su dios olímpico, quien, hastiado de visitarla cada noche en la transmutación de un pájaro, y de someterse a la humillación de colocar un huevo en sus furtivas incursiones al interior del chiquero donde dormitaba su amada, y lacerado de celos al verla levitando en la ensoñación del vals que compartió con el Marqués, se había lanzado desde las alturas de su santuario con la férrea determinación de raptarla, cayendo sobre la tierra en el fragor de sus pisadas, causando aquella ventolera que dejó, por un instante, las almas aferradas al suelo mientras los cuerpos, desprendidos de ellas por la intempestiva sacudida, volaban por los aires. Sin embargo, ninguna mano divina irrumpió por el techo de la casa para trasladarla a los purificados atrios del olimpo, y nadie en la ciudad ni en los campos dio aviso de haber atisbado, ni en los delirios de la confusión, la resplandeciente figura de alguna deidad, o por lo menos la distorsionada imagen de un ángel caído. Adelaida tuvo que resignarse en la frustración de sus esperanzas, mientras Vicente Setemar, sobrecogido por un terror mortificante, se lanzó al suelo en el reguero de su fuente de lágrimas, mientras derramaba un quejumbroso lamento de cachorro enjaulado, repitiendo incansablemente: «¡Debieron escuchar! América, América, ahora la sangre de tus hijos surcará ríos y humedecerá tu suelo, cuando pudiste dejar que tu Creador luchara a tu favor. Ciudad Marquesa, por lo menos tú pudiste haber escuchado».

Esa madrugada, la puerta del cuarto de Adelaida fue abierta con suavidad, pero, lejos de ser despertada de sus plácidas ensoñaciones por un dios griego, fue tímidamente sacudida por la mano de su hermano, Pedro Ignacio, quien, con la misma aterrada mirada de los hijos de esclavos ante la soga de la horca, le entregó una carta junto a un rollo de tela largo y delgado. «Guárdeme ese rollo en el mismo sitio donde me va a guardar el secreto, y perdóneme por ponerla a cargar con parte del peso, es que era mucho para llevar a la guerra», le dijo. Luego, con la delicadeza de los resignados, le besó la frente y se marchó. Adelaida, sumida en el sopor del sueño interrumpido, sin poder identificar el miedo que se plasmaba como pegote en el rostro de su hermano, y apenas logrando advertir un pequeño hilillo dorado que se drenaba por los oídos del joven, no logró comprender lo que sucedía, hasta que leyó la carta y sufrió la alteración de los horrores de la vida por vez primera en su vida, y primera de muchas otras veces.

De las entrañas de la mansión Espinel surgió un grito gutural que por poco le cuesta la cordura a la calle real. Esa mañana amaneció, con un sable incrustado en su espalda y atravesándole la carnosidad de los pulmones y despuntando en el pecho, el dulce Khasid Ignacio que ni en su lecho sepulcral perdió su eterna sonrisa de emisario celeste. Para esos días se había convertido en un hombre de musculosa delgadez, facciones exquisitas de virilidad delicada, cabello de un negro brilloso, y sus largos y finos dedos de artista angelical. Se paseaba por las calles de Ciudad Marquesa desbaratando los decorosos principios de las recatadas señoritas españolas, a quienes las traicionaba el pudor cuando eran sorprendidas por su consciencia en el despertar de sus más insospechados deseos. De hecho las señoras reconocían que ante la sublime presencia de ese ser, heraldo de candor y del amor divino, cualquier prejuicio debía caer por tierra para dar cabida a la manifestación dichosa que transmitía en su hermosa sonrisa, pulcramente cincelada sobre su dorada tez. De no ser por su dudosa procedencia, y por los terribles rumores que rodeaban su existencia, donde se cuchicheaba la aborrecible función que cumplía para su amo cada vez que cabalgaban hacia la extensa sabana donde reinaban los imponentes samanes, los hidalgos criollos, o blancos americanos como se hacían llamar para esa época, se hubieran debatido por el derecho de casar a sus hijas con ese candoroso hombre que pasaba por la vida supurando amor. Su delicia de existencia llegó a perturbar incluso al obispo peninsular, que para los días de la declaración de independencia vivía refugiado en la mansión Espinel.

La incertidumbre de los españoles peninsulares llegaba a límites mortificantes, golpeados contra la rebelión de los criollos y con el pavor de regresar a la Metrópolis, de donde Napoleón había destronado al rey; se debatían entre la angustiosa indecisión de quedarse en Ciudad Marquesa ante las herejes rebeliones de los criollos, o regresar a la inmaculada península que había sido vilmente profanada por las garras francesas de Napoleón. Rafael Ignacio, fiel a la corona y a los peninsulares, olvidando por completo que él también había sido parido en América, no lograba asimilar que todos sus amigos criollos, que hasta hace poco defendieran los dominios españoles, ahora se organizaran para desterrar del poder a los peninsulares, y lo más insólito era el hecho de ser secundados en esa atrocidad por los respetables y distinguidos señores de la generación pasada, que en otro tiempo habían combatido la sublevación de los comuneros en defensa de los derechos de la corona, combate en el que había muerto su padre. Y lo más inexplicable, era la complicidad del Marqués en todo aquello, resultaba inconcebible que ese hombre, que siempre se había visto beneficiado de los beneplácitos del rey, quien lo complacía en cuanto deseo le comentara, ahora fuera uno de los principales dirigentes de aquella rebelión. Rafael Ignacio dictaminó que Ciudad Marquesa se había vuelto loca, y resolvió agazaparse en su mansión y en su próspera hacienda a la espera, seguro de que todo se normalizaría apenas los peninsulares se organizaran para recuperar los dominios, que por legítimo derecho divino les correspondían. Por esta misma razón no escatimó en ofrecerle refugio al obispo peninsular el día que lo excomulgaron de su propio palacio episcopal, los curas criollos se habían tomado las atribuciones como si de indios salvajes se tratase.

Los levantamientos peninsulares habían comenzado a germinar en varias provincias, e incluso Ciudad Marquesa era amenazada por el sur, de donde tropas fieles a la corona cruzaban los llanos araucanos para recuperar el mando. Rafael Ignacio no tenía duda de que pronto el ejército realista reencauzaría las aguas, y la turbulencia de los independentista no sería más que un insignificante oleaje en la historia, que apenas alcanzó para trastornar las arenas de la orilla; al fin y al cabo los que ahora pretendían dirigir el destino de las provincias, nada sabían de economía territorial o de lucha, no eran más que un hormiguero de filósofos con ideas patéticas y poco provechosas.

El obispo peninsular fue instalado en la recámara cuya alcoba daba al traspatio, donde por las noches podía divisar el cuartucho de donde emanaba aquella intrigante melodía, y hubiese podido afirmar que la música provenía del cielo, de no ser porque el cuartucho estaba bien pegado al suelo, lo que lo llevó a pensar que, tal vez, la puerta de ese deplorable recinto era la entrada al infierno, y la dulce melodía no era más que un tentativo señuelo para atraer a los débiles en espíritu. Sin embargo, su criterio era refutado por la inexorable belleza celeste del joven de tez dorada que por las mañanas emergía de ese cuartucho, y el obispo se veía masacrado por la irresistible idolatría a la que ese joven con su eterna sonrisa invitaba. Se levantaba cada mañana con una puntualidad terminante, para poder presenciar el momento en que Khasid, con su delicada firmeza, salía de su cuartucho rumbo al establo, con su piel dorada destilando hermosura bajo los reflejos de los primeros rayos de la alborada, como si hubiera sido procreado entre las translúcidas sábanas de las recámaras celestiales, donde las majestuosas tonalidades del amanecer se le imprimieron como prueba irrevocable de su procedencia divina. En esos momentos, al obispo le hubiesen importado un bledo los peligros de la herejía y habría proclamado que Dios no era blanco sino dorado, y Khasid, emisario celeste y encargado de difundir el amor divino con su eterna sonrisa, era la prueba y sustancia de aquella verdad contundente.

Llegó a enamorarse de su melodía con la misma intensidad con que llegó a aborrecerse a sí mismo, cuando la consciencia de su espíritu lo despabiló de las ofuscaciones de su carne, pero ya era demasiado tarde entonces, tenía la adoración por Khasid impregnada en sus secretas obsesiones.

El día del temblor, que el obispo interpretó como un castigo divino por la rebelión independentista de Ciudad Marquesa, y que anunciaba su deber de arrepentirse y volverse sumisa a la autoridad del rey, ese mismo día apareció Khasid Ignacio en la mansión Espinel en compañía de una imponente negra, esclava africana que había logrado huir de las tierras de su servidumbre, y atravesando fronteras se encontró un día perdida en las cercanías de Ciudad Marquesa, donde el inefable hombre de tez dorada la encontró y le pidió, sin darle oportunidad siquiera de presentarse en su indecible lengua africana, se casara con él, quien se encargaría de construirle un hermoso templo donde pudieran entrelazar sus vidas en un eterno derramamiento de amor. La negra, aparentemente sin comprender lo que ese hombre le prometía, aceptó acompañarlo nada más para ver si acaso lo que le ofrecía era un vaso de agua y un plato de comida aunque fuesen las sobras de los criados, pues, llevabas días sin masticar ni un mísero grano de caraota, y no logró probarlo por muchos días más, porque Rafael Ignacio fue terminante al dejar claro que jamás, óigame bien Khasid, jamás permitiré que te cases con una bestia. Y el enamorado, insalvable de la sumisión y el respeto que le profesaba a su amo, no pudo hacer más que despedirse de la esclava brasileña enviándola de vuelta a la deriva con el estómago tan vacío como lo traía desde hace medio año.

Esa noche el obispo peninsular no resistió la angustia, la necesidad de presenciar al hermoso ángel capaz de producir aquella melodía de amor herido en su acto de destilación musical, y como un celaje invasivo atravesó las estancias de la mansión Espinel procurando no ser atisbado por los criados, llegando al traspatio y arrastrándose en el éxtasis de la melodía hasta la puerta del cuartucho, y con la mano temblorosa, y con la piel recubierta de sudor frío, y con el corazón desbocado en la borrachera de la música, y con los pensamientos deambulando en la ensoñación del eterno reposo celestial, abrió la puerta encontrándose con la magnánima imagen de un hombre dorado, sentado sobre el borde de la cama, con una flauta en sus manos, entonando los sonidos que se entremezclaban en el aire con los inciensos de la purificación. Khasid Ignacio interrumpió su melodía para concederle al obispo una sonrisa de ángel eternamente enamorado de la humanidad, y al obispo se le debilitaron las piernas, se le desaguó la fortaleza adquirida con años de penitencia, y se le despertó la perturbación pasional en sus zonas prohibidas y en los desconocidos recovecos de sus pensamientos de hombre carnal, y cayó en la cuenta que al abrir esa puerta, se había presentado voluntariamente ante las puertas del abismo de fuego donde eran lanzadas las almas atestadas de pecado, y supo que el demonio no tenía cuerpo de mujer desvergonzada, sino rostro de emisario celeste, al fin y al cabo satanás había sido un ángel de hermosa presencia antes de su rebelión contra Dios. Trancó la puerta de un solo zarpazo, y corrió despavorido a su habitación, donde se hincó sobre un puñado de sal en granos en un intento de purgarse la mancha de la tentación consentida a punta de rosarios y padrenuestros y promesas y penitencias y sacrificios corporales a los que estaba dispuesto a someterse a cambio de la conservación de su alma.

A la mañana siguiente el cuerpo de Khasid Ignacio fue encontrado con el sable atravesándole su dorado pecho, y al obispo peninsular no le quedó duda alguna de que Dios había escuchado sus súplicas y había reprendido al maligno con la espada de San Miguel Arcángel.

Esa misma mañana, al despertar, Rafael Ignacio divisó junto su cama, con la vista perdida a través de la ventana, la señorial imagen de Carmenza Castillete ataviada en uno de sus majestuosos vestidos de reina española, iluminada por la aurora mañanera que se colaba por la ventana. La exaltación lo paralizó y le retuvo el grito que se le quedó atravesado en la garganta y jamás salió, hasta que vio difuminarse, como el humo del café, la imagen de su difunta esposa; pero el fantasma no se llevó consigo el vestido, sino que lo dejó allí, junto a la cama, vacío y de pie como si aún fuera sostenido por el cuerpo de Carmenza Castillete. Rafael Ignacio temió que el espectro de su esposa todavía estuviera ahí, invisible, firme, dispuesta a atormentarlo por los años de tormento en los que él la atormentó en el tormentoso aposento de las abominables cadenas doradas y el harén y los inciensos que dejaron a la mujer con la mente atormentada y ahora regresaba desde las fauces del sepulcro con la tormentosa intención de venganza. ¡Ya cálmese señor! Sólo es un vestido, seguro las criadas lo dejaron olvidado ahí cuando vinieron a traer la ropa limpia, le aseguró el mayordomo. Enseguida se dirigió al cuartucho de Khasid para rogarle que le entonara una de sus melodías, y así esfumar la espantosa angustia que lo había sobrecogido. Al abrir la puerta, el hombre estaba sentado en la cama, con el sable despuntando en su pecho, porque se lo habían atravesado por la espalda, adornado con una bonita mancha de sangre que rodeaba el lugar por donde salía, la flauta sostenida por su mano derecha, dorada, inerte, colgando del brazo sin vida, y en su rostro la sonrisa triste que conmovió a Rafael Ignacio, porque nunca le había visto una sonrisa triste, sino la hermosa sonrisa de amor y que ahora parecía inexistente en su rostro. El dolor se apoderó de los cinco sentidos de Rafael Ignacio haciéndole estallar en un grito gutural que se extendió entre los recovecos de la calle real.

El funeral se ofició en el salón de los candelabros de plata, aunque, a diferencia de los funerales de Carmenza Castillete, en este no hubo despampanantes demostraciones de grandeza ni exquisitas decoraciones ni tapices europeos ni ostentosas cortinas. Todo cuanto los presentes pudieron presenciar fue el incontenible llanto de Rafael Ignacio, que abrazado al ataúd se consumía en un hervidero de lágrimas y susurros, porque en ese momento, Rafael Ignacio supo cuánto amaba a ese hijo bastardo. Los invitados, criollos que en otro tiempo admiraban al hombre que se había convertido en estandarte del gremio de hacendados, y que ahora lo miraban como a un claro enemigo de la causa independentista, se sintieron asqueados de su dolor.

—No derramó ni una sola lágrima en el funeral de su esposa, y mírenlo ahora, grotescamente adolorido por la muerte de su amante. ¡Qué desvergüenza más pecaminosa! Usarlo en la niñez de complaciente sexual tal como lo hacen los emperadores chinos, y ahora llorarlo con las mismas lágrimas que le negó a su esposa. Deberíamos echarlo de la ciudad como hicimos con los peninsulares —murmuraban los presentes.

Entonces, en la ciega histeria de su pérdida, a Rafael Ignacio se le fueron los miedos y los prejuicios por el suelo y gritó a viva voz, aferrado aún al ataúd, porque no lo soltó en toda la noche—. ¡Mi hijo! ¡Cuánto deseo entregarte mi vida!

Y Enrique Ignacio, que hasta el momento se complacía en el alivio de la muerte del impostor y se devanaba en la ofensa del dolor de su padre, supo entonces que ese hombre dorado era su hermano, y se llenó de rabia, porque aun en su lecho de muerte no sólo le había arrebatado el amor paternal, sino también el orgullo de ser el unigénito, y no bastándole, le arrebataba también el derecho de la primogenitura, porque Khasid nació primero, y ahora, acostado sobre las tiernas almohadillas purificadas del dulce féretro, saboreaba su victoria con esa sonrisa que jamás se le borró del rostro, con las manos sobre el pecho sosteniendo su flauta, prometiéndole que desde la tumba seguiría entonando las melodías más sublimes de la tierra y del cielo, y que se llevaría tres metros bajo tierra el amor del padre. Enrique Ignacio lo odió.

En algún momento de la noche, el salón de los candelabros de plata se colmó con una turba de gemidos desgarrados, aterradores, lúgubres, y aparecieron intempestivamente una procesión de seres oscuros, siete trapos negros que se deslizaban sobre el suelo como siete fantasmas esbeltos, batiéndose con agonía mientras se acercaban hasta el féretro, como una comitiva de demonios en busca del alma de Khasid, y los presentes se llenaron de confusión y desconcierto cuando comprobaron que los tétricos lamentos procedían de entre los flecos de aquellos trapos andantes que se alzaban y rodeaban el cuerpo del inerte hombre dorado en un ritual espantoso. El obispo comprobó sus sospechas de que ese hombre de tez dorada no era un simple demonio, sino el mismísimo satanás, y ahora sus lacayos venían a llevárselo. Rafael Ignacio, sumido en la indiferencia de la pérdida, no les prestó atención. Quizá sabía que sólo se trataba de las odaliscas, madres de Khasid Ignacio, que envueltas en luctuosas kurdas negras vinieron a la mansión a rendirle las ceremonias de despedida al amado hijo. Por la madrugada, a Rafael Ignacio le pareció ver de nuevo el espectro de Carmenza Castillete, y habría jurado que ella regresó desde los abismos de la muerte con el único objetivo de matar a Khasid, él sabía cuánto lo detestaba ella.

El féretro fue colocado dentro de un pequeño aposento de aire musulmán que las odaliscas construyeron a las afueras de la ciudad, un pequeño templo que bien podría confundirse con una mezquita de pocas proporciones, inundado de aromas e inciensos y con el suelo interior recubierto con un manto pedregoso de jades, ágatas y esmeraldas. Casi ciento cincuenta años después esa mezquita sería trasladada a las cavernosas entrañas del mausoleo familiar, símbolo de la rica mezcolanza cultural en la que se convertiría la estirpe Espinel.

Mientras Rafael Ignacio se sumergía en un gélido estado de indiferencia y rencor reprimido, mascullando maldiciones por los rincones de la casa contra el fantasma de Carmenza Castillete que le había arrebatado a su bastardo, Enrique Ignacio se escabullía de la mansión para encontrarse con Juan Ignacio, con el que ya pocas ocasiones tenían de verse. Desde que lo reclutaron en las filas del ejército republicano de Ciudad Marquesa, Juan Ignacio pasaba el tiempo entrenándose para la posible guerra que aún no llegaba hasta los límites de la sultana de los llanos, aunque era inminente su llegada, pues ya de los vientos del sur eran arrastrados los rumores de invasión realista, mientras que en el norte la guerra se había desencadenado. Juan Ignacio aprovechaba los escasos descuidos de los superiores para correr furtivamente a los sembradíos de la hacienda Espinel, donde su amigo aguardaba. Ya habían comenzado a tener ciertas discusiones por asuntos ideológicos, ya que Enrique Ignacio, con toda una crianza y formación en los más austeros y santos principios católicos y soberanos, no lograba concebir que América pretendiera rebelarse contra el orden dispuesto por Dios.

—No pretendemos rebelarnos contra Dios, ya ves que la religión es conservada en la nueva República —le replicó Juan Ignacio—. Sólo nos libraremos de las autoridades españolas. Aunque no estaría mal quitarse de encima a la santa iglesia que tanta opresión ha infundido en la mente de todos los americanos.

—¡Qué cosas dices! Sin la santa madre iglesia nos vamos al infierno. Además no sé de qué opresión hablas, los criollos no somos mal tratados.

—Pero se nos trata como a extraños y de menor clase. De todos modos no me refería a los blancos cuando hablaba de opresión, sino a los esclavos y a los indios y a los mulatos. Mi hermano y Vicente dicen que todos son iguales ante Dios, y yo les creo.

—Mejor cierra la boca o la furia divina nos consumirá aquí mismo Juan Ignacio.

Con todo, el par de amigos seguían encontrándose, unidos por una común necesidad de afecto fraternal, que disimulaban con briosos entrenamientos de lucha en los que intercambiaban sus conocimientos de combate y de guerra. En uno de esos días, Enrique Ignacio, que tanto había oído hablar desde los tiempos de su infancia de las tres protuberancias en la pierna derecha de su primo bastardo, le pidió se las mostrase en un arranque inspirado de curiosidad. Juan Ignacio, desconfiado, sopesando que tal vez eso podría servir para probar una vez más la lealtad de su primo, le mostró la marca de su ilegítima procedencia. Enrique Ignacio se sintió defraudado cuando lo que vio fue apenas tres barrillos que más parecían lunares incoloros que marcas pecaminosas, y se ofreció a extirpárselos, a lo mejor sólo eran tres cúmulos de grasas insignificantes; pero aquel le respondió que ya lo había intentado millares de veces, y que lo único que consiguió fue palpar tres piedrecillas bajo la piel que no cedían ante nin-

239

gún apretón ni pellizco. Si son cúmulos de grasa ya están petrificados, dijo.

Algunas tardes visitaban los matorrales donde hace pocos años Juan Ignacio jugaba a la guerra libertaria con Benito y Coromotano, y donde aún se alzaban los últimos escombros de la fortaleza de bahareque y palma y barro. Entre aquellos tupidos montes Enrique Ignacio le contó de la historia que había escuchado, que en ese mismo lugar habitaba anteriormente una tribu de nativos llamada Varyna, y que en sus días pretendían la osadía de unirse al alzamiento de los comuneros o en algún otro caso de perpetuar la rebelión, y que con sólo unas cuantas monedas de oro, entregadas por el clero eclesiástico, la tribu entera había sido exterminada por un grupo de bandoleros. Le había escuchado la historia al obispo que ahora vivía en su casa.

—¿Y qué opinas tú de eso que me cuentas? —le preguntó Juan Ignacio.

—Eran simplemente unos indios insolentes queriendo rebelarse contra los designios de la corona —respondió Enrique Ignacio cortando con su sable peninsular una mata de estoraque, aquellas malezas ya no daban lugar para sentarse.

—No estoy de acuerdo. Eran personas, aunque la religión católica lo niegue.

—El mundo entero no puede estar equivocado primo, eso es así aquí y en Europa, y hasta los protestantes norteños avalan la masacre de nativos de los Estados Unidos norteamericanos. Mejor dejemos el tema, siempre discutimos por eso. Muéstrame otra vez tu pierna derecha, quiero probar si con el sable logro arrancarte esos tres barrillos —le dijo limpiando la brillante hoja forjada en la península europea.

—No dejaré mi pierna a merced de tu espada española, prefiero que me la mutile un pardo americano.

Los levantamientos contra la República proliferaban por doquier y las tropas realistas ya habían recuperado gran parte de la costa caribeña y de las provincias orientales. La junta de gobierno se tambaleaba desde la capital del territorio, y la República amenazaba con descalabrarse en un sordo estruendo que, según presentía Valencio Ignacio, nada valdría, porque la mitad de la población parecía estar ansiosa por volver a deslizarse por la vida bajo la alfombra europea del dominio español. Sin saber cómo ni en qué momento, se encontró en medio del campo de batalla, sosteniendo una espada con la que no lograba establecer ninguna comunión fraternal, y rajando la carne de cuanta persona con ínfulas realistas se le parase en frente, y supo que la guerra consistía simplemente en revolver la espada en el aire esperando matar a cuanta persona tocase, y no ser matado por ninguno. Luego le cambiaron el sable por un fusil, que de combate a distancia sólo servía por un breve instante, porque de todas formas debía terminar usándolo como espada apuñalando a diestra y siniestra con la bayoneta. En esos días de guerra la consciencia se le revolcó en el charcal de sangre, debatiéndose sin cuartel ni misericordia con las veraces enseñanzas de Vicente Setemar acerca del valor de la vida humana, y estuvo a punto de sentirse descarnado por esa batalla del remordimiento cuando se le ocurrió pregonar las prédicas de ese hombre, con la esperanza de atajar la continuidad de esa guerra y verla llegar a su fin aún antes de que terminara de empezar; pero nadie parecía interesado en sentarse a esperar que la intervención divina les trajera la independencia y mucho menos con las tropas realistas replegándose sin consideraciones sobre las provincias. Valencio Ignacio advirtió que de seguir con sus pregones, terminaría tachado como el loco de las filas republicanas, y decidió guardar silencio y seguir matando soldados peninsulares y seguir ajusticiado por la conciencia y la culpa y las enseñanzas del viejo autoritario a quien quería como a un padre, y que para esas alturas ya debía tener unas cuantas canas, aunque conservando la emanación de la densa bruma autoritaria. Después de tres meses de sangre y carne cercenada, y de perder gran parte de las principales ciudades, y extrañando a Ciudad Marquesa con sus calles polvorientas y sus prósperas haciendas y sus extensos sembradíos y la insolencia de sus esclavos y la belleza abrasadora de su mujer, Valencio Ignacio quiso desertar, como lo hicieron muchos en esos días, y si no lo hizo fue por la indeleble promesa de libertad con que se había juramentado ante la memoria de Samba y Alal; su único consuelo y compañía en medio de aquel charcal de sangre, era la argolla en su nariz, impregnada con la penetrante fragancia a mastranto de Nayanúa, que lo envolvía en un aura de sosegada exaltación.

Pronto le tocó luchar en compañía de un hombre aguerrido, al que poco después proclamarían Libertador, pero que en ese momento no era más que un comandante de tropa que estaba a punto de perder la única ciudad que se le había encomendado. Los realistas se agolpaban desde todas direcciones, con la implacable promesa de exterminar hasta el último vestigio independentista que tan ingenuamente pretendía triunfar. Los pocos soldados republicanos fieles a la tropa se enardecían más de miedo que de coraje, dispuestos a dar la vida por aquella bonita causa que les habían predicado maldiciéndose al mismo tiempo por no haber desertado como el resto, en busca del refugio de sus familias. El comandante estaba por ordenar la intensificación de la ofensiva cuando, sin que nadie lo previera, la mano divina bajó desde los cielos plantándose sobre el firmamento terrestre. Los fundamentos de la tierra crujieron ante el impacto y el suelo se estremeció en un pavoroso fragor que fecundó los aires de terror, las tropas se vieron arrebatadas y vapuleadas en el aire, mientras las casonas y los palacios se desbarataban como en un descalabro de chamizas sacudidas por cualquier mísera fuerza, y la tierra, trastornada, perpleja, confundida, rugía espasmódicamente, y no fue hasta comprender que la poderosa mano de Dios ya se había retraído de vuelta en el cielo, que la tierra logró calmarse y respirar profundo, volviendo a su firme serenidad, indiferente ante el desastre que se había quedado tendido sobre su extensa superficie. Luego, en el aturdimiento de su mente revuelta, Valencio Ignacio logró divisar la triplicada imagen del comandante, que se alzaba de entre los escombros con su pecho de guerrero épico para proclamar a los cuatro vientos y a las titánicas fuerzas de la creación: «¡Si la naturaleza se opone, lucharemos contra ella!». Valencio Ignacio se horrorizó al saber lo que aquello significaba: Dios acababa de dictaminar su advertencia, y el comandante acababa de desafiar a la creación, y si ofendes a la creación, ofendes a su Creador. Y casi pudo escuchar las palabras de Vicente Setemar resonando como presagios de mal venidero: si insisten en luchar sin Dios, se derramará mucha sangre innecesaria por toda América.

Pocos días después la ciudad fue tomada, alguien firmó una capitulación, y el comandante huyó hacia las regiones de Santa Fe. La primera República se había ido a la porra.

VI
Venganza Peninsular, Venganza Criolla

La primera República fue tan efímera, y se desvaneció con tanta facilidad, que para algunos el recuerdo de haber sido independientes por un año se volvió irreal, y hasta se preguntaban si de verdad había ocurrido, o sólo fue producto de la imaginación colectiva, un volátil sueño en el que todos se pusieron de acuerdo para sumergirse y despertar al instante, sin que quedaran rastros. La noticia de la caída llegó en boca de Fernando Terroso, un comandante peninsular de presencia contundente y voz de juez eclesiástico, que llegó a Ciudad Marquesa a restablecer el orden divino y los poderes españoles. Tan pronto como llegó, persuadido por sus oficiales, que le hablaron de un tal Rafael Ignacio, hacendado criollo que era abiertamente conservador de la dependencia a la madre patria española, lo mandó a llamar al salón donde se instaló en el cuartel del ejército de la ciudad. Fernando Terroso venía dispuesto a encaminar a los traicioneros al camino correcto, y si no oponían resistencia, sería benevolente con la mayoría; sin embargo, sabía la necesidad de tener a su cargo a alguien que conociera palmo a palmo a Ciudad Marquesa, que le indicara en quiénes

247

podía confiar en esa próspera ciudad y a quienes debía encasillar en la desconfianza y la prevención, y el hacendado criollo parecía ser el indicado.

Rafael Ignacio, con el corazón petrificado desde la muerte de su tierno Khasid, y el temperamento templado en un gélido estado de indiferencia y rencor contra el resto de la humanidad, se presentó en el cuartel, con la mirada fría, descargando ante el comandante Terroso un cargamento de sugerencias que, tal vez, no eran otra cosa que su manera de vengarse contra todos de la desconocida persona que se atrevió a atravesar el dorado pecho de su bastardo con aquel insolente sable. Y así fue como el Marqués, por sugerencia de Rafael Ignacio, fue sacado de su palacio, atado de las manos con las mismas cadenas doradas de su aposento nupcial, y arrastrado como a una piltrafa podrida por las extensas sabanas, seguido por sus criaturas celestes, alborotadas en el aspaviento del terror, rogando a cuanto soldado se encontraban que por favor soltaran a su padre, y quebrantándole el corazón a todos los hombres que en otro tiempo las pretendían, y que ahora consideraban intolerable que tan delicadas ninfas fueran mordazmente torturadas con los vulgares dolores de la pérdida paternal, no había derecho para hacerlas sufrir con un sufrimiento que sólo estaba reservado para el género humano. Pero ni las translúcidas lágrimas de las criaturas celestes hijas del Marqués, ni las réplicas de los hombres indignados, lograron que el comandante Terroso se retractara de su decisión, Rafael Ignacio le había informado que ese Marqués era el principal benefactor financiero de la sublevación criolla, y sería llevado a las mazmorras de la ciudad de la virgen de Coromoto, donde se pudriría si así lo disponía el Todopoderoso y la santa patrona. Esa misma tarde, Rafael Ignacio lo persuadió de colgar en la horca a tres criollos reconocidos de la ciudad y que se habían encargado de difundir sus ideas entre todos los habitantes, y como nada de eso le bastaba para refrescar la reseca garganta de la venganza que le pedía, le exigía, con lastimeros lamentos de moribundo, por favor la saciara, planteó ante el comandante la posibilidad de extender sobre la ciudad el manto veraz del dominio, para que a nadie le quedara dudas de quién tenía el poder encomendado por Dios, y una buena forma de hacerlo era destruyendo el símbolo de hidalguía de la ciudad: el palacio del Marqués; si el comandante osaba a destruirlo, nadie se atrevería a renegar de su autoridad divina. El comandante Terroso accedió, pero antes de hacerlo, el palacio fue hurgado y mancillado en busca del oro de los tres buques, y que según algunos estaba escondido en la última estancia del palacio. Todos los imponentes salones fueron violentados, el portentoso jardín central fue volcado como a una pesada alfombra persa, los velos arábigos rasgados, las guacamayas parlantes y los monos danzantes desparpajados en una atolondrada huida fáunica, las criaturas celestes estrujadas como a sábanas enclenques en un riguroso intento de arrancarles de la hermética memoria el paradero del tesoro, y las odaliscas, que habían permanecido hasta entonces amparadas bajo la protección de las criaturas celestes y que ahora se cubrían con luctuosas kurdas de esposas arábigas, fueron despojadas de sus agobiantes trapos y perpetradas por el ejército realista como a una tribu de indias macilentas, que no servían para otra cosa más que saciar la lujuria de un tumulto de soldados embravecidos por los castos sequedales de los días en que habían permanecido ocupados intentando recuperar los dominios del rey. Remover los fundamentos del palacio y profanar sus amplios salones de mármol fue inútil: así como no se halló ni la mínima pizca de la existencia de la esposa del Marqués, el codiciable oro de los tres buques jamás fue encontrado, y hasta se llegó a creer que la marquesa, partiendo a los recónditos paisajes de la muerte, se llevó el tesoro en los brazos de su espíritu para hacerse de una gran fortuna entre los impalpables aposentos del otro extremo del mundo de los vivos.

Cuando no quedó resquicio sin revisar ni recoveco por remover, la guardia urbana de Ciudad Marquesa, que se había prestado para desterrar a los peninsulares del poder, fue hacinada en el jardín central del palacio, y desde uno de los cuatro corredores que lo bordeaban, el ejército real los ajustició en el estruendoso estampido de los fusiles, dejando al inmenso cuadrilátero del jardín transmutado en un generoso lago de sangre y trozos de carne flotante. Los salones, que sirvieran durante tantos años como epicentro de las más importante decisiones de la ciudad, fueron incendiados, y la imagen de incorpóreas llamas candentes, ardientes, persuasivas, danzando entre las estancias de la imponente casona, como sensuales musas que se deslizaban por las paredes devorando cuadros, y se escabullían por entre las puertas consumiendo la acacia y la caoba y el roble, fue lo último que los hijos varones del Marqués pudieron ver de lo que fue su hogar, antes de ser ejecutados en la plaza mayor frente a la congregación de los habitantes de Ciudad Marquesa, que habían sido convocados a recibir, con un corazón arrepentido, el irrevocable discurso de poder: «El que se subleva contra el rey, se subleva contra Dios. Si el rey es glorificado, Ciudad Marquesa debe alabarlo; si el rey es asesinado, Ciudad Marquesa debe ser asesinada. América debe celebrar la gloria del rey, y sufrir la muerte del rey, porque el rey es la imagen encarnada del poder de Dios».

El esplendor del palacio quedó reducido a unos cuantos muros carbonizados que amenazaban con desmayarse, y a una charca central constituida por una pegajosa pasta hirviente de sangre quemada, que a los días se volvió una costra reseca que nadie se atrevió a raspar por décadas, la veían como única lápida de los soldados ejecutados.

Los poderes españoles fueron restablecidos, y Rafael Ignacio pasó a ostentar el notable cargo de alcalde provisional, indiferente a las advertencias proféticas de Vicente Setemar, que se plantaba en la plaza mayor a anunciar castigos y retribuciones contra aquellos que osaran a derramar sangre americana sin ningún remordimiento. Si Rafael Ignacio no lo mandó a ejecutar en aquellos días, fue por temor a una verdadera rebelión por parte de los mulatos, pues desde el día del temblor ninguno de ellos ponía en duda su condición de profeta, y sospechaba que estarían dispuestos a luchar como nunca lo habían hecho si veían al hombre de la densa bruma autoritaria convertido en mártir.

Lo que nadie supo fue el vicio oculto que el nuevo alcalde provisional contrajo en aquella época. En el mismo armario donde alguna vez reposaban los vestidos señoriales de su difunta esposa, Rafael Ignacio escondió, como a un secreto inconfesable, los objetos de su obsesiva codicia: los soberanos trajes del Marqués. En medio del disturbio y del implacable registro del palacio, los soldados no advirtieron al sigiloso hombre que se escabulló por los umbrales de la casona, hasta llegar a la majestuosa recámara nupcial donde ya no colgaban las cadenas doradas que él imitó en el abominable aposento en los días antes del nacimiento de su hijo. Invadió el armario del desdichado hombre que en ese momento era arrastrado a la ciudad de la virgen de Coromoto, y con los nervios suspendidos de quienes temen ser sorprendidos en un acto inmaduro y vergonzoso, escapó por la ventana cargando a cuestas con un pesado bulto, la alfombra persa en la que había enrollado los trajes del Marqués dispuesto a ocultarlos en su casa y poseerlos como su trofeo de victoria. Cada tarde, en un rito que nadie más que él conocía y presenciaba, desplegaba las solapas de su armario y se regodeaba ante la imagen de los pulcros trajes, realzados con brocados y costuras finísimas, y se apropiaba aún de las memorias ajenas, viéndose en celebraciones y festines a los que nunca asistió portando los trajes, que le imprimían un aire contundente de autoridad admirativa. Sólo era interrumpido por la inoportuna presencia de Carmenza Castillete, que tan pronto se asomaba a la puerta desaparecía entre las múltiples estancias de la segunda planta de la mansión. Rafael Ignacio intentó muchas veces perseguirla, con la vana intención de sujetarla por la tumusa de pelo que coronaba su cabeza y arrastrarla, de ser necesario, hasta el arco de la entrada al infierno, y asegurarse que quedara encerrada en una de las tartáricas fosas de donde no pudiera emerger, nunca más por la eternidad, al plano existencial de la vida, y librarse del tormento de tener que encontrársela en cada rincón de la mansión.

Por lo demás, se sentía frustrado de no haber podido enviar, cumpliendo así con su ferviente anhelo, a su hijo Enrique Ignacio a las academias militares de la Metrópolis, pues la situación en España aún no era del todo precisa, ya que el poder de la corona se tambaleaba en una incertidumbre que empeoraba con los patrocinios ingleses y franceses a las desquiciadas ideas independentistas de los criollos. Por lo menos se tenía el respiro de haber recuperado las provincias de la región, y sobre todo Ciudad Marquesa, segundo bastión económico del territorio después de la capital.

Luego de los afanes y ejecuciones de los primeros días, Ciudad Marquesa regresó armoniosamente a las labores del diario quehacer, ocupada en sus negocios agrarios y forestales, reservándose, sin anunciarlo a voz, la convicción de sacudirse el dominio español a como dé lugar, segura de que ya se presentaría el momento oportuno del contraataque, y así lo ansiaban la mitad de los mulatos, con la confianza depositada en los criollos que tan sublimes promesas de libertad les habían anunciado, mientras que la otra mitad de los mestizos eran asediados por la duda, pensando que tal vez la estabilidad dada por la corona era lo mejor que podían añorar, en vez de aquellos trastornos del sublevamiento y la insurrección que habían experimentado en la primera y efímera República, que se había esfumado sin establecer buenos ni malos rumbos. Rafael Ignacio podía respirar las contradicciones del pueblo, y resolvió que nada mejor que eso para arremeter contra los ideales de los criollos, advirtiendo a los mulatos lo que los criollos acarrearían si llegasen a tomar el poder, asegurando que en la ignorancia de cómo se administra una ciudad y todo un continente, y sin la autoridad individual de la corona, las provincias terminarían como pequeñas lanchas indígenas a la deriva en un incierto océano, atestadas de quiebra económica, hambre, trastorno, y llegarían tiempos en que las mujeres se comerían a sus hijos, tal como le pasó a la antigua sociedad hebrea cuando se sublevaron contra los remotos imperios asirios, babilónicos y romanos. Las mulatas, espantadas con tales advertencias terroríficas, persuadieron a sus maridos de volverse cabizbajos a la sumisa fidelidad por la península. Pero el engaño sólo les duró un año, porque cuando vieron aparecer a Libertador en su esplendoroso caballo blanco portando la espada de la libertad, se les despabiló la duda y aclamaron a coro: ¡Independencia, libertad y soberanía!

Por ahora, se conformaban con volver al comercio y pagar sus tributos en el ayuntamiento, ajenos a las conspirativas ideas de insurrección que se gestaban entre los criollos, quienes, simulando obediencia y arrepentimiento ante el comandante Terroso, intercambiaban furtivos mensajes que atravesaban cerros y cordilleras hasta llegar a los gélidos pueblos de los andes, pisaban tierra y daban otro salto hasta las regiones de Santa Fe, donde el comandante republicano planificaba sus próximos ataques sobre el tablero de la lucha independentista a ojos de Valencio Ignacio, que se afanaba en traducir cartas inglesas donde Londres prometía apoyo económico.

Enrique Ignacio permaneció fiel a su padre durante ese año, en sus creencias pesaban los años de formación en que le habían inculcado que la religión católica es la única vía al cielo y que el rey es la encarnación del poder de Dios en la tierra; pero sus creencias apenas eran un platillo de la balanza, el segundo platillo era su conciencia, donde pesaban los agradecidos ojos de la niña negra a la que había intentado proteger en un inspirado arranque de compasión, la amistad con su primo bastardo y criollo, y el indescifrable sentimiento de culpa que le hendía el estómago cada vez que presenciaba una ejecución. Sin saber por qué, se arrastraba por las noches hasta el antiguo cuartucho de Khasid Ignacio, y sentado en el borde de la cama, en donde el hombre de tez dorada entonaba sus dulcificados conciertos cuando estuvo con vida, sosteniendo en la mano el botón donde se vislumbraba el escudo familiar que inventó su padre, donde se cruzaba un sable plateado con una flauta dorada, se preguntaba si acaso estaba haciendo lo correcto, y bajo qué criterios debía plantearse qué era lo correcto, porque si algo tenía claro, es que los rígidos criterios con que el clero evaluaba lo correcto, se contradecían con los compasivos criterios que su conciencia persistía en gritarle. A veces era sorprendido por su padre saliendo del cuartucho del hermano muerto, al principio se sobresaltaba pensando en alguna explicación razonable que ni él mismo lograba darse, luego supo que no había necesidad de explicaciones, porque Rafael Ignacio apenas tenía tiempo y atención para atender sus asuntos de alcalde provisional y perseguir el espectro de Carmenza Castillete, quien se negaba rotundamente a renunciar a sus derechos como reina y señora de la mansión Espinel.

La noticia de que Pedro Ignacio había partido a la guerra horrorizó a Nayanúa tanto como la enredadera fastidiaba a Adelaida, extendiendo sus pletóricas lianas en el rincón del que se había apoderado. La mulata de tez clara no lograba imaginar a su hijo, envuelto en su aura de sensibilidad, esquivando balas de fusil y sorteando golpes de espada en medio del campo de batalla. Quiso correr tras él, seguirle la pista a través de la infinita sabana que rodeaba a Ciudad Marquesa, ampararlo bajo su materna protección y hacerle ver que no contaba con las virtudes aguerridas de su hermano, en cambio Dios lo había dotado con una visión del mundo que bien podía usarla para encaminar a los afligidos por el camino de la paz y la felicidad, y para entrar en plena comunión con la creación y las fuerzas invisibles del cielo de las que hablaba Vicente Setemar. Fue precisamente Vicente Setemar quien, con una firme resolución que ella no se atrevió a replicar, le aseguró que el muchacho debía despertar a la cruel realidad del presente, y así servir de medio entre la paz que Dios ofrecía y el trastorno del momento. Cuando escucharon que la primera República había caído, y los republicanos derrotados habían huido a Santa Fe, Nayanúa se tranquilizó sabiendo que no era posible que su hijo hubiera alcanzado el campo de batalla, había partido cuando ya la guerra se daba por terminada. A la vez se agobiaba con el presagio de que su marido se hallara herido en el mejor de los casos, y con febrilidad angustiada se asomaba a la puerta de la calle aguardando la llegada de alguna carta.

—Sabes que no puede arriesgar tu vida ni la de él comunicándose contigo —le decía Vicente Setemar al verla asomada a la polvorienta calle con la trágica expresión de las mujeres de los soldados en tiempos de guerra.

—Por lo menos podría escribir la carta en una de esas lenguas muertas que él sabe, así no correría riesgos si la interceptan —respondía ella con la paciencia desbocada en el precipicio de la carencia de noticias.

Lograron alimentarse vendiendo los últimos angelitos negros que Valencio Ignacio dejó fabricados, luego a Adelaida se le ocurrió que podrían vender los bultos de tela confinados por años al encierro de la habitación clausurada. Nayanúa no se mostró muy alegre con la idea de deshacerse de su laberinto de telas, pero terminó accediendo ante la inminencia de la miseria, porque si en algo se había determinado, es en no dejar que su castillo sucumbiera ante las fatalidades de la época. Sin embargo, al abrir la habitación y ser golpeadas por el olor a mohín y humedad, y encontrarse con una ruma de hilachas podridas donde proliferaban los insectos y quién sabe cuántas colonias de diminutos animalillos, les quedó comprobado que esos trapos corroídos, y a punto de convertirse en humedades putrefactas como si de carne orgánica se tratase, no servían más que para permanecer encerrados, hasta que alguien con el esmero y la dedicación suficiente se remontara en la fatídica labor de arrastrar los restos de las antiguas telas europeas al traspatio y quemarlas. La habitación fue clausurada de nuevo.

Cuando a los cántaros no le quedaron más que unos cuantos granos de caraotas y arvejas, Nayanúa decidió que no podía seguir arrastrándose en la rústica alfombra del desespero, suplicio que de nada le serviría para traer de vuelta al hijo y salvar desde las distancias al marido, y en compañía de Concha Pétrea, partió a los campos del sur de la ciudad a sembrar verduras, si no lograban venderlas por lo menos podrían comerlas. La fornida negra de hombros de acero, luego de recibir su libertad, caminó durante tres días por la extensa sabana dispuesta a vivir su vida libre como bien le viniera en gana. En el camino se le cruzaron las ideas y el miedo se gestó entre sus hombros hasta espantarle los pensamientos, ¿a dónde iría? ¿Dónde viviría? ¿Cómo se ganaría el pan si el comercio le pertenecía a los mulatos y a ella nadie le compraría nada por el color de su piel? ¿Y si la encontraban una turba de cazadores de esclavos y la vendían retornándola a la esclavitud? ¿Y si los nuevos dueños no eran tan candorosos con ella? Al final decidió regresar y ofrecerse como sirvienta voluntaria ante Nayanúa. La mulata la aceptó como un miembro más de la familia y hasta la ayudó a construir en el traspatio un cuarto de bahareque para que durmiera con más decencia. Fue así como se les ocurrió construir otros cuartos más que sirvieran de hospedaje a los caminantes, comerciantes, y extranjeros. A los pocos días cayeron en cuenta que el negocio de la posada no echaría raíces en medio de esos años inciertos, en que Ciudad Marquesa todavía no decidía del todo a qué gobierno depender, y los realistas se paseaban por la plaza y la entrada de la ciudad sospechando de cuanto visitante o desconocido atisbaran, cualquiera podría ser considerado cómplice de la conspiración criolla. En los cuartos de bahareque apenas vieron instalarse un par de contrabandistas holandeses y un barrigón sospechoso cuyos ojos se babeaban de morbosidad al ver pasar a Adelaida con sus ínfulas de reina. En dos semanas Vicente Setemar decidió que la posada debía cerrar sus puertas, porque en tales circunstancias sólo sería el pecado el que se hospedaría en el hogar con sus maletas atiborradas de mórbidas pestilencias. Los cuartos de bahareques terminaron convertidos en el establo donde los patos gansos ponían sus huevos y se multiplicaban en bandadas que tan pronto agarraban vuelo emigraban a las sabanas. Fue entonces que Nayanúa decidió que sembrar verduras podría traerles buen fin. Al principio no previó que las papas y la zanahoria y la remolacha eran caprichosas y sólo crecían en los gélidos páramos andinos, por lo que sus primeras cosechas fueron una pérdida de raíces podridas que sólo sirvieron para calentar el fogón. Arrancaba con desilusión las marañas de tierra entre las que se alcanzaba a divisar, como una burla de la naturaleza, unos raquíticos bulbos lastimeros, que hubieran servido de inspiración a Pedro Ignacio, quien de seguro habría asegurado que de la misma manera se gestan los sueños sembrados en mala tierra, o que de esa misma forma terminaba la independencia que imprudentemente pretendía germinar en América, suelo nada adecuado para tales ambiciones por pertenecer legítimamente, por decreto divino, a la diminuta península española. Estaba por abandonar el huerto cuando descubrió, sonriente, que la yuca sí se había formado con aires presumidos, se hinchaban bajo el suelo de forma tan generosa y desproporcionada, que por poco logran hacerse de un puesto entre los comerciantes pardos, meta truncada no más que por el hecho de que Nayanúa era mujer y Concha Pétrea una negra. Vicente Setemar se ofreció encargarse del negocio, y al poco tiempo no pudo continuar haciéndolo, los mestizos no lograban asimilar que el profeta se pusiera a vender yuca junto a ellos y los compradores se escandalizaban al ver a un blanco entre los comerciantes pardos. Se sintió sofocado, y hasta asustado, de ser visto por todos de esa forma tan extraña e inquietante, que en nada se parecía a las miradas de desconcierto cuando lo veían pasearse por las calles murmurando cosas indecibles, miradas que fácilmente lograba ignorar. Entró a la casa anunciando que la yuca tendría que ser sólo para consumo de la familia si no hallaban a alguien más que la vendiera, y desempolvando los libros contables donde se reflejaban las cuentas del antaño negocio del polvo de diamante, hurgó entre los números con cuentas metódicas y susurros matemáticos que para Concha Pétrea parecieron antiguas invocaciones de indios, y finalmente, con la mirada satisfecha de quien ha encontrado la solución a un intrincado dilema, dictaminó que Valencio Ignacio había cometido ciertos errores contables, se le habían confundido los números, había intercambiado pasivos con activos y capitales, las cuentas del debe y el haber se habían intercalado y las ganancias y las pérdidas habían quedado entremezcladas en una sopa de cuentas imposibles, términos desconocidos para las mujeres de la casa, quienes asumieron que se trataba de latín. Vicente Setemar terminó su dictamen con la promesa de que estaban bien económicamente, porque después de arreglar los números, las cuentas arrojaban un saldo positivo; tal vez no veían el dinero en físico, pero las cuentas eran claras, quedaba dinero en el capital familiar. Nayanúa temió que simplemente se tratara de una predicción y que tal vez hablaba de una bonanza económica futura, pero Vicente Setemar se lo recalcó: «Ahora mismo tenemos dinero, el libro contable no se equivoca». Y así pudieron vivir unos cuantos meses más, hasta que resurgió la lucha independentista con la llegada de Libertador en su esplendoroso caballo blanco, seguido por un ejército patriótico entre los que figuraba Valencio Ignacio.

Adelaida se despreocupó por los problemas familiares cuando conoció a Ernesto Sevilla, un joven peninsular que apoyaba la insurgencia criolla, y que por lo mismo se había rebelado contra sus padres, y terminó refugiado en la casa de los hermanos de un cura criollo. Para Ernesto Sevilla era injusto el trato indiferente que se le daba a los españoles americanos, como si valieran menos que los nacidos en la península, y estaba dispuesto a renunciar a sus derechos como portador de la sangre azul intenso de los peninsulares, y de ser posible luchar en compañía de los criollos si le daban la oportunidad, hazaña que jamás logró, porque para los criollos no era más que un espía de los realistas que representaba un filtrado potencial de información acerca de tropas y recursos. El joven pasaba sus días bamboleando entre la desconfianza de ambos bandos; con todo, jamás puso en duda las convicciones que lo llevaron a abandonar las comodidades del hogar paterno para terminar de arrimado en el humilde cuchitril que podía ofrecerle el cura criollo. Cuando conoció a Adelaida, se encontraba ayudando a los hermanos del cura a descargar sacos de maíz de la carreta. La joven en ese momento estaba paseando para desprenderse de las fatigas del hogar, ignorante de las rigurosas normas de que una señorita decente y blanca como ella, tal vez de un blanco enmaderado que no alcanzaba ni el nivel de los criollos, pero piel clara al fin y al cabo, no debía pasearse sola por la ciudad y mucho menos ante la presencia de hombres sudorosos y comerciantes. De todas formas qué se podía esperar de la muchacha engendrada en la fornicaria unión de la mestiza con el criollo, comentaban entre susurros las vecinas. Adelaida vio acercarse aquel joven sudado, mal vestido, de barba descuidada, y aun conservando el apuesto porte de los peninsulares, y no logró explicarse cómo es que no salió huyendo del lugar, cuando por un momento se visualizó mancillada, arrastrándose sobre la tierra ante la mirada burlona de su violador. Por lo mismo quedó desconcertada cuando el joven, lejos de tirarla al suelo para mancillarla como si se tratase de una negra, le anunció sin formalidades ni solemnes rodeos que se casaría con ella, la más exquisita criolla que había conocido jamás, y que se preparara porque gracias a sus ahorros ya tenía en mente cuál sería la casa que comprarían para criar a los niños.

—Usted sólo lléveme con sus padres, yo me encargo de pedir su mano y negociar con su padre de ser necesario. Mejor seamos claros desde el principio, tal vez no tengo dinero en este momen-

266

to, pero mi condición de peninsular bastará como garantía de que muchas puertas se me abrirán — fue como culminó su petición de matrimonio.

A Adelaida sólo le bastó con oír su acento peninsular para olvidarse de la piel sudada, del saco de maíz que descargaba, la ropa sucia, y elevarse a planos de ensoñación desde donde le fue imposible oír y entender que el joven no tenía dinero, y proyectarse en una visión profética, como las de Vicente Setemar, donde se vio reinando en una imponente mansión de paredes encaladas y suelos aromatizados y ornamentos de plata y marfil. Quizá este joven no era un hijo de Marqués, ni un dios griego con el don de convertirse en ave, ni un duque ostentoso, pero era peninsular, más que suficiente para llevarla a los atrios de la realeza y el poder. No sospechaba que su incipiente amado precisamente había renunciado a todos los lujos de los que ella dispuso aun antes de aceptar la propuesta matrimonial.

Ernesto Sevilla, además de poder descargar sacos de maíz, resultó tener la habilidad de encantar a los hermanos del cura criollo para persuadirlos del buen negocio que representaba exportar sacos de yuca a la gélida provincia andina, lo que le ayudó en la tentativa de ganare la aceptación de Nayanúa. Lo que no se esperaba, era la determinación de las autoridades eclesiásticas

peninsulares en oponerse a la unión de un peninsular renegado con la infame procreación de una
mestiza, porque en esos días el obispo peninsular
había recobrado el mando, estabilizando el profa-
nado orden desde el palacio episcopal. Por otro
lado, Vicente Setemar se ofreció a casarlos en una
ceremonia de dudosa legitimidad divina, tal como
lo hizo en la unión de Valencio Ignacio con Nayanúa varios años atrás. Con todo, terminó encaminado en el arduo camino de los preparativos
de la boda, que por tener de guía las dos perspec-
tivas de realeza, la de Nayanúa y la de Adelaida,
contrapuestas entre ellas, resultaba una meta
casi imposible de materializar, y la gravedad de
la situación se intensificaba con las pesadas confusiones de ese año, donde los soldados no tenían
claro si eran guardias de la ciudad o parte del
ejército realista, montando una implacable cacería tras la pista de los conspiradores republicanos, y preparados para lanzarse al campo de batalla como si de lanzarse a un lago en cualquier
momento se tratara, resolviendo pequeños conflictos urbanos, y con el ojo inquisitivo puesto sobre la ilegítima familia Espinel, que tenía fama
de guarida conspirativa. Resultaba alarmante
para el comandante Terroso que el patriarca de
esa familia, cuya leyenda de sus dotes multilin-
guísticas había atravesado todo el largo del río

Magdalena, por donde se rumoreaba de sus incansables negociaciones con tribus nativas, se encontrara remontando en ese momento la frontera codo a codo con el líder de los sublevados. Y el patriarca no era la única amenaza que convertía a esa familia en símbolo de enemistad verídica contra la corona, también habían llegado a oídos del comandante Terroso las proféticas advertencias de Vicente Setemar, predicando contra la opresión española, a favor de la anárquica libertad, e invitando a la perdición con sus herejes enseñanzas de que el Todopoderoso quiere luchar en persona contra el ejército realista que fue constituido por el mismísimo Dios. Sin contar el hecho de que el hijo mayor de esa familia, que debió ser ejecutado junto al resto de la guardia conspirativa en el palacio del Marqués, se hallaba perdido, mientras que el menor había partido a la guerra en apoyo a los republicanos, y ahora un peninsular renegado pretendía emparentar con la hija de esa familia cuya madre, como si no bastara con tanta insurgencia, había tomado la escandalosa decisión de liberar a una esclava alentando a las bestias al alzamiento. La familia completa hubiera sido arrastrada a los carbones del palacio, todavía humeantes, como un conciso recordatorio de la autoridad presente, de no ser por la urgencia de volcar la sujeción del pueblo en dirección de la corona, inculcándoles una vez más la necesidad de reconocer, con venerable respeto y alegría, al rey como único soberano sobre los dominios de Ciudad Marquesa; y asesinar a un hombre a quien el pueblo tenía por profeta podría convertirse en el granito faltante, por más diminuto que fuera, para que la encallada sujeción terminara por resbalar barranco abajo en las mentes de los mestizos, y una revolución de pardos era tan temida como a un vendaval enloquecido por las turbulencias del invierno sabanero. Los mestizos eran mayoría entre los habitantes de la ciudad en aquella época, y lo siguieron siendo hasta que llegó el día en que su mescolanza sanguínea se desparramó entre todas las venas de América, y dejaron de ser mayoría, y comenzaron a ser la totalidad, ciudadanos y jefes de su propia tierra; y eso que las venas de América son desproporcionadamente sobreabundantes, aún más que su enramada de incontables ríos y vertientes.

Entre tanto, los ingeniosos artificios para mantener en sobriedad la economía y los prodigiosos números de los libros contables, no fueron remedio suficiente para la ansiedad de Nayanúa, que terminó por rendirse una vez más ante la frialdad del umbral por donde no ingresaba ninguna noticia de su marido ni de su hijo menor. Lo único que se deslizó por el umbral, en una calurosa tarde de febrero, fue la corpulencia desmesurada de un mulato, seguido por muchos más, quienes, al oír los rumores de que posiblemente la mulata de tez clara había enviudado, se resolvieron a presentarse, gustosamente, como potenciales sustitutos del asiento patriarcal, prometiendo cada uno ser el indicado para contener la desbordante belleza abrasante de esa mulata que, generosamente, exhibió en la plaza mayor la incandescencia efervescente provocada por la hermosura de su presencia. Los mulatos llegaban hasta ella con torpes galanterías, atropellados uno tras otro faltándoles no más que el saco de pertenencias para completar la confianza con que se aseguraban, y se convencían a sí mismos, que esa misma noche la pasarían entre las ásperas sábanas de la casa encalada entre las casas de los criollos, enroscados como los negros con la mulata de tez clara. Nayanúa, suspendida en el acantilado de la ansiedad, apenas se daba cuenta de la jauría viril que transitaba frente a ella, aunque de vez en cuando su atención era reclamada por algún pardo simpático que se las amañaba para establecer un contacto visual, y la mujer dejaba traslucir una sonrisa que para el hombre significaba la entrada triunfal al panteón de la victoria, hasta que Vicente Setemar, en su deber de dirigente moral de la familia, los desparpajaba y sa-

271

cudía a Nayanúa con cuatro palabras que le recordaban su condición de casada y sus votos de fidelidad, por si se le habían olvidado.

Una tarde la encontró sentada en el suelo de la sala, con la espalda apoyada en la tabla de madera de la puerta que daba a la calle, ajena al golpeteo de los pretendientes que llamaban desde afuera, y en su expresión inexpresiva adivinó, o advirtió, porque Vicente Setemar tachaba de pecaminoso el adivinamiento encasillándolo entre las malas mañas de los hechiceros, la nostalgia reflexiva de quien ha empezado a plantearse interrogantes más allá de la mera existencia.

—¿Qué piensas? —le preguntó, arrastrando un tronco de madera para sentarse cerca.

Ella no pareció escucharlo, ni percatarse de su presencia, hasta que sintió en la piel el roce de la densa bruma autoritaria, y supo, sin mirarlo, que él estaba allí, porque a pesar de la claridad, su vista seguía perdida sin mirar, anulada por los pensamientos en los que ella se había sumergido. Desde el otro lado de su ser, donde se encontraba deambulando entre las callejuelas de sus pensamientos, emitió mentalmente la respuesta que de alguna manera logró articularse en sus labios sin que se lo propusiera—. En nada particular —y continuó su camino mental, casi olvidando que había sentido la presencia de Vicente Setemar, cuando le volvió a llegar la resonancia, distante, de la firme voz del hombre:

—En algo piensas Nayanúa.

Entonces se deshicieron, como un escenario artificial, las callejuelas por donde transitaba, y se vio intempestivamente en su casa, junto a su puerta, frente a su arzobispo personal, aturdida por el cambio brusco de entorno.

—¿En qué piensas? —volvió a preguntar cuando advirtió que ella no caía aún en cuenta de dónde estaba.

Nayanúa se acomodó, poniendo su espalda en una posición más cómoda, recogiendo sus piernas por debajo de la tela de su ropa de casa, un vestido de lana color madera que le caía hasta los pies y realzaba la intensidad de sus cabellos ondulantes. Luego respondió—. No pensaba, caminaba entre mis pensamientos. Supongo que es distinto.

—Desde luego. Y cuéntame, ¿cómo eran tus pensamientos?

—Con decirle que últimamente me sería más fácil recorrer los callejones del laberinto de telas que tenemos en el cuarto del medio, creo que ya se hace una idea.

Ambos quedaron en silencio, sin escuchar el insistente golpeteo de la puerta, y los agobiados llamados de la jauría de mulatos que ya sonaban como los hambrientos aullidos de una manada de tigres americanos, desesperados por la presa acurrucada en el escondrijo de un entresijo de ramas. Luego, ella volvió a hablar—. Estoy preocupada por la salud mental de mi hija.

—¿Lo dices por sus ínfulas de reina?

—No, nada de eso. Es por esa maraña de pelos que lleva en la cabeza y que ella insiste en llamar peinado de realeza española.

Volvieron a guardar silencio, y él supo que ella evadía la verdad. El golpeteo en la puerta y el llamado de los mulatos se volvían frenéticos y el vapor de la virilidad contenida traspasaba los resquicios de la puerta; pero ambos lo ignoraron, o no se daban cuenta. Nayanúa supo que él supo que ella no revelaba la verdad de sus pensamientos, su mirada impasible lo decía, como si aún esperase la respuesta a pesar de ya haber tenido una. Suspiró, y respondió—. Está bien, pensaba en algo más. Pero esos temas no son de mujeres, y aunque no estoy de acuerdo con que se me excluya por mi condición femenina de ese asunto, me temo que si le consulto a usted me recalcará que no debo inmiscuirme en eso, y me repetirá la misma fanfarria que le meten a las señoritas blancas en la cabeza: que mi mente de mujer no tiene la capacidad para entender esos asuntos.

—No me hables como si yo fuera un juez eclesiástico católico o un juez teológico protestante. Consúltame lo que quieras, que para eso me enviaron a esta casa, a enseñar.

—¿Quién lo envió? —preguntó ella intrigada, pero luego decidió que era irrelevante—. Bueno, no importa. En lo que pensaba es en esta guerra. Usted dice que Dios la apoya y también dice que no la apoya.

—¿Entonces es mi salud mental la que te preocupa? —preguntó él. La puerta comenzó a temblar con los golpes de los mulatos, el marco vibraba y las bisagras agobiadas arrancaban polvaredas a la pared con cada golpeteo, amenazando con desprenderse y dejar caer la hoja de madera, aplastando a Nayanúa entre el rugido sordo de las bisagras arrancadas y los pedazos de escombros liberados de la pared y el fragor de la jauría de mulatos entrando a tropezones con pisadas fuertes sobre la puerta caída sobre Nayanúa aplastada contra el suelo. Pero ambos permanecieron ajenos al quejido de las bisagras, y al temblor de la puerta que fastidiaba la espalda de la reposada Nayanúa, quien respondió—. No, Dios me libre de dudar de su salud mental. Ha sido usted el fundamento de raciocinio y moralidad en esta casa.

Vicente Setemar cruzó las manos sobre su rodilla, y respondió como si de argumentar ante un público se tratara—. Ya lo he dicho muchas veces. Dios quiere ver a América libre, pero los criollos ni lo están dejando luchar ni están siguiendo sus propósitos. Pretender liberar a América con sus propias manos y persiguiendo sus propias ambiciones.

—Dicen que el terremoto fue un castigo de Dios por revelarnos contra la corona española —insistió Nayanúa, con la voz distorsionada por el tembloroso fastidio de la puerta contra su espalda. Ahora las bisagras gemían con desespero y las motas de polvo arrancadas de la pared flotaban por el aire en demasía hasta posarse sobre su cabellera como la nevada de las regiones andinas.

—No fue un castigo de Dios, fue una advertencia. El Todopoderoso anticipó toda la sangre que se derramará si continuamos luchando sin él, y lanzó un grito de advertencia que se materializó en ese terremoto, para despabilarnos y evitarnos la masacre a la que ahora nos encaminamos —Vicente Setemar levantó la vista y se percató del desespero de las bisagras—. El marco de la puerta se está aflojando, ¿qué será lo que le ocurre?

—No lo sé, debe ser lo viejo. Tendré que hacerle obras de restauración al castillo —Nayanúa se levantó en el momento en que una de

276

las bisagras expelía los clavos, dejando la puerta ante una vulnerabilidad insalvable. Caminó hacia la cocina con la polvareda que caía de su cabellera y ajena a la puerta sufriente que resistía la ferocidad de la manada de mulatos hambrientos—. Voy a pilar café, si me espera allí sentado le traigo un tarro al anochecer.

—Está bien. De todos modos ya va a ser mediodía, no tengo nada que hacer en la calle a esta hora. Por cierto, llegó una carta de Juan Ignacio, al parecer escribió desde la calle real. Por lo menos ya sabemos en qué parte de Ciudad Marquesa se encuentra, aunque ocho cuadras y una plaza mayor nos separen de él.

Apenas hubo escuchado las intenciones de su padre de ejecutar a la guardia urbana, Enrique Ignacio corrió al cuartel a poner en aviso a su primo, y más que eso, se lo llevó a la mansión Espinel ocultándolo entre la paja seca del establo. Allí permaneció Juan Ignacio muchos días, dependiendo de las tres comidas que su primo le deslizaba cautelosamente y compartiendo el reposo con los caballos. Pronto se vio en la obligación de salir en furtivas incursiones a la cocina de la mansión, cuando la asfixia del encierro prolongado y las repentinas ocupaciones de su primo le oprimieron el sentido del tedio y del hambre. Enrique Ignacio fue designado, gracias a las nuevas

277

influencias de su padre, como sargento encargado del cuidado de la prisión, y entonces sólo pudo visitar a su primo en el establo en las esporádicas horas en que podía gozar de un descanso. Juan Ignacio aprendió a quemar las horas, en una fatídica lucha contra el tedio, creando puñales brillosos a partir de rocas, rememorando la habilidad de Benito y Coromotano, y construyendo pequeñas horcas de paja donde ejecutaba a unos cuantos muñecos, hechos también de paja, mientras se visualizaba a sí mismo ejecutando peninsulares, anticipándose a la prometida venganza con la que se había comprometido ante el cadáver suspendido de Benito. Las horas gastadas y el ocio estancado le sirvieron para acumular más odio y resentimiento, y cuando el odio y el resentimiento ya se desbordaban en la copa de sus pensamientos, los puso a fermentar hasta el punto de sentirse sofocado en la viscosidad de esa infusión efervescente, anhelando con febrilidad el día en que pudiera derramar ese brebaje sobre toda la raza española peninsular.

Los muñecos de paja no le alcanzaban para engañar y sosegar su sentido de venganza, esa criatura sedienta que reclamaba beber, de una vez por todas, el brebaje fermentado, y las horcas de paja ya estaban atestadas de falsas muertes y exigían la materialización del anhelo contenido, por lo que tuvo que hacer esfuerzos desproporcionados para no salir de la mansión, con sus puñales brillosos, cercenando cuellos blancos a diestra y siniestra. En sus furtivas incursiones al interior de la mansión, atravesaba el traspatio hirviendo en la fiebre de sus rencores, y haciendo uso de la habilidad africana aprendida para deslizarse como un celaje incorpóreo en momentos de cacería, pasaba entre las esclavas como un viento ligero llevándose por delante trozos de carne de res y pellejos de cochino frito, con tal sigilo que las esclavas empezaron a temer que los delirios del amo no eran del todo irreales, y que tal vez, después de todo, el fantasma de Carmenza Castillete sí andaba rondando por los rincones de la mansión, y que en cualquier momento se toparían con ella y la encontrarían engullendo, como un demonio hambriento, los trozos de carne que desaparecían misteriosamente de la cocina y del fogón y de las varas donde ponían a secar la carne con la solana del mediodía. Se turnaban para vigiar la comida, tal vez con una masoquista curiosidad por pillar el ánima de la difunta, y cuando descubrieron que era inútil, pues la comida seguía desapareciendo ante sus ojos sin que ni siquiera lo notaran, optaron por construir un pequeño altar en el desocupado aposento frente a la recámara del patrón, donde, entre sábanas de terciopelo y almohadones asiáticos y abalorios arábigos y tapices persas y cuanto ornamento lograron robar de la recámara del patrón, encendían solemnes velones ante uno de los señoriales vestidos de la difunta, que se mantenía en pie ya fuera por su complejo armazón metálico o por la invisible presencia de la dueña, y le dejaban un generoso plato de comida con sus presas favoritas. Siempre hallaban el plato vacío y comprendieron, preocupadas, que si aquella situación se prolongaba, tendrían que hacerle ajustes al vestido porque de seguro el fantasma de la dueña engordaría con tanta carne engullida.

Sin embargo, Juan Ignacio no engordó ni un centímetro, estragado por el tedio y el rencor, esperando con desespero la próxima visita del primo para distraerse en cortas conversaciones típicas, o para descargar sobre él un poco del brebaje fermentado que le escocía por dentro con acidez. Se preguntaba cada instante dónde carrizo se hallaba el ejército republicano que aún no se dignaba a contraatacar, se preguntaba si acaso la primera república sí había sido un desvanecido espejismo después de todo, y entre punzada y punzada por poco enloquece en un arrebato que casi lo lleva a arrancarle las melenas a los caballos en un desahogo enfurecido.

Rafael Ignacio, cuando se disponía a montar sobre su caballo, llegó a notar los sordos sonidos que se escabullían desde los últimos rincones del establo, y se preguntó qué tenía Carmenza Castillete que buscar en ese lugar. En vida jamás se dignó a visitar los caballos y ahora en la muerte venía a agobiarlos con su fúnebre presencia. Sin que él mismo lo notara, contrajo el hábito de pasearse por los corredores de la mansión murmurando maldiciones contra el fantasma de su esposa, un monólogo ininterrumpido que las esclavas asumieron como demencia, y si no aprovecharon el ensimismamiento del amo en aquellos días para hacer de las suyas como bien les pareciera, fue por respeto al señorito Enrique Ignacio y por un temor reverente a la difunta patrona que las vigilaba con sus invisibles ojos de reina muerta. Rafael Ignacio decidió que la situación había alcanzado los límites de lo intolerable cuando, en la reverberación de una asoleada tarde de febrero, vislumbró al pasar frente al salón de las armaduras coloniales un escandaloso espectáculo de fornicación, el mismo que él durante tantas noches disfrutara en ese mismo salón cuando solía ser un abominable aposento arábigo con cadenas doradas, sólo que ahora la situación se había invertido al igual que los géneros y la dimensión palpable, aunque las pasiones erizadas seguían siendo las mismas, tan inmutables como cuando él las vivió en carne viva, y ahora le tocaba ser espectador.

Esa tarde, luego de varios días de inocente contemplación frente al armario abierto, se resolvió a emperifollarse dentro de uno de los soberanos trajes del Marqués. Sintió elevarse al nivel de la gloria por tantos años postergada, saboreando ya no la sustancia de la contemplación, sino la esencia misma de la ostentosidad, sintiendo sobre su piel la refinada delicadeza de los cinco kilos del traje, que pesaban sobre él como el peso del mismísimo esplendor, que se posaba sobre él cubriéndolo de una imagen admirativa que de seguro ya nadie más poseía a lo largo de todas las provincias del territorio, porque al Marqués, a esa hora, se le estaban pudriendo las últimas hilachas de su antigua gloria entre los barrotes de una mazmorra en las prisiones de la ciudad de la virgen de Coromoto. Salió de su habitación dispuesto a desplegar su galantería ante todos sus esclavos, y al pasar ante el salón dedicado especialmente al entrenamiento militar de su hijo, pudo ver, allí, entre envejecidas armaduras españolas, y sables antiguos, y ballestas en desuso, el límpido y purificado cuerpo de su difunta esposa voluntariamente mancillado, como nunca se le había hecho, en una íntima homogeneización con una turba de brazos esculpidos en bronce y oro, fundiéndose en la incorporeidad fantasmagórica de su ser con el espectro de una docena de sultanes y califas, que adornados con argollas y aretes y collares y piedras centelleantes pugnaban por adueñarse de los fértiles rincones de la española, ajusticiando las pasiones contenidas por muchas décadas deambulando entre los planos de la muerte. Rafael Ignacio apretó los puños en el momento en que Carmenza Castillete, asomada entre la fogosa maraña de impalpables miembros entremezclados, hizo contacto visual con él, restregándole en la cara del orgullo la pasión con que ahora se regodeaba entre las estancias de la muerte, y él no pudo más. Agarró uno de los sables y comenzó a batirlo contra la maraña de miembros, aventando golpes que iban a parar en el suelo como si cortaran no más que el aire, hasta que uno de sus espasmódicos ataques se asestó contra su propio pie en el mismo instante en que los establos de la caballería se incendiaban en fuego. Asumió que Carmenza Castillete le declaraba la guerra.

En su nuevo puesto como alcalde provisional, vio revivir el frustrado sueño de ver a su hijo entre las filas realistas, ostentando un nombramiento que lo llevaría al pináculo de la pirámide político-militar de Ciudad Marquesa. Lo primero que hizo, luego de sugerir las ejecuciones que lo-

graron apaciguar la furia por la muerte de Khasid
Ignacio, fue conseguirle entrada a su hijo Enrique
Ignacio al ejército realista, y aunque lo único que
le ofrecieron fue el título de sargento, confiaba
que tan pronto como se dieran cuenta de las ma-
ravillosas habilidades militares del fornido muchacho, lo llevarían a escalar los peldaños del poder y la influencia. Ahora que las cosas se habían
normalizado, y la fiebre independentista había
sido erradicada del organismo de la ciudad, podía
contemplar la realización de sus metas desde la
comodidad de su nuevo puesto en el ayuntamiento, arrimando pequeñas sugerencias al comandante Terroso que daban fe de su irrebatible in-
genio para el manejo político y la inmunización
del colectivo, que no volverían a contraer la terrible enfermedad republicana. Al pueblo le bastaba
echar un ojo a la columna de humo que aún se
elevaba de entre las carbonizadas paredes del palacio del Marqués, para recordar que cualquier
intento conspirativo contra el dominio legítimo
español sería inútil, era luchar contra los designios del Creador. No esperaba encontrarse con el
tormento de una guerra sin cuartel contra el empecinado fantasma de su esposa. Cada rincón de
la casa había sido tomado por ella, y hasta frente
a su recámara descubrió un improvisado santuario que de seguro la misma muerta se construyó

robándose una serie de almohadones y sábanas y ornamentos de su recámara. El incendio del establo imposibilitó cualquier arreglo conciliatorio, Rafael Ignacio no admitiría treguas ni arrepentimientos, y ayudado por un bastón que cargaba con el peso que su pie herido no lograba soportar, y seguido de un séquito de indios hechiceros clandestinos, se entabló en una despiadada guerra contra el ánima impalpable de su esposa, no dejando recodos ni secciones por exorcizar con el exorcismo estrafalario de los indios, que danzaron por la casa lanzando escupitajos esparcidos de miche cachirí, entonando legendarios y lúgubres rezos en lenguas ancestrales, invocando a las potentes fuerzas de sus dioses, revolviendo el aire con sus escuálidos brazos y convulsionando de vez en cuando al ser poseídos por los espíritus de la naturaleza que venían en su ayuda. «Menos mal que el obispo se fue de la casa el mismo día que se restableció el poder español, o nos habría excomulgado ahora mismo como lo hizo con tu hermano», le dijo Enrique Ignacio a su padre, incrédulo ante los bajos límites hasta los que Rafael Ignacio se arrastraba en su ilusorio tormento. En uno de sus arrebatos convulsivos, uno de los indios por poco incendia la casa al tropezar con uno de los candelabros de plata, y Enrique Ignacio resolvió echarlos de la casa aun en contra de las réplicas condenatorias de su padre. No permitiría que esos indios acabaran con la casa de la misma manera que su primo acabó con el establo, porque sólo él sabía que el origen del incendio de la caballería residía en Juan Ignacio, ahora escondido en el cuartucho del difunto bastardo Khasid Ignacio.

Enrique Ignacio había notado, en sus visitas al establo, los chispazos que las piedras expelían al ser golpeadas unas con otras, cuando Juan Ignacio se sentaba a moldearlas en brillosos puñales. Varias veces le advirtió sobre los peligros de esa labor, si lo que pretendía era hacer una fogata que mejor se conformara con los gruesos edredones brocados que le trajo. Y si bien fueron de las piedras que emergió el colérico incendio, no fue a causa de los chispazos expelidos por las rocas al ser golpeadas. Tantos días de tedio y horas quemadas trajeron como resultado una proliferación de puñales que Juan Ignacio no supo dónde poner para que no estorbaran, hasta que halló, detrás de un tumulto de paja, un lugar ideal para almacenar sus filosas creaciones. Los puñales se fueron amontonando en ese rincón hasta formar una pequeña colina escabrosa, donde cualquier pie que osara a escalarla habría terminado seccionado entre los filos de las rocas talladas y pulidas. Lo que Juan Ignacio no previó, fue el pequeño haz de luz que se derramaba sobre la colina artificial a través de una escueta abertura en el techo, iluminando el montículo de puñales con un aura de colina sagrada que hubiera abstraído a Pedro Ignacio de haberla visto. La luminosidad de las rocas pulidas las calentó hasta el punto de hacer crepitar la paja alrededor, primero con un hilillo de humo imperceptible y danzante, y luego con una famélica danza incendiaria que consumió el pasto de la caballería, y cuando no hubo más pasto por consumir, la danza incendiaria casi se vuelve carnívora al pretender engullirse a los caballos, que fueron rescatados por los pavorosos esclavos, quienes, despavoridos y casi blancos por la palidez, obedecían las órdenes del patrón de arrebatarle los caballos al fantasma de Carmenza Castillete, quien pretendía llevárselos a la dimensión de la muerte para equipar al ejército sepulcral con que vendría a pelear contra él en la guerra recién declarada.

—¡No dejen que esa condenada se lleve los caballos! Si me va a hacer la guerra, ¡que me la haga a pie! —gritaba Rafael Ignacio con los pulmones enardecidos, embravecidos, embriagados de furor.

Tal como el padre aprovechó la confusión del incendio del palacio del Marqués para robarse los trajes soberanos, Enrique Ignacio aprovechó la consternación de los esclavos y la exaltada ira del

287

padre, para arrastrar al desmayado Juan Ignacio desde el establo incendiado hasta el cuartucho de Khasid y sacudirle el humo del pecho que lo tenía sumido en un sopor asfixiado.

—¡Te dije que tuvieras cuidado! Mira lo que provocaron los chispazos de tus piedras.

—No fueron los chispazos —alcanzó a balbucear Juan Ignacio, intoxicado de humo y congestionado de toz, pero su primo no le creyó.

Si en algo estaban trabajando en conjunto, sin ser consciente de ello, el fantasma de Carmenza Castillete y el obsesivo Rafael Ignacio, era en desquiciar los nervios y la cordura de los esclavos, que sufrían de sobresaltos ante cada nueva hurtadilla de la invisible patrona y cada contraataque del patrón, y quizá hubieran salido corriendo de aquella mansión de locos de no ser por las circunstancias que obligaron al patrón a ser él el que saliera corriendo. Desde las regiones andinas se arrastraban, como asquerosas criaturas, los rumores de que el líder de los independentistas, ahora llamado Libertador, venía derramando sangre azul en cuanto poblado se cruzara por su camino, en una indiscutible campaña relámpago que se dirigía, en un escandaloso fragor sanguinolento, desde las regiones de Santa Fe hasta la capital de las provincias. Ciudad Marquesa escuchó que Libertador proclamó la guerra a muerte, y que no perdonaría la vida a ningún peninsular que tuviera la desdicha de toparse con su espada libertaria. Tan pronto como Rafael Ignacio se enteró que el comandante Terroso se había dado a la fuga dejando a la ciudad sin jefe, incluso a espaldas de sus propios hombres de confianza, comprendió la gravedad de la amenaza, y olvidándose del fantasma de su esposa barrió de un solo tirón las pertenencias indispensables, dispuesto a darse a la fuga también.

—¿Qué te pasa papá? ¿Qué haces? —le preguntó Enrique Ignacio.

—¿Acaso no has escuchado los murmullos del pueblo? Libertador viene a matarnos.

—Y nosotros debemos resistirle, no huir. Además, el decreto de guerra a muerte es contra los peninsulares, nosotros somos criollos.

Rafael Ignacio, que bien sabía el gran instrumento en el que su hermano se había convertido en manos de la causa republicana, temía que aquel, resentido con él por haberlo declarado indigno del apellido Espinel, y por haber apoyado las ejecuciones de Samba y Alal, viniera dispuesto a castigarlo incluso con la muerte. No podía quedarse esperando a que Valencio Ignacio irrumpiera en la ciudad, con una espada en las manos y el resentimiento haciendo erupción en su mente, y viniera hasta su mansión a rebanarle el cuello.

No, no podía permanecer en Ciudad Marquesa ni un instante más.

—Mejor guarda silencio y ve a recoger lo indispensable. Nos vamos ya mismo de la ciudad.

En ese instante, sin saber cómo ni por qué, vio materializarse junto a Enrique Ignacio a un hombre de blanco enmaderado, de mirada resentida y manos empuñadas, como hambriento de ira—. No te vayas con él primo, únete a nuestra causa.

Rafael Ignacio no reconoció en sus rasgos ni en su voz el parentesco familiar que los vinculaba, y por un momento sospechó que se trataba de uno de los fantasmagóricos amantes arábigos de su esposa.

—Él es mi padre —le respondió su hijo a la reciente aparición.

—Recuerda las injustas ejecuciones. Sabes que nuestra causa es la correcta, sólo buscamos la libertad de Ciudad Marquesa y de América.

Rafael Ignacio adivinó en el rostro de su hijo la incertidumbre, y eso lo llenó de pavor, porque significaba que su más excelso orgullo no estaba del todo afirmado en los principios católicos y reales que le había inculcado en su formación—. Vámonos ya hijo. Deja de escuchar a este insolente que vaya usted a saber de dónde salió.

Enrique Ignacio pareció debatirse en fuerzas contrarias que se formaban como grandes nubarrones en su interior, los platillos de su balanza forcejeaban con todo el peso de sus ideales contrapuestos. La sagrada religión no debía ser profanada, pero tampoco creía correcto el trato injusto que se le daba a los criollos, y, en un vetado rincón de sus pensamientos, que no se admitía ni a sí mismo, le parecía aborrecible la crueldad a la que se sometían a los esclavos, que después de todo, a lo mejor no eran simples bestias, porque él mismo logró comprobar que esos seres ennegrecidos son capaces de expresar gratitud, como la niña negra a la que intentó defender en sus días de adolescencia.

—No —se atrevió a decir finalmente, atropellado por la incredulidad de su padre, que no lograba concebir tal decepción por parte de su hijo que tanto orgullo le inspiraba—. ¡Me quedo a luchar por la independencia de Ciudad Marquesa!

Finalmente, su padre lo miró consternado, perplejo, herido; y enarbolando su dignidad, le dijo que si era lo que quería, allá él, pero que luego no regresara a la casa pidiendo sus derechos de hijo. Luego cayó en cuenta que era él quien estaba saliendo de la casa y de la ciudad, huyendo de su hermano, y en manos de su hijo rebelde quedaba la mansión, la hacienda y la prosperidad

291

Espinel. Avergonzado, con una vergüenza rabiosa, salió de la mansión arrastrando, y al mismo tiempo intentando desprenderse de ello, el dolor de verse huyendo como un miserable forajido sin hijo y sin riquezas de su ciudad. En el fondo creía en la virtud de profeta de Vicente Setemar, y recordaba claramente la advertencia que le hizo a Valencio Ignacio el día en que se apareció en la casa por vez primera: «No mates a tu hermano». En aquel entonces le pareció un comentario carente de lógica y que no merecía ninguna atención; mas ahora, en este momento, bajo estas circunstancias, y con tales antecedentes en la relación de hermanos, resultaba una profecía que bien podría verse cumplida tan pronto Valencio Ignacio llegara a Ciudad Marquesa.

Abandonó la ciudad, dejando tras las pisadas de su caballo una sosegada polvareda, y la promesa de regresar a instaurar el poder español con sus propias manos. Nunca logró cumplir tal promesa, y nunca logró regresar a Ciudad Marquesa.

Julio, mes conmemorativo hasta el día de hoy, abrió las puertas del sol para recibir al ejército patriótico, permitiéndoles tomar posesión de Ciudad Marquesa de una manera pacífica. Tras la huida del comandante Terroso ninguna resistencia halló Libertador. El aclamado guerrero cruzó la calle real en su imponente caballo blanco, entre los vítores exultantes del pueblo mestizo y las miradas agradecidas de los criollos. Para celebrar el triunfo, la plaza fue generosamente ornamentada con los cuerpos suspendidos en la horca de los pocos peninsulares que no alcanzaron a huir, y otros cuantos empalados a la entrada de la ciudad como advertencia contra el ejército realista, si acaso tenían a algún mensajero agazapado entre los montes de la sabana. Juan Ignacio logró salir de su encierro y unirse al festín colectivo que cantaba al unísono: «¡Ciudad Marquesa, independiente, libre y soberana!». Cuando el holocausto sangriento ya no contaba con más peninsulares para los sacrificios de la fiesta, Juan Ignacio, que sabía del reciente compromiso contraído por su hermana, fue hasta la casa de los hermanos del cura criollo, donde sabía que tenían escondido al peninsular Ernesto Sevilla. Adelaida se encontraba junto a él, y cuando vio aparecer a su hermano, antes de alegrarse, pudo advertir en sus ojos las intenciones con las que se presentaba en aquel lugar, y su presentimiento fue confirmado por la lanza primitiva que el hombre venía portando.

—Ernesto apoya la causa independentista —le dijo Adelaida a su hermano, anticipándose a lo que sabía sería el trágico desenlace de su incipiente relación.

—Apártate Adelaida —fue la respuesta de Juan Ignacio, fría como su mirada, distante, concentrada.

Cuando Ernesto, detrás de Adelaida, comprendió lo que significaba la repentina visita, dio un paso adelante, decidido a enfrentar su destino si así lo requería el Creador, pero no sin antes exponer su fidelidad a la causa—. Te aseguro que no soy un espía. Yo mismo me he revelado contra mi padre para apoyaros en esta causa. No soy enemigo.

Juan Ignacio sostuvo con firmeza el brazo de Ernesto Sevilla, y sin darle respuesta alguna, lo arrastró a la calle sin dejarse atosigar por la fatídica insistencia de su hermana, que entre gritos y lágrimas dramáticas suplicaba la vida de su prometido. Adelaida estrujó a su hermano pidiéndole recapacitara, que no ves que él está de parte de tu bando, que apoya esta loca idea de independencia. Si quieres ya mismo nos vamos a España y nunca más sabrás de él, pero no lo mates. Suplicaba ella. Él, aún con su mirada fría, distante, concentrada, sin responder, ordenó al soldado que lo acompañó a llevar a Adelaida a su casa, y de ser preciso arrastrarla sin contemplaciones ni delicadezas, tal como su tío Rafael Ignacio ordenó que se llevaran a rastras a Valencio Ignacio el día de la ejecución de Samba muchos años atrás. Luego, arrodilló a Ernesto Sevilla, que se empeñaba en mantenerse erguido, digno, orgulloso de su fidelidad a la independencia criolla, y sin darle tiempo a su pulso de temblar siquiera, alzó su lanza, exponiendo al sol el centelleante brillo del puñal de piedra, y con un solo corte ligero y veloz, tan limpio como el de un cuchillo cortando el agua, la cabeza de Ernesto Sevilla rodó hasta sus pies, y luego de cinco segundos, el lugar donde antes estaba puesta se desbordó en un pletórico chorro de sangre, tan roja como la de los criollos, o la de los mulatos, o la de los negros, o la de los indios. Juan Ignacio, después de varios años de saciedad postergada, empezaba a darle de beber a la cruenta venganza de ese elixir fermentado, compuesto de odio y resentimiento contra los peninsulares, contra las burlas que recibió de niño por sus tres protuberancias, estigma del pecado que lo engendró, y contra el ahorcamiento de Benito.

VII
La Primera Destrucción

Cuando entró en Ciudad Marquesa, montando sobre un formidable caballo de porte sobrio, precediendo los pasos de Libertador, con una solemnidad desencajada en medio de los aspavientos de la celebración colectiva, Valencio Ignacio nada recordaba de la advertencia de Vicente Setemar, su mente estaba convertida en una bola embadurnada de imágenes sanguinolentas y pugnaba por mantenerse cuerda, salvada apenas por un núcleo de humanidad que se empañaba en conservar. Las múltiples ejecuciones presenciadas en lo que llevaban recorrido de esa campaña relámpago, le estragaron el alma y por poco lo hacen trastabillar del lado de la frialdad, y si bien la mirada la tenía cubierta por un manto gélido, no era por indiferencia a los muertos peninsulares cuya sangre se cuajaba ante sus pies con cada poblado ganado, sino que era su protección y a la vez su secreta desaprobación, su manera de mantenerse aislado del mórbido disfrute que sentían los criollos con cada estallido del fusil, su manera de declararse en contra del holocausto en el que se convirtió la guerra.

Cruzó la calle real, e ignorando el festín que se armó en la plaza mayor, cabalgó hasta la mansión Espinel sobrellevado por el recóndito e inesperado deseo de ver a su hermano, aunque fuese no más que para verlo; aún almacenaba entre las despensas de su alma un inquebrantable cariño por ese hermano menor que tantas veces lo rescató de sus bobadas de niño. El traqueteo sordo de las pisadas del caballo lo condujo entre las esbeltas fachadas de las casonas. A medida que avanzaba, la solemnidad se le fundía en una especie de nostalgia, y en uno de esos estallidos ligeros de la mente que se disuelven tan pronto aparecen, recordó la época en que su madre los amarraba de la cintura con un mismo cordel, asegurándose así que él no se perdiera por siempre al estar unido a su hermano menor, a quien nunca le faltó el buen juicio y la inteligencia. Al llegar a la mansión Espinel, lo único que halló de su hermano fueron los murmullos de los esclavos, que intercambiaban secretas versiones sobre las recientes batallas que el patrón desaparecido libraba con el alma de su difunta esposa. Valencio Ignacio giró su camino en dirección a su casa.

Al llegar, descendió de su caballo, golpeando el polvo de la calle bajo las firmes pisadas de su cansancio. Empujó la desvalida puerta, que ya estaba por desplomarse contra el suelo por los múltiples pretendientes que la atormentaban en busca de la prodigiosa mulata de tez clara, pretendientes que tan pronto supieron del regreso de Valencio Ignacio corrieron a refugiarse en el griterío del festín, temiendo alguna represalia. Nayanúa, al ver a su marido, se dejó embargar por el impulso de la emoción, quiso echársele encima con una ventolera de besos y caricias; debió haber advertido en la gélida mirada de su marido la decepción y el dolor que venía arrastrando de la guerra, porque se detuvo a medio camino, y la sonrisa se le desdibujó en una triste mueca de comprensión. Él, sin detenerse, sin mirarla, casi sin reconocerla como la mujer que le dio la argolla que tenía prendida en su nariz y como la dueña del aroma a mastranto que expelía esa misma argolla, cruzó la sala hasta el traspatio, donde lo esperaba Vicente Setemar sentado sobre el mismo tronco donde estaba sentado cuando le aconsejó irse a la guerra y cuando lo despidió, ahora con unas cuantas canas y la repentina aparición de finas arrugas sobre su rostro, evidencia irrefutable de que ese hombre era humano. Valencio Ignacio, esta vez no se sentó junto a él, permaneció de pie, impenetrable, la profundidad de su mirada ahondada sin restricciones, sus rasgos viriles cincelados por el brío de las batallas, las manos con una inmovilidad abrumadora, como si temiera arrebatarse en violencia si tan sólo se atreviera a mover un meñique. Abrió sus labios, y regulando

299

en cada palabra la tonalidad de su voz con un cuidado febril, tal vez intentando no soltarle involuntariamente un vocifero de parrafadas insolentes al que había aceptado como padre, le preguntó con cierta pincelada de exigencia en su voz:

—Dime, ¿acaso debo seguir luchando en esta guerra? ¿Dios aprueba lo que este hombre está haciendo?

Vicente Setemar, sabiendo desde mucho antes de verlo llegar que se refería a Libertador, le respondió, en sosiego y comprensión—. A ese hombre Dios lo eligió para usarlo en la liberación de la esclavitud física de América. Sólo que ahora, Libertador se está dejando conducir por sus propias fuerzas y por su propio sentido de retribución; si reconociera a Dios como aquel que lo ha dotado de la gallardía, la inteligencia y el carácter necesario, y lo dejara conducirlo en esta faena de la libertad, no se derramaría tanta sangre. Pero sí, a ese hombre lo designó Dios con este propósito.

—¿Entonces debo continuar en esta guerra?

El traspatio se refrescó con una esponjosa nube que los cubrió de la inclemencia del sol, los patos gansos se paseaban de aquí para allá arrancando bichos y chiripas del suelo, y Vicente

Setemar parecía esperar la llegada de alguna ventisca.

—¿Qué quieres hacer tú? —le preguntó a Valencio Ignacio.

—Quiero conseguir la libertad de los esclavos; pero, por ahora esa no es la prioridad del ejército republicano, primero es necesario sacar a los realistas de América.

—¿Qué quiere Dios que tú hagas?

—No lo sé. Es lo que estoy intentando preguntarte.

Vicente Setemar sonrío. Luego miró hacia los lados, la ventisca aún no llegaba, y los patos gansos tampoco parecían alborotados. Miró a Valencio Ignacio a los ojos, porque hasta ahora no lo había mirado a los ojos desde que llegó, y le dijo—. Buena pregunta. A pesar de todo, la guerra te ha hecho reflexionar correctamente. Pues, sigue en la lucha, ya que Libertador así lo hará; pero al menos tú pon tu confianza en el Señor. No te miento, esta guerra se perpetuará todavía por varios años más, porque se están empeñando en luchar solos, sin la dirección principal del Todopoderoso. Sin embargo, tranquilo, Dios te va a preservar.

Ambos guardaron silencio. El viento sopló, muy lento, lánguido; Vicente Setemar se sintió decepcionado, se encogió de hombros y tomó una expresión aburrida. Valencio Ignacio se dio la vuelta para retirarse, y antes de que lo hiciera, Vicente Setemar lo detuvo para preguntarle una última cosa: «¿Recuerdas la advertencia que te hice un par de veces en el pasado?». Valencio Ignacio asintió levemente con la cabeza y con un imperceptible sonido que se detuvo en la garganta y no salió de sus labios. Después se perdió en la tenue claridad del interior de la casa. La verdad escuchó sin comprender la pregunta, su mente se había abandonado a las distantes divagaciones de la meditación. Ni siquiera se había percatado del par de hombres jóvenes que lo miraban con admiración al entrar a la ciudad.

Juan Ignacio y Enrique Ignacio, apostados a la entrada de Ciudad Marquesa, con el pecho vibrando de expectación, vieron aparecer en la llanura la silueta del primer jinete, seguido del victorioso ejército republicano, provenientes de las distantes y voluptuosas montañas que se alzaban en el horizonte como intrépidas erupciones de la tierra que pretendían tocar el cielo. Los realistas ya habían abandonado la ciudad, y los pocos peninsulares que quedaban permanecieron en sus casas embalando los equipajes, apaciguados por la genuina confianza que tenían en que todo se daría como la vez anterior: los criollos los sacarían de la ciudad con unos cuantos aspavientos resentidos, permitiéndoles cargar con sus bienes necesarios quedando el resto de sus casas salvaguardadas, y luego de un tiempo regresarían con el ejército realista a restituirse en los puestos usurpados por los idealistas de la República. No imaginaron que los rumores del decreto de guerra a muerte eran tan genuinos como su confianza, y que al día siguiente amanecerían equitativamente distribuidos entre la horca, el pelotón de fusilamiento, y los empalamientos a la entrada de la ciudad. Juan Ignacio, junto a su primo, vio acercarse al jinete que precedía al ejército, observó cómo los contornos de la silueta se amoldaban hasta tomar su forma definitiva, y en esa forma pudo reconocer los rasgos de su padre, pudo darse cuenta que no era el mismo hombre lánguido, gris y sin voluntad que lo crió, y al que apenas se le había despertado la avidez en la fabricación de los angelitos negros; este hombre que ahora pasaba frente a él, imponente, severo, de mirada profunda y porte intimidatorio, se le incrustó en el marco de la admiración como imagen infalible del guerrero en el que pretendía convertirse. Recordaba la promesa de su padre, de que llegaría el momento en que pudieran vengar a sus amigos, y no tuvo dudas de que su padre se había marchado en busca de ese momento y que ahora lo traía en su mano, dispuesto a entregárselo como un regalo tardío que por lo mismo le llenaba de una satisfacción desproporcionada. La venganza satisfecha fue algo de lo que siempre guardaría memoria hasta el día en que la meditación de los años lo obligaron a reconocerse vacío. Por ahora, en el fragor de sus emociones truculentas, apretó los dedos en torno a su lanza, juramentándose secretamente en no descansar hasta escurrir de América la última gota de sangre peninsular.

En el efusivo festín de esa noche, la plaza mayor se alborotó con los acalorados golpes de los tambores, el bramido centelleante de las cuerdas de las bandolas, y el espasmódico estremecimiento del populacho mestizo que por vez primera se veía entremezclado en celebración con los blancos americanos. En medio del griterío de los pies que golpeaban sin piedad contra el suelo en su danzante exaltación, se elevó, alborozada, la resonante voz de Enrique Ignacio, que cruzó su garganta agitando la ramificación de venas grisáceas que la recubrían—. ¡Díganle a Libertador que yo, Enrique Ignacio Espinel, heredero universal de las prosperidades Espinel, le voy a regalar dos mil caballos para su causa, y me voy a enrolar fielmente en su ejército con la disposición de mi arca familiar!

El tumulto de gente, que se había suspendido, por un instante, en el espacio vacío del silencio, para oír lo que el hijo del antiguo alcalde provisional tenía que decir, alzó al unísono sus brazos pardos y blancos para celebrar la donación, y un grupo pequeño, que se desprendió de la masa del gentío, se dispuso a correr hasta la hacienda Espinel con la intención de arriar los dos mil caballos hasta la calle real, engordando la celebración como a una hoguera expansiva que despliega sus plumas incendiaras por toda Ciudad Marquesa. El generoso donante los detuvo—. ¡Ey! ¡Esperen! Primero pregúntenle a Libertador de qué color los quiere, que hay para escoger.

La alegría desprendida no le duró mucho. Al amanecer, cuando despertó entre los chorreros de sangre que fluían a caudales de los pechos peninsulares fusilados, la sangre que destilaba con hermosa fluidez de los empalados bajando suavemente por las estacas, los ahorcados que observaban en la placidez de la muerte las ruinas del palacio del Marqués que ellos mismos incendiaron, sintió que se había comprometido con la mismísima frialdad del antiguo Nerón en persona, y se opuso rotundamente al saber que su primo pretendía ejecutar a Ernesto Sevilla, peninsular aliado a la causa; mas, cuando llegó a la casa de los hermanos del cura criollo que lo resguardaba, ya su cabeza estaba siendo cocida de nuevo al cuerpo para que al menos bajara remendado a la sepultura. No estaba dispuesto a participar en semejantes atrocidades, sus principios católicos no se lo permitían, según dijo.

—Los principios católicos no permiten derramar sangre azul, pero sí la del resto de la humanidad por ser roja —le replicó Juan Ignacio. Luego, montó sobre su caballo, y desde arriba blandió su lanza primitiva surcando una herida en el brazo de su primo—. A pesar de que eres criollo, tu padre se la pasaba ostentando el intenso azulejo de tu sangre reflejado en tus venas grisáceas. ¡Mírate la herida!, tu sangre es tan roja como la mía—. Y se hirió a sí mismo al tiempo que decía esto último. Luego, con una voz plomiza heredada de su padre, añadió sin contemplaciones—. La única razón por la que sigues con vida es porque no eres un peninsular, de lo contrario, y con mucho dolor, hubiera tenido que matarte, porque la imparcialidad tiene que ser una de las bases sobre la que se construya la nueva República. Ahora tienes que decidir, o te largas a la península con tus principios, o te unes a la República sin reservas.

El ejército republicano, compuesto más por hombres comunes de espíritu aguerrido que por soldados entrenados, todos padres e hijos de familia, empezaba a marcharse de la ciudad, despedido gloriosamente por los vítores del pueblo, y de las mujeres que quedaban con el encargo de asumir el peso de la manutención del hogar y velar sobre el bienestar de los niños, con la esperanza de volverlos a ver y el ferviente anhelo compartido de libertad, este último descansando sin tregua sobre los hombros de Libertador. Enrique Ignacio permaneció de pie ante el caballo de su primo aun por un momento, indeciso, zarandeado por pensamientos contrarios. Al final, mandó a la porra sus principios y remontó su caballo con la incertidumbre de saber si acaso era la decisión correcta, y con la única convicción irrefutable de que ya no podría dar marcha atrás. Ambos primos partieron a la guerra tras el caballo de Valencio Ignacio, convencidos de que ese hombre de carácter infranqueable era el estandarte a seguir, ambos heridos en el brazo, y dispuestos a guardarse mutuamente de una amputación verdadera en los cruentos campos de batalla que los esperaban como ineludibles praderas de lucha.

Libertador observó al oficial Valencio Ignacio, blanco americano, con su argolla aborigen prendida en la nariz, seguido de un joven de blanco enmaderado que portaba una lanza africana primitiva, y otro tan blanco y sonrosado como los peninsulares y con el cuello recubierto de venas grisáceas, y se preguntó si tal vez Valencio Ignacio lo que pretendía con esa mezcolanza cultural era anticiparse a la propuesta de igualdad racial, ideal que por el momento se encontraba pospuesto.

Ya en la salida de Ciudad Marquesa, una comparsa de mujeres escuálidas, como doncellas desvencijadas cuya belleza anterior se deshacía en hilachas harapientas, corrieron hasta los pies del caballo de Valencio Ignacio. El curtido de sus rostros se empapaba en los raudales de las lágrimas, la mirada lastimera de quienes esperan alguna migaja de pan por limosna, y juntando las manos en un doloroso gesto de súplica le lloraron—. Valencio Ignacio, por favor, rescata a nuestro padre de las mazmorras de la ciudad de la virgen de Coromoto.

A Valencio Ignacio le bastó una mirada para adivinar que esas mujeres corroídas por el desamparo, la suciedad y el hambre, hace mucho habían olvidado lo que era sentir el sabor del pan en sus labios, o la frescura de una gota de agua en la piel.

—¿Quién es su padre? —les preguntó.

—El Marqués.

Incrédulo y espantado, guardó silencio, no lograba reconocer en ellas ni una piza del candor y la jovialidad que tuvieran en otro tiempo, y de no ser por la dureza que la guerra había forjado en su carácter, hubiera llorado de pura compasión al presenciar los harapos curtidos a los que se habían reducido las criaturas celestes hijas del Marqués. En ese momento, otras criaturas envueltas en kurdas negras aparecieron para llevárselas, y entre berridos de huérfanas desconsoladas fueron arrastradas hasta desaparecer en las polvaredas de las callejuelas de Ciudad Marquesa. Valencio Ignacio, que hasta ahora no había caído en cuenta de la columna de humo que subía del palacio del Marqués, lamentó la ruina del hombre que alguna vez le dio educación a él y a su hermano, y que ahora sólo Dios sabía a qué suplicios lo estaban sometiendo en las mazmorras donde lo tenían, y cuya familia quedó deshecha en esas lastimeras mujeres que nada tenían que ver con las hermosas doncellas que se paseaban por las calles agobiando a los caballeros. Hubiera querido rescatarlo, sólo que cuando se dispuso hacerlo, varias semanas después, fue abandonado por sus camaradas de guerra por sobrevivir a un envenenamiento.

Atravesaron, junto al ejército republicano, la inconmensurable distancia que separaba a Ciudad Marquesa de la capital, arrebatando a su paso, de manos peninsulares, toda aldea y ciudad que se les atravesaba en el camino. La temeridad de los primos, Juan Ignacio y Enrique Ignacio, se difundió por toda la región embutiendo los ánimos republicanos de valor y trastornando la valentía de los realistas. La fama del par de celajes que se introducían por los recovecos de las ciudadelas lacerando las defensas, y vulnerando a los mejores generales, se extendió a lo largo y ancho del territorio haciendo temblar a la capital y a los oficiales realistas que se empeñaban en mantenerse a la ofensiva. Juan Ignacio cruzaba la entrada de las ciudades apenas permitiendo que de él se percibiera una ligera bruma, se escabullía en la liviandad de su sigilo a través de los cañones y los caballos, trazando un hilillo de polvo imperceptible a su paso, hasta convertirse en una intempestiva aparición ante los rostros palidecidos de los coroneles y generales, dejándoles nada más el tiempo necesario para que se les desorbitaran los ojos de terror, antes de rebanarles la vitalidad límpidamente con un solo revuelo de su lanza africana. Entonces volvía a desaparecer y el ejército realista se sumía en un lodazal de desconcierto y confusión, hasta verse siendo masacrados por las fuerzas republicanas que penetraban en la ciudad, con la ferocidad propia de las venganzas insaciables, al tener la señal del brilloso puñal que se enarbolaba como una gustosa llamada a la consumación de la saciedad.

Enrique Ignacio, quien había desarrollado en los años de entrenamiento la misma habilidad de su primo, pero cabalgando, enfilaba de primero en los campos de batalla, arrastrando el aire a su paso hasta fundirlo en el calor de su cuerpo, entremezclándose con la incorpórea sustancia, desvaneciéndose en la premura de su vuelo, volviéndose una misma cosa con aquello a lo que llamaban ventarrón. Los soldados realistas tenían tiempo suficiente de oír cómo se acercaban las firmes pisadas del caballo, avanzando, implacables, ineludibles, trastocadas con el rugir de un viento huracanado capaz de desarraigar a los samanes de sus estables reposos centenarios; sólo que no veían al caballo responsable de las pisadas, ni el viento sucio y turbio de los vendavales, ni los árboles que tronaban de dolor al caer, y se convencían de que aquel ruido del terror provenía de alguna grieta en la tierra que conducía a las fauces del purgatorio, y apenas se daban cuenta de los pequeños terrones arrancados de la tierra por las pisadas del caballo invisible, cuando empezaban a estallar sangrientos afluentes de los pechos de los soldados. Veloz, serpenteante, tempestuoso, Enrique Ignacio daba el primer golpe desbaratando la cordura del enemigo, que sucumbía ante los estragos de las filas de Valencio Ignacio, comandante de cuatrocientos soldados que resultaban invictos gracias a sus precisos conocimientos de geografía adquiridos en las clases del palacio del Marqués, y a su certera cualidad de siempre atacar y ser atacado en el terreno justo donde mejor se desenvolvían sus soldados y los temibles primos sigilosos. Lo que Libertador no supo, es que el escuadrón de Valencio Ignacio recorría las ciudades y aldeas que les eran asignadas perdonándoles la vida a mujeres y niños peninsulares y a los hombres españoles que no fueran aptos para luchar; y lo que Valencio Ignacio no supo, es que a su espalda, Juan Ignacio les cercenaba el cuello a esos hombres no aptos para luchar a medida que avanzaban al siguiente objetivo.

Así anduvieron hasta llegar a la capital y establecer, oficialmente y en el nombre del Todopoderoso, la segunda República. Tan pronto como la capital fue tomada, los ejércitos realistas se desataron en una serie de contraataques y levantamientos en el resto de las provincias, y en cinco meses llegó la noticia de que Ciudad Marquesa, segunda ciudad acaudalada del territorio, había sido tomada y vapuleada por los realistas una vez más, esparciendo las cenizas de la miseria sobre sus pomposos terrenos y estacando la lanza de la destrucción en el corazón mismo de la ciudad. Los primos, Juan Ignacio y Enrique Ignacio, tan pronto se enteraron partieron en el estrépito de la angustia, acompañados por una comitiva de doscientos hombres, los que apenas pudieron habilitarles los oficiales al mando, ya que los ataques se extendían a otras ciudades cuyas defensas ameritaban ser reforzadas. Valencio Ignacio, que en ese momento se encontraba a mando de las tropas de la costa, no tenía forma de ayudarlos y cuando se enteró de la caída de Ciudad Marquesa, ya no existía manera alguna de ayudarla.

Los primos apenas lograron llegar hasta la ciudad de La Pastora, donde quedaron estancados en la charca de barro y sangre en que se convirtió la línea de defensa de esa ciudad. Apretujados en el fuerte con unas cuantas docenas de soldados raquíticos, que se sentían sostenidos en vilo por los aguijonados brazos del miedo que los azuzaba, Juan Ignacio recordó los días de juego en el fuerte de barro y paja que se habían construido sus amigos hijos de esclavos, donde, entre los matorrales al norte de la ciudad, Benito y Coromotano compartían con él, jubilosos, el fervor soñado de la guerra por la libertad. Deseó que Benito estuviera vivo para ver ese sueño materializado en el plano de la realidad, y a la vez agradeció que se hubiera muerto para que no presenciara el descalabro de ese mismo sueño, porque con tantas ciudades perdidas, la segunda República parecía tener el mismo efímero destino de la primera. Aunque quién sabe, esta vez las tropas republicanas estaban mejor organizadas, muchos mulatos e indios se habían sumado a la causa, y los dirigentes de la capital ya no eran una turba de filósofos como en la primera ocasión, sino estrategas militares y políticos experimentados. También se preguntó por el incierto paradero de Coromotano, de quien el viento jamás arrastró alguna noticia o tan siquiera un rumor. Le preocupaba imaginarlo en manos de cazadores de esclavos, y se llenó de impaciencia al saber que entre los principales objetivos de la nueva república no estaba la liberación de los esclavos; sin embargo, podía confiar en su padre, quien le había prometido, por la memoria de unos tales Samba y Alal, que conseguiría la abolición de la esclavitud tan pronto el dominio español fuera exterminado incluso de las vísceras mismas de la mentalidad americana. En todo esto pensaba mientras el fusil en su mano le sacudía la voluntad con cada estampida del cañón, porque la lanza primitiva, en ese instante, en las entrañas de ese fuerte sitiado por el enemigo, de nada le servía. «Si tan sólo pudiera atisbar un segundo que me permitiera salir a acabar con esos malnacidos», Pensó. Se dio un momento para mirar a su alrededor, asegurarse de la entereza corporal de su primo, sí, aún parecía conservar sus dos brazos y piernas, y la cabeza sobre sus hombros, lo más importante. Alcanzó a mirar los trozos palpitantes de alguno de sus compañeros, esparcidos en esa charca de barro color carmesí, carmesí, bonito color, ensuciado con el curtido color del barro; o tal vez era el barro que estaba curtido con el intenso color de la sangre, por eso el carmesí. Se limpió el sudor que le ardía en los ojos, salado, sucio, fastidioso, y apuntó una vez más el fusil, deseando que a Ciudad Marquesa le alcanzara el temple y la reciedumbre para resistir, porque del fuerte de La Pastora no lograría salir librado por el momento.

A centenares de tierra, Valencio Ignacio se encontraba batallando en una situación igual de enardecida; aunque de cuerpo a cuerpo, porque los fusileros hacía rato que se extinguieron mutuamente, y ahora las espadas se golpeaban en sonoras trancadas centelleantes que por poco y chispeaban con la furia enardecida de los contrincantes. Él se fastidiaba, exasperándose a la misma medida que el ejército realista se multiplicaba, como si por obra y gracia del poder divino se les hubiera concedido el don de proliferarse sin una mujer ni nueve meses de por medio. Tan pronto como aventaba un brazo peninsular de sus ligaduras orgánicas, aparecían en su lugar los límpidos filos de cinco espadas más dispuestas a descuartizarlo, de la misma manera que pretendían descuartizar las carnes, y de ser necesario los vestidos, de la segunda República, que metódicamente fue adornada con los mejores abalorios de planificación que los estrategas pudieron idear. En un arrebato, compuesto más de fastidio que de furia, Valencio Ignacio renunció a sus últimas reservas de lucha prudente, remolineándose entre los realistas como una masa voraz que no permitió la proliferación de ningún soldado que cayera frente a él. Ese arrebato quizá contagiara a sus compatriotas, porque el resto de la tropa se encendió en el mismo arrebato y lograron apaciguar la multiplicación insaciable de los enemigos. Obtuvieron la victoria.

Entretanto que recogían las armas y municiones de los cuerpos hendidos sobre el suelo, Valencio Ignacio logró reconocer en uno de los hombres ensangrentados los rasgos de su hermano. Estaba tirado en el suelo de la sabana, entre centenares de cuerpos que también estaban tirados, con una grieta en su pecho por donde le fluía la vida como un nutrido río cuya fuente era inagotable, pero Valencio Ignacio sabía que esa fuente sí era agotable, y era su hermano, y sobre su blanco criollo tenía una membrana de blanco palidecido que reflejaba su agónico transitar a los atrios de la muerte, donde todos los invitados, por decreto universal, debían portar ese antifaz pálido. Incrédulo, preguntándose qué carrizo hacía su hermano en el campo de batalla, él que sólo se paseaba entre los ámbitos políticos y económicos, cómo vino a para aquí. Se arrodilló junto a su cuerpo, asustándolo, porque pudo ver cómo la membrana palidecida se le arrugaba en una mueca de terror. Luego pareció reconocerlo, porque la expresión aterrada se le desaguó en un moribundo rostro adolorido por la pena y la ternura.

—¿Qué haces aquí? —le preguntó Valencio Ignacio, a quien, en ese momento, la frialdad de los ojos se le descongeló en una cálida laguna de donde goteaban esas nimias cositas que llaman lágrimas fraternales.

—Sácame de aquí, no dejes que me descuarticen sin ninguna misericordia —le respondió Rafael Ignacio en el gorgoteo de su voz, expeliendo las palabras con salpicaduras de sangre.

Valencio Ignacio miró a su alrededor, sus compañeros indios no sólo estaban cargando con las armas, estaban desmembrando los cuerpos que hallaran con vida, justa retribución a las atrocidades que por trescientos años tuvieron que soportar en el suplicio de la sumisión.

—Te lo imploro hermano. No dejes que me desmiembren vivo. Sácame de aquí —seguía pidiendo Rafael Ignacio, y su hermano se seguía preguntando cómo vino a parar aquí. Aprovechó que nadie lo miraba en ese momento, y cargó en

317

brazos a su hermano como nunca lo había hecho, ni aun con sus hijos, y caminó hacia la arboleda de cedros y apamates que se elevaban frente a él en una tupida vegetación, y siguió caminando hasta las orillas de un arroyo que pareció desvanecer, con el persuasivo runruneo del agua entre las piedras, las últimas hilachas de miedo que colgaban del rostro de su hermano. La cálida laguna de sus ojos seguía goteando ante la inminencia de la muerte, la muerte que no quiso quedarse entre los muertos y entre los indios que desmembraban a los sobrevivientes, sino que se empeñó en tocarles con el borde de sus harapos, borde palidecido que se entrelazó en las manos del moribundo prolongándose hasta el arroyo, como una fina telaraña que estiraba y avanzaba con ellos renunciando a desprenderse ni siquiera al pasar por las malezas cortantes.

Rafael Ignacio abandonó Ciudad Marquesa resuelto a presentarse ante las autoridades realistas de la capital, aspirando a un puesto entre los políticos por su noble lealtad a los intereses de la corona; y de hecho lo hizo. Lo que no esperaba, era la persecución latente de Carmenza Castillete, a quien no le bastó con atormentarlo entre las estancias de los palacios de gobierno de la capital, sino que se acomodó entre los rincones de su tranquilidad con la tertulia de sultanes y califas que la despojaban de sus vestidos cuantas veces se antojaran de manosearla frente a él. Rafael Ignacio trató de ignorarla, tomarla como a una visión pasajera que se esfumaría sin ruido ni aspavientos tan pronto notara que ya ningún efecto suscitaba en él; el problema es que sí los suscitaba, y por más que los ocultara ella siempre parecía darse cuenta, porque gozaba con sus agobios y desesperos. Además, también tenía que resistir las asechanzas de su hermano, porque sabía que alguna venganza estaría tramando contra él, y en cualquier momento lo vería irrumpir en la capital dispuesto a degollarlo por haber apoyado la muerte de Samba y Alal y haberle negado el apellido, y estaba seguro que Valencio Ignacio no sólo asechaba en su contra, sino que también le vigilaba. Podía sentirlo, vigilando, con su mirada profunda, la tenacidad de su temple; sí, ese día en el ayuntamiento de Ciudad Marquesa logró advertir que su hermano ya no era ningún macilento, sino un verdadero guerrero dispuesto a cobrar venganza, y tan pronto lo vio marcharse a la guerra, supo que su objetivo era adquirir frialdad en el campo de batalla para reunir la ferocidad necesaria para venir a matarlo. Tan pronto como le dieron la noticia de que las tropas de Libertador se acercaban triunfantes a la capital, salió huyendo como pudo tal como lo hizo de Ciudad Marquesa, acosado por el fantasma de Carmenza Castillete que le estorbaba en cada paso, espantándole el caballo, aferrada al cruento deseo de verlo sucumbir ante la espada de su hermano. Luego se escondió, luego volvió a huir, luego se escondió de nuevo y luego huyó de nuevo, y luego no pudo más y decidió enfrentar a su hermano de una vez por todas, y así terminó en el campo de batalla blandiendo una espada inútil, porque de nada servía en unas manos que de luchar apenas sabían asestar unos cuantos golpes en los esclavos insolentes de su mansión. Ahora que veía a su hermano a través de le nebulosa de la muerte, logró sumergirse en la profundidad de su mirada y atisbar el cariño que flotaba en esa negrura. Sólo entonces, con el pecho hendido y la garganta ahogada por la sangre y el rostro palidecido por la ausencia de esa misma sangre, Rafael Ignacio logró comprender que la sed vengativa de su hermano no se extendía tan lejos, y por lo mismo no lo alcanzaba a él; por el contrario, Valencio Ignacio aun lo quería, eso pudo ver en la profundidad de su mirada. Aferrándose a ese cariño, le pidió lo salvara de ser desmembrado, y ahora, por vez primera desde que tenía uso de razón, lograba sentirse confortado entre los brazos de su hermano mayor, porque finalmente logró reconocer que Valencio Ignacio era el hermano mayor, y no la simple mitad de su cuerpo como lo creía en la niñez.

Valencio Ignacio se arrodilló junto al runruneo del arroyo sin soltar a su hermano, y sin ninguna reserva ni miedos pudorosos, le dijo cuánto lo amaba. A lo mejor Rafael Ignacio quería decir lo mismo, porque intentó responderle algo en el mismo instante en que el aire fue interrumpido por los gritos inmisericordes de los indios, algunos habían logrado advertir la desaparición del general y que no iba sólo, sino cargando un bulto de lo que parecía ser un soldado realista. La membrana palidecida de Rafael Ignacio volvió a matizarse con las palpables pinceladas del terror. Invocando las últimas fuerzas que se difuminaban entre sus miembros languidecidos, apretó el brazo de su hermano con la mano derecha, y le suplicó con el gorgoteo de su voz horrorizada que por favor no lo dejara en manos de los indios, ¡por favor hermano, por favor! ¡No permitas que me descuarticen vivo!

Valencio Ignacio miró a su alrededor, pensó en huir, correr con su hermano en brazos; la impotencia no se lo permitió, conocía la ligereza de los indios para deslizarse por los bosques como celajes veloces que competían con la luz en rapidez y competían con el viento en el viajar silencioso, habilidad que no era superada ni aun por su hijo ni su sobrino; sería inútil intentar correr. Rafael Ignacio pareció darse cuenta de ello, porque de pronto le pidió que lo matara. Valencio Ignacio lo miró espantado.

—Prefiero morir sin dolor en tus manos, que ser descuartizado vivo. De todos modos no me queda mucho tiempo, lo sé, me he dado cuenta de toda la sangre que ha fluido de mí. Por favor, mátame, por favor. ¡Ya están cerca!

Valencio Ignacio intentó levantarse una vez más para correr junto a su hermano, y la impotencia lo volvió a detener, y el runruneo apacible del río lo agobiaba, tan apaciguado como si nada estuviese pasando a sus orillas.

—No lo haré —le dijo.

—Hazlo, no permitas que vaya a caer en las manos de los indios. Escucha, dile a mi hijo que lo quiero, que siempre lo quise, que es mi mejor orgullo. Y a ti te pido perdón por haberte negado el apellido...

—Eso no importa en este momento —lo interrumpió Valencio Ignacio, desesperado, hurgando entre sus pensamientos alguna idea que le abriera una salida a esa situación.

—Sí importa. Escucha, hermano escucha... Vicente Setemar dijo, en el nacimiento de Enrique Ignacio, que un hijo mío les devolvería el apellido a tus hijos. El único hijo que dejo vivo es Enrique Ignacio, así que al menos me iré tranquilo sabiendo que él te devolverá el apellido ante la ley. Perdóname por no haberlo hecho yo, me empeciné en tratar a tus hijos de bastardos...

—Sí... sí... te perdono, pero déjame pensar cómo salir de esta.

—Ahora mátame.

Valencio Ignacio no pudo más, se resignó, la impotencia le hizo ver que no existía manera alguna de huir de los indios, que ya estaban por dar con ellos. Y el gorgoteo de la voz de su hermano que le seguía suplicando que por favor no lo dejara caer en manos de los indios. No había otra forma, sacó un cuchillo de acero que guardaba en sus botines, y escuchando el último "te quiero" de su hermano, o de él, porque no supo si ese "te quiero" lo dijo él o su hermano, lo degolló. Después, para evitar que hicieran cuanto quisieran con el cuerpo sin vida de su hermano, dio unos cuantos pasos dentro del arroyo y cargó entre sus brazos un bagre, lo echó sobre el suelo, y, ajeno a las pataletas del pescado, le surcó un corte en lo que debería ser el vientre, lo suficientemente amplio para acomodar entre sus entrañas el cuerpo de Rafael Ignacio. Luego, marcando los orificios con la punta de su cuchillo, coció la panza del bagre con los bejucos que trepaban impíamente por los tallos de los árboles más pequeños. Los indios ya estaban cerca, tan cerca que lograba sentir la esencia de sus yerbas medicinales machacadas flotando en la incorporeidad del viento, mezclándose con el aroma a mastranto impregnado en la argolla de madera que prendía de su nariz. Dejó al bagre nuevamente en el agua, lo vio nadar en círculos en el centro del arroyo y luego alejarse, aturdido, incómodo por el peso carnoso y sin vida que ahora cargaba entre sus vísceras. Fue entonces cuando Valencio Ignacio recordó las advertencias que Vicente Setemar tanto le repitiera en el pasado: "No mates a tu hermano". "Nunca lo haré", respondía él.

De rodillas en el suelo, abrazándose a sí mismo y con la mirada al cielo, lo encontraron los hombres de su pelotón llorando y preguntando al Todopoderoso:

—¿Por qué? ...

Cuando Nayanúa vio entrar a Vicente Setemar con un ojo parchado de morado, entendió que él tenía razón y los ideales de la patria se estaban retorciendo como un potro malogrado. Cuando las tropas republicanas se marchaban rumbo a la capital, despedidos por los ánimos exaltados de las mujeres, niños y ancianos que quedaban atrás, esperanzados, fervientes de ver a Ciudad Marquesa una vez más refulgiendo en su independencia, libertad y soberanía, el profeta se plantó frente a Libertador y sus oficiales exigiéndoles reconocer a Dios como el único que podía darles la victoria anhelada. «Eso hacemos, ya hemos anunciado que pretendemos conservar la religión, y esta independencia la hemos declarado en el nombre del Todopoderoso», respondió uno de los oficiales sin comprender la advertencia del repentino hombre que se interponía en el camino.

—Falsedades. Están usando el nombre de Dios en vano, y si no lo reconocen de verdad, esta guerra terminará en derrota. Ustedes han puesto sus intereses en primer lugar.

Los oficiales de Libertador, asumiendo que ese hombre estaba en contra de los ideales de libertad, lo despidieron con un golpe en el ojo y la amenaza de fusilarlo si se atrevía a hablar contra la independencia una vez más. De no haber sido porque en ese momento Valencio Ignacio estaba entretenido en las súplicas de las desvencijadas hijas del Marqués, hubiera desatado los relámpagos de su furor contra el hombre que se atrevió a agredir a su padre; pero no llegó a saberlo. Nayanúa, entre las dudas surgidas por su naciente interés en los asuntos políticos y divinos, y la preocupación de saber que Valencio Ignacio no se había cruzado en ningún momento con Pedro Ignacio, quien sólo Dios sabe en qué vericueto de la guerra se haya metido, le aconsejó a Vicente Setemar guardar silencio por unos días, las profecías podían esperar a que se calmaran los ánimos de la gente.

—¡La palabra de Dios no debe esperar ni ser acallada! —replicó el hombre vibrando en la densidad de su bruma autoritaria.

Cuando a Ciudad Marquesa llegaron las noticias, envueltas en júbilos danzantes, de la instauración de la segunda República en la capital, la casa de los ilegítimos Espinel permaneció tan ajena a las celebraciones que hasta se llegó a pensar que quizá guardaban luto por el desaparecido hijo menor, y en parte era cierto, porque Nayanúa pasaba largo rato distraída en los jugueteos del viento, esperando que trajeran consigo tan siquiera la esencia de Pedro Ignacio, su sensible muchacho a quien la divinidad no diseñó con aires de lucha ni dotes aguerridas. Adelaida, por su parte, gastaba las horas de su juventud llorando por las noches nupciales que nunca llegaron y que terminaron enterradas junto al cuerpo decapitado y remendado de Ernesto Sevilla. Vicente Setemar si acaso se apartaba de sus horas visionarias para mascullar las desgracias venideras por la desobediencia de los republicanos. Y Concha Pétrea, con sus hombros de acero, parecía disolverse en la densidad imprecisa de los recuerdos, como si el tiempo hubiera asumido que ya no era necesaria para la familia, y empezara a borrarla de la existencia con sutiles pinceladas de invisibilidad. El desgano estaba por apoderarse de los habitantes de aquella casa con la misma supremacía que la enredadera vegetal se había entronado en su rincón, expandiéndose con tenacidad de planta voraz. Pero, sin proponérselo ni quererlo, Adelaida se opuso al desgano, dándole a la familia un nuevo emprendimiento en el que ocuparse. Todo comenzó cuando, entre lágrimas de despecho luctuoso, le dio por amasar yuca sancochada. Tenía la intención de usar las técnicas de amasar ceniza para la gestación de bebitos negros, aplicándolas en la yuca para gestar, según dijo, los bebés blancos que hubiera concebido en los brazos de Ernesto Sevilla y cuya dicha se la arrebataron sin compasiones. La torpeza con que lo hizo fue tal, que las manos del bebé, amasadas en puñitos como dos bolitas de maíz, se desmembraron del resto del cuerpo prematuro de la criatura y fueron a parar a la paila de manteca hirviente, donde Concha Pétrea se disponía a freír tajadas de plátano. Adelaida, horrorizada, dejó caer al bebé que le costó cinco kilos de masa concebir, y casi grita de espanto cuando la esclava, con una paleta de madera, sacó las dos manitos del bebé y se las llevó a sus protuberantes labios, donde las saboreó como si de una caníbal se tratase.

—¡Sabroso! Buena comida la que se ingenió señorita Adelaida, hasta podríamos hacer muchas y vender —comentó la negra mientras masticaba la carnosidad de las tiernas manitas freídas.

Nayanúa, sorda a los quejumbrosos lamentos de la hija, comprobó el acierto de la nueva invención, y se dedicó esa tarde a fabricar bolitas de yuca amasada y freírlas, ayudada incluso por Vicente Setemar, quien propuso acompañarlas con miel de abeja al servirlas.

—¿Y cómo llamaremos a este nuevo dulce? —preguntó Concha Pétrea.

—Dejemos que la creadora decida por sí misma —propuso Nayanúa, entretenida por un instante de sus preocupaciones maternales por Pedro Ignacio. Cuando voltearon a consultar a la joven, ella sólo atinó a responder con un resoplido chirriante a través de su pañuelo mocoso.

—Ya que lo único que entendimos fue su "buuu" de lamentos a través de ese pañuelo, llamemos a este dulce "buñuelo" —sentenció Concha Pétrea.

Vicente Setemar se encargó de colgar un pedazo de tabla sobre la puerta de la calle que decía: "Buñuelos de la segunda República, pruébelos". Los primeros días sólo unos cuantos desprevenidos, o atolondrados, se atrevían a comprar los buñuelos de la mulata fornicaria. Cuando el prestigio y la curiosidad del intrigante sabor de aquellos buñuelos rondó entre los caseríos de los mulatos, y los atrajo el empalagoso aroma de la yuca frita embadurnada de miel de abeja, la calle de los criollos de clase media se encontró una mañana invadida por congregaciones de mestizos que acudían a encargar esas bolitas fritas de la segunda República que tan buen sabor tenían. La empresa tenía futuro, y habría permitido que la familia acumulara una nueva pequeña fortuna, como tantas otras que tuvieran en el pasado y se esfumaran entre las grisáceas neblinas del fogón, si los ejércitos realistas no hubieran perpetrado en la ciudad reclamando los dominios de la corona una vez más, y arrebatándoles a sus habitantes la temporal exaltación del restablecimiento de la República.

Cuando los rumores de la invasión sobrevolaron los aires de la ciudad en compañía de las garzas alborotadas, Nayanúa, famosa ya no sólo por su fornicaria unión con un criollo, ni por la antigua incorporeidad de su naturaleza, ni por los buñuelos de la segunda República, sino también famosa por la escandalosa liberación concedida a su esclava, convocó a las mujeres de Ciudad Marquesa, a falta de hombres, pues casi todos se hallaban dispersados entre las regiones del norte del país, a entablar una línea de defensa. Esta vez las distinguidas señoras criollas tuvieron que reconocer la necesidad apremiante de acceder a la invitación de la mulata, y por vez primera se les vio en genuina comunión con las mujeres mestizas de la ciudad, portando cuchillos y calderas y palos como una turba de mujeres enfurecidas que por poco hacen que Vicente Setemar las confundiera con la visión profética de la revolución femenina que tendría lugar siglo y medio después. La femenina defensa no sirvió de mucho, porque los realistas no venían dispuestos a conservar las mismas contemplaciones de la vez anterior, venían con la mente convertida en un gusano que se devanaba en espasmódicos saltos sobre la ardiente superficie del fogón de la venganza, achicharrándose como una masa refrita que exigía el frescor de la reivindicación. El decreto de guerra a muerte de Libertador los tenía cargando con el enardecido peso de un bagaje de muertos, y no dudarían en aplicar la ley del talión amparados bajo las leyes mosaicas del ojo por ojo y diente por diente, y que el obispo nos dé su bendición.

Destrozaron la gallardía de las aguerridas mujeres con el sólo estrépito de los caballos, que parecían ser una prolongación de la ira española exudada por los poros de esos soldados, que venían con la mirada ofuscada y la atrocidad excitada. En un pestañear Nayanúa se encontró sola en mitad de la inexistente línea de defensa, armada hasta los dientes apenas con su cuchillo de fogón a la mano, abandonada por el femenino ejército y a punto de ser asediada por la inclemencia de una masa compacta de soldados peninsulares de quienes sólo pudo distinguir las miradas enrojecidas, ataviados con el velo de polvo levantado por la trastornada cabalgada de los caballos. Le faltaron las fuerzas para resistir e incluso para huir, y sólo le bastaba un instante para quedar reducida a una papilla sanguinolenta taconeada por el brío de los caballos, cuando fue arrebatada por los fornidos hombres de acero de Concha Pétrea, y llevada al refugio del hogar donde Vicente Setemar le reprendió la imprudencia, aunque no con mucha moral, porque tan pronto los realistas se instalaron, él mismo se les plantó en la plaza mayor a vociferar condenaciones proféticas contra ellos. El comandante de las tropas realistas, antes de ocupar el cuartel o el ayuntamiento, aun antes de descender de su caballo, ordenó el empalamiento de todos los integrantes del cabildo republicano, colgó de la horca a los curas criollos que apoyaban la insurrección, fusiló a cuanto mulato se conociera como conspirador, y dispuso las cabezas del resto de los blan-

331

cos americanos sobre una vistosa hilera de estacas frente al puente por donde se cruzaba el río Santo Domingo para entrar a Ciudad Marquesa, ancianos y jovencitos más que todo los dueños de esas cabezas, porque los hombres fuertes se hallaban ocupados defendiendo otras ciudades de la República. No sólo los criollos fueron decapitados, también las casonas de la calle real y varias casas del resto de la ciudad fueron destruidas. Los caballos realistas cruzaron las callejuelas incendiando las casas, atizando una inmensa hoguera destructiva que sumió a Ciudad Marquesa en el estropicio y la fealdad, sus opulentos abalorios fueron devorados por las llamas y las ruinas del palacio del Marqués ya no volvieron a destacarse como símbolo exclusivo de la destrucción, porque media ciudad sucumbió ante el mismo destino de escombros y cenizas. Al nuevo comandante no le hubiera importado gobernar sobre tizones y chamizas, siempre y cuando la venganza de la corona, personificada en sus manos, fuera consumada.

Entre las humaredas asfixiantes que brotaban suavemente de las casas, los lamentos silenciosos que se escurrían de los escombros y las sobras de la destrucción, entre las lágrimas que no se veían pero se sabían derramadas, entre las pocas paredes de pie tras las cuales se ocultaban las mujeres con sus niños, se levantó Vicente Setemar, con una sobriedad templada en la mirada, portavoz de la justicia divina, y se enrumbó a la plaza mayor, donde anunció a voz en cuello que tal inmisericordia sería castigada por Dios, quien no los tendría por inocentes después de las implacables atrocidades con las que mancillaban a la ciudad y a sus habitantes, que la sangre suplicaba justicia y el Creador oía su voz. El comandante, con un simple bufido, ordenó el encadenamiento de ese hombre insolente enemigo de la corona y hereje. Con una plomiza lluvia de golpes y patadas lo encerraron en las prisiones del cuartel, único edificio de la plaza mayor, junto al palacio episcopal y la catedral, salvaguardado de las crepitantes chispas de la hoguera sobre la cual ardía Ciudad Marquesa como un vivo sacrificio pagano en el nombre del Todopoderoso, porque en ese tiempo, ambos bandos de la guerra, tenían la costumbre de hacerlo todo en el nombre del Todopoderoso. Nayanúa y Adelaida, en el intento de interceder por Vicente Setemar, sólo consiguieron ser estrujadas a punta de palabras en las que figuraban como un par de trastos lujuriosos de poca honra, y tuvieron que correr a la casa antes de ser aplastadas contra el suelo por el peso concupiscente de los acalorados soldados peninsulares. Poco después, el Marqués fue traído de la ciudad

333

de la virgen de Coromoto, donde le ofrecieron el perdón a cambio de retractarse de sus acciones insurgentes, y sólo le ofrecían la absolución de sus pecados por haber sido el favorito del rey anterior. El Marqués, a través de la masa aglutinada de su rostro chorreante de sangre, se negó rotundamente a traicionar a la patria, declarándose fiel a los principios de independencia, libertad y soberanía. Fue ahorcado entre los carbones de la plaza mayor y frente a los carbones de su palacio y rodeado por los carbones de la ciudad, en presencia de sus hijas harapientas que no conservaban ni la pizca de la sustancia de su antaña jovialidad. Ellas mismas tampoco reconocieron en las últimas hilachas de ese hombre, al soberano y majestuoso Marqués que fuera su padre en la época de la opulencia de Ciudad Marquesa, ciudad que acababa de desvanecerse en cenizas junto a los tapices de las casonas. Una vez que el maltrecho saco pellejudo del Marqués quedó suspendido en la horca, sus miserables hijas fueron arrastradas una vez más, entre berridos desconsolados, por las criaturas envueltas en kurdas negras, quizá para salvarlas de los soldados que se preparaban para vapulearlas mórbidamente ante los desorbitados ojos de su padre muerto.

—No debemos temer, Valencio Ignacio vendrá a librarnos como lo hizo la vez pasada —le

repetía Nayanúa a su hija y a su esclava, acurru-
cadas entre las pletóricas lianas de la enredadera,
despuntando de miedo ante el trote incesante de
los caballos que recorrían las calles, levantando
polvaredas que se entremezclaban, juguetonas, en
complicidad del viento, con el humo y la ceniza, y
se deslizaban por los resquicios de las ventanas y
de las puertas, anunciando el paso de la calami-
dad que cabalgaba sobre sus portentosos animales. Y volvía a decir, o susurrar—. No debemos
temer, Valencio Ignacio vendrá a librarnos como
la vez pasada.

Pero Valencio Ignacio no vino, lo que llegó,
seis meses de suplicio después, fueron las noticias
de la caída de la segunda República, que se fue a
echar sobre la primera en el cuarto de las ambiciones frustradas por Dios; porque un bando le
echaba la culpa a Dios, y el otro le daba las gracias a Dios, y sólo entonces ambos reconocían genuinamente a Dios.

No permitió que el aturdimiento causado
por la muerte de su hermano le distorsionara la
visión republicana. Tan pronto como se le alivió la
hinchazón del primer dolor, cargó con los restos
de su pérdida hasta la capital, donde necesitaban
sus cualidades de negociante plurilingüe ante los
financistas europeos. Al llegar, a Valencio Ignacio

se le presentaron las novedades de que Ciudad Marquesa se encontraba rendida bajo las tropas realistas, pero su posición ante la junta patriótica y la falta de soldados le impidieron lanzarse hasta allá de un solo tirón dispuesto a liberar su ciudad. Lo que no se esperaba ni nadie le advirtió, es que no podría regresar a Ciudad Marquesa sino hasta seis años después. La segunda República pendía de las escasas defensas de las ciudades en torno a la capital, finísimos hilos que se fueron desprendiendo uno a uno con las incansables embestidas del enemigo, ni aun Libertador se explicaba de dónde sacaban los realistas a tantos soldados, imposible que la proliferación descrita por Valencio Ignacio fuera tan fructífera. Sospechó que tal vez la mitad del país estaba de acuerdo con el restablecimiento del dominio español después de todo, hecho que carraspeó los ánimos de los patriotas haciéndoles supurar frustración.

Valencio Ignacio hubiera preferido permanecer en el campo de batalla, donde el recuerdo clarificado de su hermano al menos se le empañaba con la sangre de los realistas, causándole menos estragos en el pozo de su conciencia. Entre las reuniones discursivas y las discusiones políticas, en cambio, la imagen palidecida de Rafael Ignacio, agradeciéndole por haberle degollado con su cuchillo de caza, se le plantaba ante los ojos con toda la largura que tuviera su cuerpo en vida, enturbiando las aguas de su conciencia. Quizá por eso no se dio cuenta cuando los comensales de esa noche fueron cayendo de cabeza en sus platos. Estaba sentado en el puesto que le correspondía, porque alguien le dijo que ese era el puesto que le correspondía, apenas recordaba quién y apenas recordaba dónde se encontraba, pero sabía que alguien le dijo que ese era el puesto que le correspondía, frente a un plato y cubiertos de plata y una copa de vino transparentado y una servilleta purificada y un montón de cosas multicolores que parecían ser comida, o por lo menos eso intentaba decirle su mente, para rescatarlo de la dolorosa abstracción donde estaba sumergido, con la vista empañada por la suciedad del agua, porque el agua estaba sucia en su conciencia, y nada más que él nadaba en ella, porque su hermano no era más que una difusa nubosidad que a la vez se dotaba con una aterradora claridad, sonriéndole, diciendo gracias por algo que él no agradecía, porque el remordimiento que le dejó pesaba más de lo que sabía, el remordimiento sabe feo, pero pesa más, y eso lo estaba descubriendo. La imagen de su hermano también le pedía perdón por no sé qué y le susurraba palabras que salían de su boca en forma de pañuelo blanco, un pañuelo que él sostenía por la punta y lo halaba para ayudar a salir las palabras del moribundo, y el pañuelo estaba salpicado de sangre, él conocía muy bien el color de la sangre, la guerra ya llevaba cuatro años empecinada en enseñarle de qué color es la sangre y de qué olor se impregna y la aterradora calidez con que te cae encima al atravesar el pecho de un realista con tu sable, y bastantes sables que llevaba él enterrados en pechos realistas, o tal vez siempre fue el mismo sable enterrado en muchos pechos realistas. Qué importa, se decía, ahora estoy aquí, con un cuchillo que se me volvió más pesado que el sable. Imploró dentro de sí que Vicente Setemar se le apareciera con algún consejo liberador, pero en su raciocinio comprendía que las cualidades del hombre no daban para tanto.

En un fugaz atisbo al ambiente de su alrededor, entre la nubosidad de las mortificantes imágenes, advirtió que algo no estaba bien, el hombre sentado a su lado se quedó dormido metiendo la cabeza en el plato, o al menos eso parecía. Luego comprobó que todos se quedaron dormidos, y tanto sería el cansancio, que todos tenían las cabezas flotando sobre la superficie de la sopa servida ante ellos, y otros reposando sobre las lechugas y las ruedas de tomates y las pulseras de cebolla y la salsa acolchonada que les hacía abrir la boca por darles la comodidad suficiente

338

para reposar en las últimas dimensiones del sueño, donde unos pocos tenían el privilegio de acceder en esos tiempos de guerra y muerte y gritos y bríos excitados por el ardor de la lucha. Quiso dormir también, y lo hizo. Nadie despertó de las dimensiones del sueño donde cayeron plácidamente, y él hubiera deseado no despertar también, pero lo hizo. Despertó con el hervor de la sangre en su cabeza, reverberando bajo la inmisericorde luminaria del sol, que le recubría la cabeza como un metalizado manto de seda, que acumulaba el calor dentro de su cráneo llevándolo poco a poco, o rápidamente, al punto de ebullición donde el cerebro se le derretiría desparramándose por sus orificios, hirviendo, burbujeante, expeliendo un humo maloliente. Trató de sacudirse la nubosidad del rostro, distinguir la clase de horno donde fue lanzado. Al incorporarse, sintió las cadenas en sus muñecas, candentes, y la tierra que proyectaba e intensificaba la luminaria del sol, como una placa de hierro expuesta contra su cara golpeándolo con la incandescencia del reflejo del sol.

—¿Quién te pagó? —oyó que le preguntaban. Pero quién le preguntaba eso, ¿Un realista? ¿Entonces fue capturado? Al menos ya sabía que no estaba en el tribunal del infierno a punto de recibir su condena—. ¿Quién te pagó? —le volvieron a preguntar. Alzó los ojos, y el agua hirviente de su cabeza le rodó hasta la posteridad de su cráneo, mareándolo—. ¿Acaso no escuchas? ¿Quién te pagó? —ese acento, distinguió el acento criollo, neogranadino. Enfocó su vista, y pudo distinguir el uniforme de aquel rostro borroso, nubloso, era un uniforme patriótico. Los soldados patrióticos no tenían uniforme ni zapatos, no alcanzaban los recursos y esa era una formalidad innecesaria; pero ese hombre, su uniforme indudablemente era de los oficiales patrióticos de alto mando. En la confusión quiso ponerse de pie y se le trabaron los movimientos, por poco cae de bruces como si la danza de la embriaguez sonara en sus oídos, pero la embriaguez le hubiera mareado menos, aquello era terrible, como estar cayendo de un palo de mamón y no terminar de caer nunca, con las imágenes de la realidad superponiéndose en una encarnizada batalla por predominar en su campo de visión.

—Quiero hablar con Libertador —alcanzó a decir Valencio Ignacio, y su propia voz le resultó mortificante.

—No creas que te permitiremos acercarte a él, no vaya a ser que lo envenenes con tu aliento intoxicado, porque de tus mismos poros parece brotar el veneno con que mataste a todos ayer.

Dinos quién te pagó, tal vez te salves de ser desmembrado y sólo te fusilemos.

Valencio Ignacio retornó al suelo con un sordo golpe que se acalló al instante junto al resto de los sonidos. Cuando despertó de nuevo, su cabeza ya no hervía, ni el sol le atizaba la piel, ni le ofuscaba la visión, ni mucho menos le quemaba las muñecas en complicidad de las cadenas, que aún permanecían atándolo, pero ahora estaban frías, tan frías como la oscuridad que lo rodeaba, y temió haberse quedado ciego, de no ser por el compasivo hilillo de luz que despuntaba de algún rincón en la infinidad de las penumbras, y adivinó que de seguro se hallaba en una celda para condenados a morirse de hambre. ¿Por qué lo tenían ahí?

Nunca supo del envenenamiento tramado por los realistas y llevado a la consumación por los esclavos a quienes se les aseguró la libertad si cumplían efectivamente. Todos los criollos que asistieron a la cena murieron, y él también debió hacerlo. Al parecer la divinidad decidió conservarlo y la sustancia venenosa se le drenó por el sudor y la orina como si de simples toxinas se tratase, aunque para ese tiempo se desconocían las teorías de la toxina y el drenaje de sustancias por las glándulas sudoríparas, descubrimientos biológicos que le quitaran el sueño a su nieto febril varios años después. Por ser el único sobreviviente, los oficiales republicanos lo creyeron cómplice del envenenamiento, y por traición a la República pensaban ejecutarlo.

Valencio Ignacio tampoco supo cuántos días estuvo en esa celda, su única certeza es que permaneció en una larga noche que se le hacía perpetua, anhelando que la alborada brillara en el horizonte, que ese hilillo de luz explotara en un luminoso caos de luz que le regresara a la creación los colores. Los excrementos invisibles se iban acumulando en la evaporación nauseabunda que lo atormentaba, esperaba que siquiera cayeran al infinito vacío de la oscuridad donde no pudieran alcanzarlo con su vaho, pero no fue así, porque en esa infinidad existía una superficie humedecida que retenía las suciedades para torturarlo, y lo peor es que esa superficie humedecida tampoco se dejaba ver, o quizá no tenía apariencia, nada tenía apariencia ya, hasta la laguna de su conciencia se apagó en una eterna noche donde el único sentido que todavía conservaba con vida, porque el resto de su ser estaba muerto, era su olfato, su desgraciado olfato que le revolcaba el reseco y vacío estómago con la pastosidad de aquellos olores a excremento y orín. Hasta que el hilillo de luz decidió estallar, como si el orificio del saco donde la tenían contenida de pronto cedió ante el peso de la luz abriéndose en una rasgadura, por donde se derramó, como un brillante melado, una cascada de luz dentro de la nauseabunda prisión. Luego, del saco se cayó una mancha negra, como si otra masa de oscuridad hubiera estado encerrada en ese saco junto a la luz, y esa segunda oscuridad se incorporó sobre sus dos pies, bañándose de la luz que seguía cayendo del saco, y esa mancha de oscuridad tenía ojos, y dientes, y eran blancos, y la oscuridad le habló, y comprendió que esa segunda mancha de oscuridad tenía brazos también, y uno de esos brazos portaba una lanza africana primitiva como la de su hijo, y la mancha oscura le decía:

—Los realistas han derrotado otra vez a los republicanos, y ahora la población entera de la capital está huyendo en un gran éxodo hacia las provincias de oriente con Libertador. A usted lo abandonaron aquí, por qué no sé, y creo que ni Libertador sabía que usted estaba aquí; pero no se preocupe señor Espinel, vine a rescatarlo. Me llamo Coromotano, de niño fui amigo de su hijo Juan Ignacio.

VIII
Desamparo

Puede ser que las cenizas flotaran por encima de Ciudad Marquesa creando una cúpula impermeable, eso explicaría el tono grisáceo que la naturaleza adoptó en aquellos tiempos de miseria. El sol no dejó caer las sedosas luminarias sobre la ciudad ni sobre los campos por varios años, oculto tras una bruma pintarrajeada de color indefinido, porque ese cielo enrarecido no era ni blanco ni gris ni azul, simplemente un borrón sin textura que se extendía hasta donde alcanzaba la vista; pero el tono de las cosas, de las calles, del polvo, del encalado de las pocas casas que lograron salvaguardarse de los incendios, incluso el tono de las personas, todo era de un gris transparentado, como si en realidad nada fuera gris, sino que más bien, pensándolo mejor, era como si los ojos de todos se hubiera cubierto con una fina e imperceptible membrana grisácea que filtraba los colores. Para algunos, la temperatura también se tornó gris, porque no volvieron a sentir ni frío ni calor. Ciudad Marquesa había caído en uno de esos recónditos vericuetos alterados del espacio y el tiempo, hallándose perdida, de pronto, en el tercer día de la creación, donde aún no existían ni el sol ni la luna ni las criaturas marinas ni aéreas, porque los pájaros parecieron huir con la llegada de los vengativos realistas y los peces no volvieron a subir por los caudales del Santo Domingo. Sólo que en ese tercer día, la creación del hombre se había adelantado, o mejor dicho, la de la mujer. Las mujeres, sin saberse huérfanas o viudas, o ambas cosas, arrastraban a sus ancianos y a sus niños por los campos abandonados, escarbando con una atrocidad hambrienta cualquier grano o verdura que hayan sobrado de los sembradíos antiguos, mulatas con esclavas, las primeras en busca de cualquier migaja con que pudiesen engañar al estómago rugiente, las segundas en busca de las mismas migajas pero no para ellas, ni para sus críos huesudos, sino para las criollas que se empeñaban en aferrarse a una dignidad que de nada les valía ya, encerradas en sus casas observando el avance progresivo y perseverante de la ruina y el desamparo, que se desplazaban por los rincones escarapelando la cal y despellejando las maderas. Las criollas trataban de mantener a raya el dolor de la pérdida con melodías desabridas que arrancaban de los pianos, melodías que apenas tropezaban con las paredes del salón caían muertas al piso sin lograr perturbar el implacable silencio de las calles, que de vez en cuando era rasgado por el lamento de algún niño hambriento o la rendición de alguna mujer

que se sucumbía ante la desesperación de la incertidumbre y la desesperanza; de resto, la miseria era tranquila, reposada, indiferente ante el
miedo y la angustia de sus habitantes. La sultana
de los llanos, como algunos llamaban a Ciudad
Marquesa, no vino a ser más que una destartala-
da mendiga en cuyos senos se regodeaban los realistas.

El comandante y los principales oficiales
del ejército realista se instalaron en el edificio del
cuartel, movilizándose entre las continuas ejecuciones y devorando las prosperidades de las grandes haciendas criollas, donde abundaba el ganado
y se podrían de grandes y sabrosas las frutas y
verduras que la tierra, con tanta generosidad,
seguía exudando. Se encargaron de montar una
vigilancia intensiva para asegurarse que los
hambrientos mulatos y blancos criollos no irrum-
pieran a comerse las reservas alimentarias, que
por mandato de la corona pertenecían, en calidad
de provisión, a los ejércitos realistas que noble-
mente sacrificaban sus vidas por la restauración
del honor en América. Sólo compartían sus reservas con el clero, un grupo de curas peninsulares
que tomaron el riesgo de viajar hasta esa ciudad
con la abnegada misión de restituir los principios
católicos a esas pobres personas desenfocadas que
se dejaron seducir por las satánicas ideas inde-

pendentistas. Sin embargo, para demostrar la caridad y la compasión con la que estaba dotado el ejército, cada tarde dejaban en medio de la plaza mayor, a disposición del pueblo, una caldera rebosante de pellejos, mondongos y huesos en pelazón, sobras de sus banquetes, y de vez en cuando trozos de yuca fría, o topochos a medio masticar.

Nayanúa y Adelaida, envueltas en trapos escuetos desde que perdieron los ánimos de la vanidad femenina, se sentaban junto al fogón a contar los granos que ese día lograron escarbar de los campos, distribuyéndolos en siete montoncitos iguales, uno para cada día de la semana. Nayanúa, quien para esos días adquirió el hábito de poner a la hija a leerle la Biblia cada noche bajo la luz de la lámpara de grasa, fue quien se dio cuenta del parecido de Ciudad Marquesa con el tercer día de la creación, y se preguntó, atemorizada, si acaso no estarían en el momento en que Dios creó todas las especies de árboles y plantas que dan fruto, pero como aún no había hecho llover sobre la tierra, esos árboles y plantas todavía no retoñaban sino que permanecían en forma de semilla, y ellas, entorpecidas por el hambre, estaban escarbando de la tierra los primeros granos del mundo que lo poblarían de plantas comestibles.

—¡Qué locuras las tuyas! —le decía Adelaida cuando le planteaba sus temores—. Razón tiene el cura al decir que leer la Biblia es peligroso para las personas comunes.

—Yo prefiero creer lo que decía Vicente Setemar, que Dios la dejó para todos —respondía Nayanúa.

—Vicente Setemar también decía que la misma Biblia enseña que no puede ser entendida por la mente carnal, sólo por los que tienen el Espíritu —dijo Adelaida al tiempo que contaba el grano dieciséis.

—Y también decía que el Espíritu lo tiene toda persona que decida recibirlo, así que no me vengas que por no ser peninsular no puedo recibir al Espíritu Santo. Yo conté quince granos, ¿tú?

—Dieciocho. Y mejor no hablemos más de ese asunto de la Biblia o terminaremos discutiendo otra vez.

—Entonces tenemos treinta y tres granos. Los próximos cinco días cocinaremos cinco granos diarios y los dos días restantes cocinaremos cuatro. Con lo que Concha Pétrea consiga de la caldera en la plaza mayor tendremos un buen almuerzo esta semana.

La fornida esclava de hombros de acero, cada día más invisible, forcejeaba con la aglomeración de esclavas y mulatas que se abalanzaban en torno a la caldera de desperdicios, pugnando por salir victoriosa con algún mondongo enredado entre sus dedos y un hueso entre sus dientes, atascada en la fuerza centrífuga de la masa de mujeres que estiraban los brazos sin ver exactamente sobre qué con la vaga esperanza de rozarlos con siquiera un pellejo, un ñero, un tendón, cualquier cosa que se pudiera masticar aunque sólo fuera para tragar la saliva producida por el acto de masticar.

En varias ocasiones Adelaida estuvo a punto de sufrir una crisis de desespero cuando descubría a su madre orando en su habitación. No lograba encontrar la justificación para ese repentino oleaje de fe que se le había antojado manifestarse justo en esos tiempos de crisis, cuando Dios había demostrado ser un ser cruento sin compasión alguna por ellos.

—Creí que eras partidaria de la religión católica —contestó su madre, confundida ante los reclamos de su hija—. Eras tú quien soñaba con casarse con un peninsular. Deberías estar aceptando esta miseria como un justo castigo de Dios por revelarnos contra la corona.

—No soy partidaria de nada. Yo sólo quería disfrutar del reinado y la grandeza para la que nací —contestó Adelaida apesadumbrada. Luego dijo—. ¿Y tú de verdad crees que esto sea un castigo?

—Para nada. No creo que Dios esté en contra de la libertad; pero no quiere que la busquemos sin Él. Vicente Setemar predijo todo esto, ¿no lo recuerdas? —y siguió orando, esta vez por Vicente Setemar, de quien no les llegaba noticia alguna. Sólo Dios sabía si aún permanecía con vida.

Para esos días regresó el fantasma de Carmenza Castillete a la mansión Espinel, una de las pocas casonas sin ser perpetradas por los ondulantes brazos del incendio, aunque su fachada quedó ennegrecida como un inmenso carbón sobre el que habían esculpido la imagen de una casa. Quienes pasaban por la calle real, divisaban a través de los resquicios y las ventanas destartaladas de la mansión, la figura de una mujer ataviada con vestidos señoriales que danzaba al son de una música sin sonido, quizá la música de la muerte que sólo puede ser escuchada por quienes han atravesado el umbral de la existencia física. Otras veces, la dama fantasmagórica danzaba en brazos de un corpulento hombre sin cabeza embutido en un traje soberano de Marqués, atrayendo a las desvencijadas huérfanas que en otro tiempo eran las criaturas celestes. Las huérfanas empujaban sus agonizantes esqueletos forrados de piel hasta la casona, con la esperanza de reencontrase con el padre, y lo único que hallaban eran los intactos muebles de Rafael Ignacio que se impregnaron del olor a humo proveniente de las casonas vecinas. Luego, eran arrastradas una vez más por las raras criaturas envueltas en kurdas negras hasta desaparecer entre las ruinas del palacio del Marqués. Puede que fuera ese el tiempo en que la superstición de los mulatos y los pardos se acentuara, quienes mezclaron gustosamente, en un mismo mejunje, la fe cristiana católica con la creencia de ánimas en pena y ritos indígenas para alejar los malos espíritus, y fue precisamente el alma en pena de Carmenza Castillete quien lo infundió.

Una noche, tan estática y descolorida como todas las demás y con apenas un tono más oscuro diferenciándola de los días, apareció en la calle de los ilegítimos Espinel un hombre de cuerpo lánguido, mirada debilitada, forzando perezosamente los pies en un melancólico caminar carente de todo entusiasmo. El hombre, cubierto con una camisa remendada abierta en el pecho y pantalones curtidos de un sucio tieso, arrastraba una carretilla de madera que contenía un bulto pequeño y rechoncho. Se detuvo frente a la casa de los ilegítimos Espinel y golpeó tres veces la puerta con más desganos que intenciones de despertar a alguien. Al cabo de un rato, al ver que nadie salía, dio otros tres lastimeros golpes en la hoja de madera, y esperó. La puerta se abrió, develando a dos mujeres temblorosas armadas una con un cuchillo de acero y la otra con una totuma verde capaz de hollar el suelo si sólo se le dejaba caer, y en efecto cayó desplomándose contra el piso de madera añeja, al tiempo que la mujer de más edad por poco se atraviesa el pecho con el cuchillo al llevarse las manos al corazón en un gesto de sorpresa, y la más joven, que dejó caer la totuma, se llevaba las manos a la boca con un gesto de admiración aterrada. Era Pedro Ignacio.

Lo hicieron pasar, lo atosigaron con un centenar de preguntas ininteligibles, y al comprender que lo que ese hombre necesitaba era tragar comida para reaccionar, le sancocharon los treinta y tres granos de la semana junto al mondongo y al hueso, flotando en un caldo de agua que no adquirió color alguno. Le sirvieron el consomé transparente y él se lo bebió de un sorbo, conmoviéndoles el corazón cuando estiró los brazos con la totuma entre las manos, comunicando con ese gesto, sin abrir los labios, que aún tenía hambre y esperaba que le sirvieran más.

—Es todo lo que teníamos hijo —le dijo Nayanúa.

Pedro Ignacio, con la mirada impasible, rígida, seca, se resignó a dejar la totuma sobre la mesa y quedarse pensativo, perdido en algún lugar donde ni su madre ni su hermana pudieron hallarlo por varios años, conservando de él un cuerpo sin voluntad que se conformaba con recibir unos cuantos granos y un vaso de agua mientras pasaba la existencia en el último de los cuartos de bahareque construidos en el traspatio, mirando siempre la pared de enfrente si lo sentaban y el techo de palma si lo acostaban. Era un joven cuyo reloj personal se le adelantó, envejeciéndole la mirada y los gestos con cincuenta años de anticipación y envejeciéndole el resto del cuerpo con veinticinco años de anticipación. Por mucho tiempo no pronunció palabra alguna, ni reveló el origen del bulto horripilante que trajo sobre la carretilla de madera. Su madre y su hermana, temiendo que el comandante realista lo ejecutara tan pronto se enterara que un hombre con edad considerable para la lucha se encontraba en la ciudad, lo escondieron en el cuarto de bahareque, dispuestas a no advertirle a nadie el regreso del hijo menor. Concha Pétrea dedicó sus últimos momentos de visibilidad a la limpieza de ese hombre absorto en sus recuerdos despiadados, porque Nayanúa aseguraba que su hijo tenía era una fuerte conmoción debido a la crueldad sanguínea de la guerra, oficio demasiado escabroso para la sensibilidad de ese hombre que nació para el romanticismo y que ahora ni la sensibilidad se le veía por ningún lado. Adelaida sorprendió a su mamá cuando se ofreció a disminuir su propia ración por darle mayor cantidad de alimento a su hermano, y demostró un altruismo no esperado de ella ni en las más fantasiosas ilusiones al hacerse cargo del bulto traído sobre la carretilla, como si la llegada del hermano perdido le hubiera derretido las ínfulas de reina en una sabrosa papilla de generosidad y abnegación fraternal.

La noche en que Pedro Ignacio llegó, se mantuvieron tan ocupadas en los afanes de la sorpresa y las interrogantes insatisfechas, que no cayeron en cuenta del descalabro de carretilla hasta el día siguiente, y al asomarse, lo que vieron sobre ella las hizo retroceder de un salto. Se trataba de un pellejo regordete con ojos y boca, un intento de bebé humanoide que bien podría confundirse con una inmensa oruga gorda de piel humana, mirando el espacio sobre él a través de las pepas negras y jugosas que pretendían ser los ojos. Nayanúa tuvo la impresión de que esa criatura iba a saltar de la carretilla y se pegaría en su cuerpo a chuparle la sangre como lo hacían las garrapatas. Lo dejaron ahí hasta que Pedro Ignacio fuera capaz de hablar e indicarles qué hacer con esa cosa viviente. Tres días después, al regresar de los campos, Adelaida, sin acordarse de la carretilla, casi tropieza con ella, entonces advirtió que la oruga rechoncha se había tornado de un color morado, y lo que se suponía era el rostro estaba oprimido como quien hace un esfuerzo descomunal por resistir el dolor de un miembro amputado con un hacha, los redondos ojos jugosos se le habían desaguado hasta parecer un par de orificios llenos de un líquido espeso y negro que se desbordaba de a gotas. Adelaida pudo sentir cómo se le oprimía el corazón hasta adquirir el tamaño de una almendra, y la compasión la hizo mojarse la cara con salpicaduras de maternidad, pues comprendió que ese intento de bebé humanoide llevaba días sin comer nada y resistía los ardores intestinales con la férrea determinación de no molestar a nadie. Esa misma noche, con el mismo sigilo con que su tío Rafael Ignacio irrumpiera en el palacio del Marqués en un par de ocasiones, se deslizó con excelentes virtudes de asaltante furtivo en los potreros de las criollas haciendas intervenidas por el nuevo comandante, franqueando con audacia la custodia del ejército real. Amparada bajo la complicidad de la descolorida noche, avanzó con febril cautela hasta las vacas paridas, aprendió a ordeñar en un par de minutos y cargó con una totuma hueca rebosante de leche. Incluso, fue ella misma la que escogió el nombre para la criatura. Estaba sentada con su madre en la cama de Pedro Ignacio, mientras él observaba el techo sin atisbos de la atención inquietante que tuviera en otros tiempos, cuando Nayanúa le pidió a ella que le leyera el pasaje bíblico sobre la transfiguración de Jesucristo.

—No quiero mamá—respondió Adelaida.

—Sabes que yo no sé leer. En cambio a ti te enseñó Basílica Villafañe. Léemela por favor —insistió Nayanúa.

Adelaida finalmente accedió a hacer la lectura, mientras Nayanúa le embutía con leche el orificio bucal a la regordete oruga, depositándola con una cuchara ahondada de madera, inundándole sin piedad la lengua, haciéndolo toser de a ratos con sonidos de rumiantes que le erizaban la piel y le hacían interrumpir la lectura a Adelaida. Al leer sobre los tres discípulos preferidos del señor, Adelaida exclamó: «¡Eso es!».

—¿Qué cosa? —preguntó Nayanúa exasperada por lo difícil que resultaba alimentar a aquella criatura.

—Dos de mis hermanos se llaman como dos de los discípulos preferidos del Señor, "Pedro y Juan", así que este bebé se puede llamar como el tercer discípulo preferido: "Jacobo".

Y desde ese día Adelaida adoptó a Jacobo Ignacio como a un hijo suyo. Se pegaba el bulto rechoncho a la espalda como a una enorme sanguijuela, y salía a escarbar la tierra de los campos ajena a los consternados comentarios que flotaban por donde pasaba. Las mujeres que la veían sospecharon, trastornadas de pavor, que se trataba de un tumor que había eructado en la espalda de Adelaida, como castigo divino por ser la hija de uno de los principales comandantes del ejército republicano, pues, de la criatura nunca vieron el rostro, que se mantenía adherido a la espalda de la mujer como si de verdad le succionase la sangre, y sólo llegaron a conocer el bulto grotesco con piel humana que de un momento a otro surgió en esa espalda y no volvió a deshincharse hasta varios años después, cuando la desaparición del tumor coincidió con la aparición de un niño criollo de ojos voraces.

Nayanúa llegó a pensar que la repentina maternidad de su hija fue la causante de su intempestiva compasión filantrópica, cuando en realidad pudo tener su origen en el regreso del hermano que tres años atrás le dejó la carta exponiéndole los motivos de su partida, o tal vez fueron ambas cosas. Lo cierto es que, sin aviso alguno, Adelaida comenzó a asaltar más que leche de las haciendas intervenidas, pronto se le vio cargando por las sabanas nocturnas, además de su tumor y las taparas de leche, con portentosos racimos de plátano, marañas de yuca recién desarraigadas, costales de aguacate, guayabas, patillas, y cuanta cosa divisara en medio de la noche y pudiera arrancarse para comer. Repartía los botines entre niños hambrientos y ancianos moribundos, y pronto no hubo quien se acordara de su pecaminoso origen como hija de una fornicaria unión, y alcanzó fama de alma caritativa próxima a convertirse en santa, o por lo menos en beata. La sala de la casa terminó siendo un pequeño reducto de tráfico clandestino donde acudían los más hambrientos en busca de unos cuantos trozos de verduras y frutas, lo que por poco les cuesta la vida al par de mujeres Espinel cuando al comandante realista le hicieron llegar el rumor.

Las criollas, atoradas en la indecisión de renunciar a los últimos escombros de su dignidad mandando a sus esclavas a pedir verduras en casa de la mulata desvergonzada, o renunciar a la lealtad que mantenían hacia los ideales de sus maridos, que a esas alturas lo más probable es que estuvieran cocinándose en el vaho de la pudrición con centenares de otros cuerpos republicanos en las fosas comunes, encaminándose al cuartel presentando el arrepentimiento y jurando lealtad a la corona a cambio de compasión y comida, se sorprendieron de sí mismas al optar por la primera opción, escribiendo cartas que a lo mejor nunca llegarían a ser conocidas, traspapelándose entre las rumas de documentos históricos, donde juraban ser leales a la patria aunque eso les costase morir de hambre o de peste, declarando fidelidad implacable a los sueños de sus esposos incluso en el desconsuelo de la viudez. Con todo, seguramente no faltó alguna criolla desesperada en aquellos tiempos, porque el comandante se enteró del tráfico de alimentos, y si no ejecutó a las mujeres Espinel, o por lo menos azotarlas, fue por la incesable amenaza a la que se encontraban expuestos como para andar atareándose con un par de mujeres traficantes. Del sur llegaron los rumores de que los llanos araucanos fueron conquistados por un guerrero que si bien no pertenecía a los ejércitos republicanos, perseguía las mismas ideas independentistas. Los republicanos oficiales, por su parte, desaparecieron de sobre la faz de la tierra después de la caída de la segunda República, rastrillando toda esperanza de Ciudad Marquesa de ser liberada.

A la casa de las mujeres Espinel solamente enviaron un soldado que se encargó de echar los alimentos clandestinos en un inmenso costal, arrastrarlos hasta las haciendas intervenidas, y aventar el contenido de los costales en las canoas de los cerdos para que se alimentaran. Dejando a Nayanúa y Adelaida con la tórrida advertencia de enviarlas al mismo destino del Marqués si les volvían a encontrar alimentos pertenecientes a la corona.

—No debimos abandonar nuestra siembra de yuca —se lamentó Nayanúa.

—No había nada que hacer mamá, la gente arrasó con ella tan pronto el hambre les clavó los dientes en el estómago.

Intentar sembrar en esos días era inútil, tan pronto como algo retoñaba era arrancado por una jauría de niños hambrientos que acechaban entre los montes. Sin embargo, en casa tuvieron una inesperada cosecha que les permitió sobrevivir los más agudos instantes del hambre. Una mañana la enredadera del rincón amaneció en la sala ataviada de grandes flores naranjas, devolviéndole a la casa un poco del alegre candor de otros tiempos, sonriéndole a la miseria con su pequeño acto de alegre efusividad, enfiestada en su pequeño imperio natural del rincón. Nayanúa decidió sacar a Pedro Ignacio del cuarto, sólo por unas horas, para que contemplara las flores, tenía la esperanza de que la demostración floral de la planta le estimulara su antiguo romanticismo, haciéndole sonreír con algún extraño comentario sobre la manifestación natural de la belleza. Su esperanza resultó defraudada, porque su hijo observó las flores con tal desinterés que estuvo a punto de pasmarlas. Poco después, Adelaida se estaba despegando de la espalda a Jacobo Ignacio para darle su leche, y entonces logró distinguir, entre las pletóricas lianas y las exuberantes hojas de la enredadera de la sala, una inmensa bola verde cuyo color empezaba a desmancharse en tonalidades amarillentas. Dejó al bebé humanoide en el suelo y se acercó con cautela a la mata, inquieta por el misterioso hallazgo, y al estar a dos pasos de entrar en contacto con la enredadera, corrió despavorida en busca de Nayanúa. Luego, ambas mujeres repitieron el proceso de acercarse precavidamente, con el presagio de que esa bola se abriría como un gusano enroscado que se estira dispuesto a atacar. Fue Concha Pétrea quien finalmente tuvo la osadía de meterse entre las lianas, cargar con la inmensa bola verduzca amarillenta, llevarla hasta la mesa, y sosteniendo el hacha, con el mismo aire siniestro de los verdugos que se disponen a decapitar a un condenado, la partió en dos, arrancándole un quejumbroso crujido a la madera de la mesa. Sobre el tablón quedaron las dos grandes mitades huecas, tan naranjas por dentro que hasta parecía melón.

—En casa de mis antiguos patrones a esto le llamaban ahuyama —informó la esclava, limpiando el hacha con los bordes de sus harapos.

Nayanúa y Adelaida contemplaron la misteriosa fruta, y notaron que entre las lianas brotaban muchas más. A partir de ese día no faltó un plato de caldo de ahuyama sobre la mesa y una espesa papilla para Jacobo Ignacio, que se la tragaba con una horrible mueca que pretendía ser una sonrisa. A la verdad todas las muecas del bebé eran horribles y extrañas, pero Adelaida aprendió a distinguirlas, y de esta manera sabía cuándo estaba triste, molesto o alegre, porque por instinto le hubiera sido imposible establecer algún tipo de comunicación con esa criatura, el instinto materno despertado en ella no le alcanzaba para adivinar los pormenores del bebé sin siquiera tocarlo como le ocurría a otras madres.

Adelaida poco a poco se fue desvistiendo de sus ínfulas de reina, ínfulas que terminaron extraviadas entre las grisáceas callejuelas de la ciudad. Ya no era la muchacha de mirada altiva y caminar refinado que un día emergió del chichón emplumado, sus imperiales facciones se descorrieron de su rostro al ser desaguados por el sudor del trabajo, develando ahora una genuina sonrisa que enternecía a los niños de la ciudad cuando les repartía a cada uno un pedazo de ahuyama deshaciéndose en un caldo amarillento. Su maraña de pelos fue reemplazada por un sencillo moño de doncella pastoril. Su escueto vestido blanco, un blanco pálido y sin luz, atenuado por el gris del ambiente, le daba el aspecto de ser una hermosa altruista desojada de su gloria para compartir de sus virtudes con los más necesitados. La sencillez de su belleza hubiera bastado para crear de ella una leyenda que atravesara las provincias, alborotando las pasiones de un ejército de hombres que hubieran llegado de cada extremo en busca de la abnegada doncella; lo que impidió la gestación de esa leyenda, fue el asqueroso tumor de su espalda, que según los mulatos, era el precio que tuvo que pagar ante Dios para poder tener el privilegio de ayudar a los pobres en calidad de santa, a lo mejor de ahí surgió la creencia de que todo santo debe pagar una penitencia para poder ayudar al prójimo en el verdadero amor sufrido. Con todo, el tumor no fue obstáculo ni aprieto para Baltazar Gualdrón, un supuesto comerciante de piel de culebras que llegó a Ciudad Marquesa cuando esta se hallaba en uno de sus peores momentos, en compañía de un enorme mono cuyo rostro reflejaba la temible seriedad de un juez eclesiástico.

Baltazar Gualdrón en realidad era pirata, aunque nunca se supo, como tampoco se supo si

era un pirata inglés o francés, porque hablaba el
español con un acento tan machucado y extraño
como las hojas de tabaco que siempre cargaba
masticando en la boca. Perteneció a la oleada de
piratas que años atrás atacaron las costas de la
Capitanía General, enviados por los enemigos
Europeos de España con el objetivo de desestabi-
lizar las colonias y las líneas de defensa naval
españolas. Su carabela atracó en las áridas pla-
yas de los Médanos, dándole la oportunidad de
extasiarse en el ardor de las llamas que consu-
mían cuanta aldea incendiaban, en el estrépito de
las mujeres que arrastraban a sus crías, enloque-
cidas por la picazón del miedo, como si nunca fuesen a vivir de nuevo si tan sólo se dejaban alcanzar por las llamas o por él, que junto a sus camaradas atravesaron el pecho de todo hombre que se
atrevió a hacerles frente. El éxtasis fue total, pero
el desencanto de las cenizas del siguiente día le
dejó en los labios un sabor aburrido, y otras pla-
yas ya habían sido asaltadas por las otras carabelas, por lo que no tenía más remedio que internarse a pie entre aquellos territorios en busca de
más lugares por devastar. Lo único que encontraron fue una extensa llanura desértica, donde las
dunas de finísima arena dorada le dieron la impresión de hallarse en los desiertos egipcios.
Cuando quiso volver, descubrió que sus hombres

ya lo habían hecho, y quién sabe si ya se habrían ido de América, mientras él, hallándose no más que con la compañía de Menés, su mono persa, no encontró el camino de regreso, el cálido viento y el constante movimiento de la arena desvanecieron las huellas. Después de una semana de arrastrase de arbusto en arbusto, presintiendo que la dirección que seguía era cambiada frecuentemente por alguna fuerza extraña, se dio cuenta de que las dunas se movían. Las arenosas colinas permanecían quietas en un lugar, y cuando se cansaban del sol de ese sitio, simplemente caminaban hasta otro paradero donde se volvían a detener a descansar. Ningún hombre sobre la tierra hubiera podido hacer un mapa de ese sitio, donde las dunas se desplazaban de un lugar a otro como simples montañas movibles. Hubiera muerto de sed si la obstinación de toda una vida de feroz sobrevivencia no lo fuera movido a desafiar a esas dunas que pretendían desorientarlo, había conocido esa misma mala intención en las sirenas del mar mediterráneo y no permitiría un segundo engaño.

Continuó dando pesados pasos durante varios días, con los pies hundiéndose en la suavidad de la arena y Menés exigiéndole un trago de agua que no aparecía por ningún lado, ni en la efímera esperanza de un espejismo. Finalmente dieron con la salida, y el desierto se terminó de manera abrupta dándole paso a una tupida vegetación donde los zancudos mantenían su propio imperio. Era como si alguien hubiera pintado a América sobre un lienzo, y por puro capricho le pintó un desierto perfectamente delimitado por el resto de la vegetación selvática del continente, sin preocuparse siquiera de matizar los límites para darle una bella transición a los colores, fácilmente se podía tener un pie en el desierto estéril, y otro en la selva vulgarmente fértil. Continuó su caminata, hasta hallarse perdido en la extensa sabana, preguntándose en qué momento desapareció la selva, y tuvo miedo de aquel lugar, donde la vegetación se disponía a su propio antojo martirizando los nervios del extranjero. Aunque de algo no se pudo quejar, la sobreabundancia de comida era bárbara, por doquier se tropezaba con manadas imposibles de ganado, aves que se posaban sobre las lagunas como densos nubarrones cargados que descendían a la tierra, conejos y lapas correteando por doquier y algún venado que le salía al encuentro. También pudo ver grupos de chigüiros bebiendo a orillas de un caño indiferentes al caimán que dormitaba a un lado, sin saber que en realidad era un babo; y se preguntó si acaso no habría él muerto en el desierto de las dunas movibles y ahora su alma se hallaba vagando en el paraíso bíblico, donde los leones pastan con venados sin morderles ni una mísera pezuña. No fue hasta dar con Ciudad Marquesa que logró convencerse nuevamente de su identidad en el mundo de los vivos.

Ya desde lejos había notado la estela grisácea que dominaba aquel rincón del continente, el mismo Menés armó un escándalo dramático como los que nunca hacía rogándole en su lenguaje animal que se alejaran de ese lugar, pero entonces ya Baltazar Gualdrón había identificado en el aire el aroma de la destrucción que tanto lo extasiaba, y quiso presenciar las ruinas de lo que seguramente era una ciudad devastada. Tan pronto como se dio cuenta que la ciudad aún era habitada, y sabiendo el peligro que representaba anunciar su procedencia pirata, cazó unas cuantas culebras por el camino y las despellejó, por lo que cuando lo vieron aparecer, curtido, alto, fuerte, de rostro aplomado y manos callosas, con un ramal de cueros de culebra sobre los hombro, nadie puso en duda su oficio de comerciante. La guardia real lo sometió a un caluroso interrogatorio decorado con un sinfín de amenazas y torturas de sólo descubrirlo conspirador republicano. Al final, ese hombre tosco cuya única compañía era el mono persa de rostro pétreo, no demostró ser más que un miserable comerciante que no sabía de la inutilidad de vender cuero de culebra en unas tierras donde las culebras amanecían en las botas. Lo despidieron con la advertencia de mantenerlo vigilado.

Baltazar Gualdrón se paseó por los escombros de las casonas disfrutando el magnánimo cuadro de la destrucción, adivinando cada antorcha lanzada, cada grito de horror, cada ventana despedazada, por aquí corrió una madre con su hijo, por aquí salieron despavoridos los esclavos, aquí se revolcó alguien en el ardor de sus quemaduras; y así fue reconstruyendo la destrucción en el dinamismo de su mente, hasta toparse con un montón de niños de todos los colores, cada uno con una tapara en las manos, enfilados frente a una ventana por donde se asomaba una hermosa mujer de blanco enmaderado, y les servía a cada uno un pedazo de ahuyama a punto de desvanecerse en el humeante caldo naranja. El mismo Menés pudo notar en su patrón el insospechado, y desastroso, sentimiento de atracción genuino que le costó la vida a tantos otros piratas de donde venían. Para Baltazar Gualdrón el tumor era lo de menos, a peores defectos había expuesto su corazón en el pasado, como aquella damisela francesa que supuraba un mejunje amarillento de una uña enconada, y por la que hizo matar a media tripulación en un intento de raptarla de su mansión en París, o la rozagante italiana con la bolsita pellejuda que le pendía por detrás de la cabeza. Así que no le importaba en lo más mínimo la rolliza protuberancia de su espalda, cuando el resto de su cuerpo despuntaba en belleza. Adelaida no logró comprender en qué momento se vio perseguida día tras días por un hombre que en nada guardaba similitud con los hombres que alguna vez soñó para ella, y que además era escoltado por un temible mono que la miraba con más deseos de destriparla que de tenerla por patrona. El comerciante trató de conquistarla a punta de culebras, Adelaida vio cómo aparecían, de un momento a otro, hermosos cueros de tragavenado claveteados en las paredes de la sala, una gruesa alfombra de piel de anaconda a la entrada de la casa, manojos de cascabeles guindados en las ventanas expeliendo un persuasivo sonar de maracas. La joven temió que el hombre terminara por impacientarse de su indiferencia y que lo que apareciera la próxima vez, como un último obsequio culebrero, fuera un par de colmillos de culebra envenenados cocinándose en el caldo de ahuyama. Eso nunca sucedió, aunque sí apareció sobre la mesa un estrambótico collar de colmillos desintoxicados, ajeno al lujo esperado en sus días de aspirante a reina, y descubrió, con un sentimiento de asombro, que el estrambótico collar no le desagradaba, y que el antaño interés por joyas se había disipado en el mismo instante en que decidió cargar con el hambre colectiva de la ciudad. Baltazar Gualdrón experimentó un sabor a victoria cuando la vio aparecer en la ventana, con la inmensa olla de caldo a su lado y portando una totuma que le servía de cucharón, luciendo el collar de colmillos que le imprimían un toque de fogosidad amazónica a su beatificado aspecto de doncella pastoril.

—Confieso que me preocupa que a tu edad aún no te has casado —le dijo Nayanúa a su hija—. Pero no me gusta ese hombre, Dios me ha dicho que no es para ti.

—¿Te lo ha dicho con esas mismas palabras?

—No... pero me lo ha dado entender hija.

—No te preocupes, a mí tampoco me gusta —la tranquilizó Adelaida, aunque lo dijo sin mucha convicción.

En esos mismos meses llegó el lejano rumor de la reaparición de las tropas republicanas, el rumor anunciaba con voz dudosa que el ejército patriota conquistó las provincias de oriente, y que tenían su cuartel establecido en lo que después se convirtió en la Ciudad Orinoquia, y que posiblemente ya contaban con la fuerza necesaria para restablecer la República, o por lo menos para crear una nueva en Oriente y olvidarse de Occidente, porque, al parecer, por el momento no tenían planes de invadir las regiones donde se hallaba Ciudad Marquesa. El rumor sólo sirvió para medio sacudir las abandonadas y adormiladas ambiciones de los habitantes de Ciudad Marquesa. Esa noche, Adelaida, ya acostada en su cama, estaba por dormirse cuando distinguió, entre las penumbras de la noche, apostada en la puerta de su cuarto, una sombra más oscura que la negrura de la noche y del cielo nocturno que se apreciaba en el fondo. Cuando se repuso del terror de la primera impresión, logró descifrar los contornos de la silueta y reconoció en esa mancha negra a su madre.

—¿Qué ocurre mamá? ¿Qué haces ahí parada? Por poco me matas de un susto.

La sombra tardó tres segundos en responderle, y cuando lo hizo, Adelaida pudo percibir la definida desolación de su voz—. ¿Tú crees que tu padre regrese?

—Estoy segura que sí —respondió sin estar convencida de sus propias palabras, y supo que su mamá se dio cuenta de eso.

—Sí, puede que tengas razón y todavía no se ha olvidado de nosotros.

Adelaida no respondió, no sabía qué decir, y estaba por invitarla a acostarse junto a ella cuando la esbelta sombra se alejó en un acompasado andar de luctuosa peregrinación. Entonces se acostó, y en un intento de vencer el sentimiento de desamparo que pugnaba por subírsele a la cama, se durmió rápidamente. Pocas horas después sintió que alguien le sacudía el hombro. Abrió los ojos, y al darse cuenta que la silueta de la sombra esta vez era la de un par de hombros cuadrados, un cuello portentoso, y una cabeza varonil, se quedó paralizada al pensar que se trataba del culebrero que había decidido irrumpir en su habitación tal como lo hacía en otro tiempo el dios griego, hastiado de su indiferencia, y que estaba decidido a consumar el matrimonio allí mismo incluso antes de pasar por el altar. Estaba por agitarse en el estridente grito de las princesas al hallarse frente a un dragón cuando la voz de su hermano le calmó los aspavientos del miedo.

—¿Tú crees que el Dios de Vicente Setemar me perdone por lo que he hecho? —le preguntó.

Adelaida pudo reconocer en su voz la desesperación de los que han sido molidos en el molino del remordimiento, haciéndolos destilar a unos el amargo jugo del arrepentimiento, y a otros el agridulce jugo de la locura. Tanteó con su mano en la oscuridad en busca de la mejilla de su hermano, la encontró temblorosa y empapada de un cálido arroyo de lágrimas, no vio las lágrimas pero supo que eran lágrimas, conocía esa calidez aunque nadie lo supiera.

—Dime, ¿Tú crees que el Dios de Vicente Setemar me perdone por lo que he hecho? Porque el Dios de los obispos no creo que lo haga.

Adelaida en ese momento deseó haber prestado más atención a las lecturas de la Biblia de Vicente Setemar y las que le hacía a su madre —porque en esos momentos ella leía sin escucharse a sí misma lo que leía—, para tratar de encontrar en ellas algo que le sirviera de respuesta. A la final tuvo que reconocer que no podía decir nada de un Dios que no conocía—. Lo siento hermano, mamá sabe más de estas cosas. Lo que sí te puedo decir es que nosotras te amamos, y nunca vamos a dejar de hacerlo.

—Sí, eso ya lo sé, pero ni el amor de ustedes ni el de nadie va a liberarme jamás de este peso. He descubierto que el amor humano no sirve para cuestiones del alma, apenas sirve para rescatar el corazón, y el corazón no es el todo del alma.

Pedro Ignacio, o por lo menos su oscura silueta, se levantó de donde había permanecido agachado junto a la cama, y abandonó el cuarto de bahareque dejando a Adelaida sin fuerzas para seguir batallando contra el sentimiento de desamparo, que trepó en su cama y finalmente la abrazó.

Con la llegada del invierno llegó un nuevo rumor. El aguacero que descargaron las nubes no logró lavar la grisácea tonalidad de las cosas, ni mucho menos, como la gente esperaba, reverdecer las desolaciones del campo. Las aguas cayeron sin alterar la suspensión del ambiente, como irreales, como si no mojaran, como si se desvanecieran con sólo tocar el suelo. Tampoco se escucharon los relámpagos esperados, ni el crepitar en los techos de palma, ni el alboroto de los alcaravanes, era una lluvia muda, incierta, abstracta. El único ruido producido fue el del nuevo rumor, un rumor que ni aun al comandante inquietó. Se decía que los ejércitos patriotas se estaban desplazando desde Orinoquia hasta los llanos al sur de Ciudad Marquesa. La gente se dejó contagiar de la inocente sensación de esperanza, mientras el comandante realista estiraba sus piernas sobre el escritorio y sobre la reposada seguridad de que era imposible que el enemigo atacara por el sur en esa época del año, porque los llanos del sur solían inundarse en invierno y atravesarlos requería una fuerza de voluntad sobrehumana. Poco después llegó el rumor de que ya el ejército patriota había cruzado los llanos del sur y siguió de largo hacia el oeste, sin torcer su rumbo como era lógico que hicieran para dirigirse hacia Ciudad Marquesa. A nadie le cupo duda que los rumores eran falsos, y que ningún ejército había sido enviado desde Orinoquia, porque de ser cierto y suponiendo que siguieron de largo, en esa dirección sólo se encontrarían con la insalvable, descomunal, imposible nevada sierra andina, gélidas montañas que atravesarlas en invierno equivalía a un suicidio masivo de soldados, cuyos cadáveres terminarían eternamente conservados en impenetrables bloques de hielo, conservación más eficaz que los embalsamientos egipcios. Ciudad Marquesa perdió toda esperanza de ser rescatada, las circunstancias la convencían de que los patriotas en oriente la habían olvidado por completo, y ese sentimiento de la ciudad fue compartido por todos sus habitantes, que continuaron escarbando entre los surcos de los potreros en busca de granos con la cabeza agachada.

Ese diciembre, Adelaida se desesperó ante la apatía colectiva, sin embargo el sofoco de la desesperación no bastó para hacerla correr a los brazos de Baltazar Gualdrón; en cambio, se propuso en infundir por lo menos una polvareda de alegría entre tanto sentimiento destartalado. Secundada por la hija, Nayanúa reunió a las mujeres de la ciudad para repartirles la información de que harían una fiesta. Todas se sintieron desencajadas al oír aquella palabra que ya había sido lanzada en el baúl de las palabras muertas, y no comprendieron por qué ahora las Espinel pretendían desempolvar eventos arcaicos que se remontaban a la época de la opulencia. Con todo, no pudieron en contra de la enérgica voluntad de Adelaida que rescató de entre los escombros tambores, bandolas de cuerdas reventadas y enrolladas como las mechas de Concha Pétrea, y fue ella misma quien logró la ambiciosa empresa de sacar a las señoras criollas con todo y piano de los salones donde se habían sepultado. Ni siquiera el problema de la comida fue una muralla infranqueable para ella, pues, decomisó la caldera de deshechos de esos días para dedicarlas a la preparación del banquete, y si nadie la detuvo de hacerlo a pesar del hambre que los azuzaba, fue por sus innegables virtudes de beata que le permitieron ganarse el reverente respeto de la ciudad.

Adelaida recordó la noche en que bailó con el Marqués, y recordó la exuberante fiesta de esclavos que presenció esa misma noche, y sobre todo recordó el mejunje envuelto en hojas de plátano que preparaban con los desperdicios de comida de los amos, y calculó que con los desperdicios de la comida del comandante y su ejército se podía preparar el mismo plato. Dispuso de una comitiva de niños que pasaron la tarde asando hojas de plátano en los fogones de su casa, mandó a las mujeres al campo delegándoles la importante tarea de recolectar todos los granos de maíz que consiguieran, sólo de maíz, y al mono Menés de Baltazar Gualdrón lo envió derechito a las haciendas intervenidas a sacar de forma clandestina cuanta mazorca de maíz le cupiera en el saco por si las mujeres no lograban recolectar granos suficientes. El mono Menés obedeció refunfuñando, fulminado por la mirada de su amo por si acaso tenía pensado rehusarse a los deseos de la doncella. Nayanúa identificó en la tenacidad de su hija el mismo temple autoritario con que pretendió infundir su propio orden el día que emergió del chichón emplumado, sólo que ahora las intenciones que la movían eran de admirar.

Los granos fueron amontonándose en las calderas, sometidas a la inclemencia de once fogones improvisados a lo largo de la calle frente a la casa de las ilegítimas Espinel, hirviendo en un sofocante calor que desencajaba por completo con la neutralidad del ambiente, apenas estorbados por la agonizante llovizna que más parecía una salpicadura caprichosa por parte de las nubes. Luego, el maíz fue molido y amasado hasta dejarlo convertido en una gruesa pasta amarillenta que torturó la mirada hambrienta de todos, ni los mulatos ni los esclavos deseaban esperar más para devorarse todo aquello, y lo único que los frenaba era la implacable mirada de Adelaida, a quien tenían por beata, y ninguno deseaba terminar cocinándose en los pavorosos caldos del infierno por desobedecer a una santa del Señor. De manera que continuaron pacientemente preparando aquel mejunje, volcando la pasta amarillenta una vez más dentro de las calderas y entremezclándolas con los pellejos y los huesos y los mondongos que el comandante tan generosamente les concedía. Sobre el crepitar de los tizones batieron aquella mazamorra que pretendía ser un suculento guiso, bajo las estrictas indicaciones de un par de esclavas que recordaban muy bien cómo prepararlo, pues habían sido esclavas en el palacio del Marqués y recordaban con nostalgia los alborotados festines clandestinos que organizaban en aquellos tiempos. Finalmente, el mejunje se acomodó en pequeñas plastas sobre las hojas de plátano, que envolvían con el mismo cuidado y procedimiento que empleaban las madres para amarrarle los pañales a sus crías, ajustando los envoltorios con bejucos secos sacados de las mismas matas de plátano, y eran echados una vez más en las calderas donde flotaban en el hervor burbujeante del agua. Adelaida no lo sabía, pero estaba asentando las bases de lo que años más tarde se convertiría en plato típico navideño de todo un país: la hallaca.

Cuando desnudaron al primer envoltorio, dejando al descubierto un pequeño bulto, amarillo, jugoso, exudando un aroma avasallante que se le metió por las narices a todo el mundo, les atravesó la garganta y llegó hasta las tripas donde las zarandeó con retorcijos definidos de hambre, a nadie le cupo duda de que aquel sería el mejor festín que sus estragadas memorias pudieran recordar. Esa noche los tambores y las bandolas machucaron estrafalarias melodías que hicieron saltar y sacudirse con vehemencia a toda persona, que se hartaron de envoltorios de hojas de plátano hasta más no poder. El comandante, intrigado por la repentina celebración, se asomó con su escolta personal cargando con la sospecha de que quizá a los habitantes de la ciudad les había llegado alguna noticia que él no supiera aún, como el regreso de los ejércitos patriotas. Se plantó en medio de las montañas de envoltorios suculentos que aún faltaban por devorar, y lanzando tres disparos al aire preguntó qué carrizo era lo que les ocurría, que se ponían a celebrar en medio de la miseria sin motivo alguno, o es que acaso han escuchado alguna razón para festejar, preguntó. Adelaida, cargando con su rollizo tumor a la espalda, y no por eso perdiendo la firmeza de su esbelta figura y la convicción de su mirada, respondió en un decidido tono apacible—. Estamos celebrando el hecho de que después de cinco años de lamentos aún conservemos vida para celebrar.

La exaltación de la celebración se desvaneció tan pronto como llegaron los nuevos rumores algunos meses después. Al parecer el ejército republicano sí había cruzado la sierra andina después de todo, como en una epopeya griega, y no sólo eso, también conquistó lo que en otro tiempo fue el virreinato de Santa Fe, y retornó a Orinoquia donde Libertador estableció formalmente un Congreso creando una nueva República. Ciudad Marquesa se postró sobre el catre del abandono, con una mirada de niño huérfano presenciando el evidente hecho de que había quedado por fuera de la nueva república y ya nadie vendría a rescatarla, los patriotas se habían paseado por el sur de un lado a otro sin ni siquiera torcer el cuello para contemplarla. Sus habitantes se suspendieron una vez más en el incierto espacio de la desesperanza, sintiéndose exiliados en los campos del olvido adonde no llegaría ni un hálito de libertad. Hasta Adelaida perdió los ánimos de celebración cuando dejó de percibir la densa bruma autoritaria de Vicente Setemar flotando desde las prisiones del cuartel general en sus secretas incursiones a la calle real, hecho que coincidió con la llegada de los últimos rumores. Nadie sabía que desde los días de la destrucción, la beata Adelaida se escabullía entre los escombros de la calle real hasta introducirse como una sigilosa serpiente en las estancias de la mansión Espinel, donde hurgaba entre los armarios y el tocador de caoba, se embutía dentro de los vestidos imperiales de Carmenza Castillete ajustándose a la perfección entre los contornos del armazón, se emperifollaba con los polvos europeos, se atosigaba en una nebulosa de perfumes y fragancias, hasta quedar convertida en la reina que alguna vez visualizó a través del empañado vidrio de sus ilusiones adolescentes. Desfilaba por los corredores de la mansión impartiendo órdenes a la comitiva de esclavos imaginarios, descendía con aire señorial por la escalera balaustrada, y envuelta en una aureola de hidalguía y señorío, encendía las danzantes llamas de los candelabros de plata que atestiguaban el refinado vals de la doncella, gobernando en la soledad de la mansión, cuyas ventanas, ennegrecidas por el carbón de los incendios, dejaban translucir a la calle la imprecisa silueta del fantasma de Carmenza Castillete danzando en los salones. Al principio, ella sufría de una risa contenida cuando escuchaba los temerosos comentarios sobre el fantasma de la difunta, luego, cuando la maternidad injertada le terminó de quebrar la indiferencia y la expuso a los dolores de la compasión y la pena ajena, haciéndola descubrir el sentimiento filántropo de la abnegación, sus secretas incursiones se le volvieron una espina de culpa, culpa por conservar aquellos anhelos de vanidad egoísta, culpa por alimentar la superstición de los mulatos, culpa por soñarse entre los límpidos aposentos de un castillo de mármol servida por un cortejo de esclavos africanos. Sin embargo, no logró despojarse de los últimos vestigios de ensoñación que le quedaban, y continuó deslizándose entre las aberturas de la mansión incluso después de la llegada de Jacobo Ignacio, única criatura sobre la faz de la tierra a quien se le permitió conocer el último compartimento de los secretos de Adelaida. La mujer lo dejaba sobre los delicados tapices de los muebles, mientras ella se entregaba a los rituales de la traslación al plano de su reinado. De tanto escudriñar descubrió los soberanos trajes del Marqués predominando entre los ropajes de Rafael Ignacio, Adelaida no sabía que los tapices que recubrían las paredes de la mansión fueron testigos de los mismos rituales años atrás, cuando su tío Rafael Ignacio vestía con los trajes del Marqués añorando rosar la cúpula del esplendor. Forró con ellos a una de las armaduras del antiguo salón de entrenamiento de Enrique Ignacio, y rememoró en la dulzura de las nostalgias suculentas la noche en que danzó con el Marqués, danzando ahora en los brazos metálicos de aquel caballero, ajena al martirizante chasquido de los metales que resonaron entre los escombros del resto de las casonas, angustiando las temblorosas piernas de los mulatos cercanos quienes aseguraban escuchar las cadenas con que tuvieron atado al Marqués en las mazmorras antes de su ejecución. «¡Pobre, tan grande fue la tortura en sus prisiones que ahora anda penando con todo y cadenas!». Una vez casi es descubierta por las hijas del Marqués, quienes irrumpieron en la mansión en busca del padre al que tanto extrañaban. La ofuscación no les permitió darse cuenta de la horrible criatura que reposaba sobre uno de los muebles, en cambio las llevó a internarse en cada salón y en cada aposento llamando con quejidos agonizantes al papá, y hubieran dado con Adelaida que no pudo hacer más que permanecer de pie dentro del armario de Carmenza Castillete, porque el elaborado vestido no le permitía agacharse ni mucho menos arrastrarse bajo la cama, de no ser por las enigmáticas criaturas envueltas en Kurdas negras que aparecieron repentinamente a llevárselas en un tétrico aspaviento de lamentos y quejas.

En cada incursión, Adelaida pasaba cerca del cuartel y lograba sentir la densa bruma autoritaria de Vicente Setemar emanando desde las prisiones; pero esa mañana, después de cinco años, por vez primera no le llegó hasta la piel la densidad de su bruma, y temió lo peor. Corrió de regreso a la casa, encontró a su madre de rodillas frente a su cama, y arrodillándose también junto a ella, le dijo en un tono sombrío—. La autoridad de Vicente Setemar dejó de emanar.

Nayanúa, sin abrir los ojos, dejó en evidencia un pequeño gesto de angustia en sus labios, una nimia perturbación de su impavidez que bastaba para adivinar el amor de hija hacia ese hombre que ella había aprendido a compartir con su esposo. Luego de un breve momento respondió—. Oremos al Señor para que lo cuide, estoy segura que no lo va a abandonar, Vicente Setemar siempre confió en Él.

—¿Entonces crees que aún esté vivo?

—Oremos por él.

—Yo no sé orar, ¿podrías enseñarme?

Entonces Nayanúa abrió los ojos y la miró con una bondadosa sonrisa maternal—. Orar simplemente es hablar con Dios. Imagina que lo tienes al frente y habla con Él.

Luego volvió a cerrar los ojos. Adelaida la imitó, e intentó imaginarse frente a Dios, y lo hizo con tanta convicción que al verse cara a cara con el máximo Creador se sintió pequeña, insignificante, indigna de pronunciar palabra alguna, y no pudo hacer más que ponerse a llorar y lo único que logró salírsele de los labios fueron exclamaciones de alabanza, reconociendo la esplendorosa majestad de ese Ser cuya gloria se desparramaba en un pletórico raudal de luminosidad y poder. Cuando por fin logró reponerse, se dio cuenta que estaba sollozando entre los brazos de su madre, y sin comprender en qué momento terminó en esa posición de bebé, no supo explicarse la extraña sensación a la que se había expuesto.

La mañana en que el sol decidió asomarse después de mucho tiempo a los terrenos de Ciudad Marquesa, deshaciendo la compacta nebulosa de neutralidad y gris que la mantenían forrada, la sultana de los llanos tuvo el presagio de que ese día el sol no venía solo, y estuvo a la expectativa manteniéndose en vilo sobre la enramada de desconcierto y ansiedad. El mismo comandante, llevado por un sentimiento premonitorio, mantuvo en alerta a sus hombres, preparados para defenderse de cualquier cosa que pudiera atisbarse en el horizonte, había un noséqué agobiándole la tranquilidad, y el mismo sentimiento era compartido por todos en la ciudad. Ese día nadie salió al campo a escarbar granos, ni las criollas se atrevieron a perturbar el resurgimiento del sol y la belleza de la naturaleza, atentas al más mísero signo que se pudiera advertir. El único que se paseó indiferente por las calles de Ciudad Marquesa, que volvían a levantar el dinamismo de sus polvaredas luego de un prolongado letargo, fue Baltazar Gualdrón con su mono Menés, que como todas las mañanas se encaminaba a la casa de las Espinel con su férrea voluntad y desespero, dos elementos cruciales en su insistente oficio de conquistar a la hermosa Adelaida. Esa mañana no encontró al montoncito de niños hambrientos apostados bajo la ventana que daba a la cocina, aunque estaba abierta. Se asomó al interior, y necesitó de varios segundos para recomponerse del asombro que lo golpeó como un impalpable vaho. Adelaida estaba inclinada sobre el fogón revolviendo una olla, con su tersa espalda apenas cubierta por la suavidad de su vestido, ni rastros de su habitual tumor. En cambio, a sus pies, un niño de cinco años de ojos atentos procuraba dar unos cuantos pasos tambaleándose en los albores de su crecimiento. Tan pronto como el niño pronunció su primera palabra y dio sus primeros pasitos, empezó a estirarse y con él su pellejo, hasta adoptar la textura normal de la piel humana, imprimiéndole a su rostro y cuerpecito el aspecto de cualquier niño común. Ya para entonces su mirada empezaba a dar muestras del obsesivo estudioso en el que se convertiría, perseguidor del origen de la raza humana y atestado de fiebre por encontrarle un por qué a todas las cosas. Por ahora, Jacobo Ignacio no era más que el hijo de Adelaida con dudosa procedencia, despojándola de su fama de beata y entrelazando alrededor de ella el implacable matorral de comentarios que en otro tiempo se entretejiera en torno a Nayanúa.

—Cásate conmigo —le rogó sin preámbulos ni consideraciones Baltazar Gualdrón.

Adelaida se quedó mirándolo sin saber qué responder. Era el momento de tomar una decisión. Detalló las casi imperceptibles cicatrices en el rostro del pretendiente, su grueso chaleco de cuero, la piel de mapanare que ese día llevaba atravesada en los hombros, su temple aguerrido, y comprendió que nunca más sería capaz de mirar un hombre sin compararlo con la imagen de virilidad educada de Ernesto Sevilla, y resultaba que Baltazar Gualdrón no tenía ni una pizca de victoria sobre la memoria del difunto.

—No son tiempos de bodas. Esperemos que se acomoden las cosas —le respondió ella.

—¿Cuáles cosas?

—No sé, las cosas, la República tal vez. Además mi padre no está en casa, no puedo casarme sin su autorización.

Al pretendiente no le quedó otro camino que sucumbir ante las evasiones de la pretendida. Esa misma tarde, surgió en el horizonte la irrefutable imagen de una comitiva de caballos, y precediéndolos, un griterío recio que se acercaba con la promesa de revolver el orden real establecido en Ciudad Marquesa: era el ejército patriota. El comandante no pudo resistir la tempestuosa agresividad de los soldados republicanos que venían dispuestos a establecerse de una vez y para siempre, ni contra el par de celajes que perpetraban en las líneas de defensa envueltos en una invisibilidad sigilosa, apenas distinguiendo una lanza primitiva que se incrustaba en todo lo que pudiera llamarse carne humana, y un jinete fantasmagórico que trotaba directo hacia él con la evidente intención de arrebatarle la vida incluso antes de poder entrar realmente al campo de batalla. Ese día Ciudad Marquesa pudo levantar la frente y remendarse los deshilachados vestidos, restituyéndose su título de sultana de los llanos. Nayanúa y Adelaida tuvieron que hacer grandes esfuerzos para serpentear entre el aglutinamiento de mujeres, que se amontonó en un fervoroso júbilo para celebrar la victoria de los patriotas y llorar de alegría la dicha del regreso de los hombres. Las mujeres Espinel lograron abrirse paso hasta el frente, donde pudieron ver, con el corazón palpitándoles en plena garganta, a Juan Ignacio en compañía de Enrique Ignacio, ya un par de hombres con el cinto de los treinta ajustado en las facciones de la madurez. Corrieron hasta Juan Ignacio para abrazarlo, atosigándolo con un montón de preguntas que por ahora no podía responderles, porque según explicó, no eran momentos para reencuentros ni sentimentalismos, se encontraban en plena campaña y debían seguir su camino rumbo a la costa, porque faltaba conquistar la capital de la tercera República, que esta vez sería la definitiva. El poder Español se debilitaba incluso en la misma Europa, donde el resto de los imperios se habían encaminado en revoluciones y avances tecnológicos y comerciales, mientras que España persistía en mantenerse aferrada a un orden de gobierno antiguo que la mantenía estancada en el siglo pasado.

—¿Y tu padre? Por lo menos dime dónde está tu padre —insistió Nayanúa a su hijo.

—Debe estar por aquí cerca, venía con nosotros.

Tan pronto supo del encierro de Vicente Setemar, Valencio Ignacio sintió la ebullición de una lava de profanación fraternal que apenas logró contener en el paso de la gélida sierra de los andes. Cuando estuvo en el sur con el ejército patriota, hubiera escapado en compañía de su hijo y sobrino, robándose una tropa, con el objetivo de liberar a su padre y hacer lamer la charca de la humillación a quien quiera que fuese el que se atrevió a encerrarlo, de no ser por el temple de Libertador que lo reafirmó en las tácticas de la prudencia militar. Ahora, que ya estaba en Ciudad Marquesa, se escapó de los vítores del pueblo y las aclamaciones de libertad encaminándose a las prisiones del cuartel. Allí encontró a Vicente Setemar, acurrucado sobre un tablón de madera con unos cuantos retazos de tela cubriéndole, y adivinó que esos retazos de tela eran las ruinas de la ropa que llevaba puesta el día que lo metieron a la cárcel varios años atrás. Su respiración desganada prometía detenerse en cualquier momento, sus pellejos apenas cubrían sus huesos, y lo que realmente espantó a Valencio Ignacio, es que no emanaba ni la más recóndita autoridad, como si de él no quedara más que el deplorable recipiente humano de su alma.

Made in the USA
Columbia, SC
04 February 2023

11715922R10213